Michael Bremmer und Veronika Grüning

Gangs of Katzenstadt

Die meisten Menschen haben Katzenstadt vor Jahren verlassen. In den leeren Häusern und in der Fabrik, im Schlosspark und der Bücherei leben Katzen-Gangs. Eines Tages taucht ein Fremder in der alten Futterfabrik auf. Er scheint genau zu wissen, dass das Gemäuer Augen hat: Bandini, Bonnie, Clash und ihre Freunde beobachten jeden seiner Schritte. Gut sichtbar trägt er um den Hals ein Lederband, daran baumelt eine Pfote. Sie stammt von Bonnies Freund: dem Kater Matula. Der Fremde ist ein Bote, seine Nachricht eine Drohung. Das Leben aller ist bedroht. Katzenstadt ist in Gefahr.

Veronika Grüning, geb. 1975, ist Holzbildhauerin und Grafikdesignerin. *Michael Bremmer*, geb. 1968, arbeitet als Redakteur bei der ›Süddeutschen Zeitung‹. 1996 erschien sein Kinderbuch ›Henriette Findelschwein‹. Die beiden leben mit ihren Katzen namens Bandini und Bonnie in München.

Michael Bremmer
Veronika Grüning

GANGS *of* KATZENSTADT

Roman

dtv

Eventuelle Ähnlichkeiten zwischen fiktiven Charakteren
und historischen oder lebenden Personen
sind nicht unerwünscht, aber rein zufällig.

FSC
www.fsc.org
MIX
Papier aus verantwortungsvollen Quellen
FSC® C019821

Originalausgabe

Umschlaggestaltung: Lisa Höfner | buxdesign, München
Umschlagmotiv: Veronika Grüning
Satz: Fotosatz Amann, Memmingen
Gesetzt aus der Minion Pro
Druck und Bindung:Druckerei C.H.Beck, Nördlingen
Printed in Germany · ISBN 978-3-423-22036-1

Für Bonnie und Bandini

Tag
EINS

Matula Matula schrie nicht. Er schloss nicht einmal die Augen. Er schnaubte nur ein wenig, als das Beil nach unten sauste. Dann sah er das Blut aus seinem Stumpf schießen. Matula wurde ohnmächtig.

Echtfell Kurz vor Mittag kam ein junger Kerl zur Fabrik. Schulterlange Haare. Dreitagebart. Ausgetretene Lederschuhe. Eine verschlissene Anzughose, die ihm nicht ganz bis zu den Knöcheln reichte. Ein abgetragenes Leinenhemd, der speckige Kragen war schon lange nicht mehr gereinigt worden. Und um den Hals trug er ein Lederband, an dem eine Katzenpfote hing. Kein Kunststoffimitat, sondern Echtfell. Eine rechte Vorderpfote, graue Ballen, schwarzes Fell, einzig die Spitze der Pfote war weiß. Die Pfote war oberhalb des Mittelfußes abgetrennt.

Wachdienst Der Reverend saß auf seinem Posten am Fenster im ersten Stock der Katzenfutterfabrik. Er hatte Wachdienst. Wegen der Vorfälle in jüngster Zeit. Wegen der Vermisstenfälle. Er beobachtete, was sich vor dem Gebäude abspielte. Er passte auf, ob sich zwielichtige Gestalten ihrem Quartier näherten. Der Reverend bemerkte den Kerl sofort. Wie er sich unbemerkt an die Fabrik heranschleichen wollte. Der Reverend sah auch sofort die Katzenpfote. Er nahm an, dass die Pfote erst vor Kurzem abgetrennt worden war. Es hatte sich eine Blutkruste gebildet. Aber sie war noch nicht vollständig eingetrocknet. Der Reverend kannte die Fellzeichnung. Es war Matulas Pfote. Matula, vom Schlosspark.

Laufbursche Der junge Kerl war ein Laufbursche. Einer für niedrige Arbeiten. Der Reverend sah, wie der Kerl die Straße überquerte und zielstrebig auf die Eingangstür zusteuerte. Es war an der Zeit, die anderen zu warnen. Der Reverend lief nach unten.

Der Empfang Die Katzen waren vorsichtig geworden. Es gab besorgniserregende Geschehnisse in der Stadt. Eine Katze sollte sogar totgebissen worden sein. Und jetzt näherte sich ein Kerl mit einer abgehackten Katzenpfote um den Hals ihrer Fabrik. Aber die Katzen waren vorbereitet. Für den Notfall, falls ein Fremder in ihre Katzenfutterfabrik eindringen wollte. Sie nahmen ihre Positionen ein. Bandini kletterte auf den Vorratsschrank in der Küche und hielt sich dort sprungbereit. Ballhaus versteckte sich in einem alten Abluftrohr. Clash und Spike verkrochen sich hinter dem Vorhang. Und Bonnie setzte sich mitten im Raum auf einen umgedrehten Fleischbottich. Bonnie legte den Kopf schräg.

Bonnie Bonnie war eine Tricolor. Ihr linkes Auge war in dunklem Fell verborgen, ihr rechtes von orangenem Fell umrahmt, ihre Nase war rosafarben und ihre Schnauze weiß. Bonnie war eine Glückskatze. Und Glück würden sie in den kommenden Tagen brauchen können.

Stolperfalle Der Laufbursche öffnete die Eingangstür und betrat die Katzenfutterfabrik. Er ging ohne zu zögern in den Küchenraum der Fabrik. Er ging auf Bonnie zu. Blieb vor ihr stehen. Nahm die Katzenpfote vom Hals ab. Legte sie auf den Fleischbottich. Direkt vor Bonnies Nase. Der Laufbursche kramte in seiner Hosentasche und holte einen Zettel hervor.

»Haut ab«, las der Kerl vor, »sonst hacken wir euch die Pfoten ab.« Der Kerl lachte verächtlich.

Bonnie reagierte nicht darauf. Sie sah den Kerl nur von der Seite an. Eindringlich. Der Kerl trotzte dem Blick. Für einen kurzen Augenblick war er abgelenkt. Clash und Spike nutzten diesen Moment, um sich hinter seine Beine zu schleichen. Ballhaus klopfte mit seinem buschigen Schwanz gegen das Rohr. Als der Kerl verwundert in die Richtung blickte, aus der das Geräusch kam, sprang Bandini ab. Mit allen vier Pfoten voran. Sie stürzte sich auf den Eindringling. Krallte sich ein. Trat ihm mit den Hinterpfoten in den Bauch. Der Kerl stolperte über Clash und Spike hinter ihm. Er krachte auf den Rücken und lag hilflos am Boden. Der Notfallplan funktionierte. Fürs Erste.

Blutstropfen Der Kerl konnte sich nicht bewegen. Clash und Spike lagen auf seinen Armen. Bandini saß auf der

Bonnie war eine Glückskatze. Und Glück würden sie in den kommenden Tagen gebrauchen können.

Brust des Laufburschen. Mit der linken Vorderpfote presste sie den Kopf des schlecht rasierten Kerls auf den Boden. Sie hob die rechte Vorderpfote und spreizte die Zehen auseinander. Eine Kralle nach der anderen schnellte nach außen. Bandini entschied sich für die Kralle in der Mitte und setzte sie an die Gurgel des Eindringlings. Sie ritzte ihn leicht. Ein einzelner Blutstropfen floss an seiner Kehle hinunter.

»Was habt ihr mit Matula gemacht?«, fragte Bandini den Kerl. »Woher hast du die Pfote?«

Schlichtweg unmöglich Der Eindringling antwortete nicht. Er verstand Bandini nicht. Er hörte nur das Fauchen der Katze. Er konnte eine gewisse Dringlichkeit erkennen. Aber er hatte keine Ahnung, was die Katze von ihm wollte. Es wäre für ihn besser gewesen, er hätte es gewusst. Aber für die allermeisten Menschen ist es schlichtweg unmöglich, Katzen zu verstehen. Auf der anderen Seite begreifen Katzen alles, was ein Mensch sagt.

Weiße Spitzen Bandini erhöhte den Druck. Sie setzte sich auf den Hals des Mannes. Presste ihre Pfote auf seine Halsschlagader.

»Woher hast du die Katzenpfote?«

Der Kerl bekam kaum mehr Luft.

»Was habt ihr mit Matula gemacht?«

Bandini kannte die weißen Spitzen der Pfoten, die Matula sich nach jedem nächtlichen Ausflug sauber schleckte. Nach jedem Kampf. Die weißen Spitzen der Pfoten, die sich so schön abhoben von seinem sonst dunklen Fell. Und jetzt hing seine Pfote an einem Lederband. Wie ein Schmuckstück. Bandini war in Angst und Sorge, aber sie ließ es sich nicht anmerken.

Bandini Bandini hatte das Zeug zu einer Rassekatze. Europäisch Kurzhaar. Kurzes, dichtes Fell. Schildpatt. Robuster Körper, kräftige Beine, runder Kopf, Pausbacken und große, wache Augen. Nur war sie nicht reinrassig. Auch eine Waldkatze war in ihrem Stammbaum. Weswegen sie noch ein bisschen kräftiger war. Und sehr schnell. Und eine gefährliche Kämpferin. Nur wenige Katzen würden es wagen, sich mit ihr anzulegen. Bandini hatte einen kleinen hellen Fleck am Hals und ein wenig rotes Fell an den Ohren. Das unterstrich aber nur ihre dunkle, tiefschwarze Schnauze. Wenn sie die Ohren nach hinten legte, hatte sie etwas Diabolisches. Ihre gefährlichste Waffe war ihr eindringlicher, stechender Blick. Der Chef der ehemaligen Katzenfutterfabrik etwa, so erzählte man sich in Katzenstadt, hatte des Öfteren nach Feierabend noch einmal die Maschinen angeworfen. Weil Bandini ihn minutenlang angestarrt hatte. Weil ihr Lieblingsfutter ausgegangen war.

Zerfetzte Tapete »Woher hast du die Katzenpfote?«

Bandini wiederholte ihre Frage. Jetzt nahm sie den Eindringling richtig in die Mangel. Sie zog ihre Krallenspitze über seine Backe. Aber der Kerl antwortete nicht. Er lag auf dem Rücken und schaute die Katzen an, als würde er sie nicht verstehen.

Bonnie sprang von dem Fleischbottich auf den Boden.

Bandini hatte das Zeug zu einer Rassekatze.

Das würde er büßen müssen. Niemand durfte Matula etwas antun. Der Kerl durfte nicht ungestraft davonkommen. Bonnie verengte ihre Augen zu schmalen Schlitzen. Sie legte die Ohren straff zurück. Zog ihre Lefze hoch. Sie knurrte tief. Nur kurz. Sie richtete ihren Kopf auf, holte tief Luft und schlug mit ihren Vorderpfoten drohend auf den Boden. Ihre Mähne sträubte sich. Sie stieß ein Fauchen aus. Ein angsteinflößendes Fauchen.

»Wer hat dich geschickt?«, fuhr sie den Eindringling an.

Der Kerl schaute sie blöde an. Bonnie stemmte sich auf die Hinterbeine. Der Kerl hatte seine Chance gehabt. Bonnie bearbeitete mit ihren Krallen den Bauch des Eindringlings. Kurz und intensiv, bis das Hemd voller Blut war und wie eine zerfetzte Tapete herunterhing. Das musste fürs Erste reichen.

Ein paar Geldscheine Der Kerl schaute überrascht. Er hatte nicht damit gerechnet, dass die Sache für ihn blutig werden würde. Die Aufgabe war ihm so simpel erschienen. Ein Mann mit einer Glatze hatte ihm den Auftrag erteilt und ein paar kleine Scheine für einen einfachen Botengang versprochen. Er solle die Katzen ein bisschen erschrecken, hatte der Glatzkopf ihm gesagt. Er hatte ihm die Botschaft an die Katzen auf einen Zettel geschrieben. Dass sie verschwinden sollten, wenn sie ihre Pfoten behalten wollten. Dann hatte der Glatzkopf dem Laufburschen die Katzenpfote um den Hals gehängt und ihn zur Katzenfutterfabrik geschickt.

B wie Bandini Natürlich kannte der Laufbursche die Gerüchte über Killerkatzen. Vor vier Jahren waren die

Zeitungen voll davon gewesen. Aber der Kerl hatte nicht daran geglaubt. Gerede! Bis er Bandini kennenlernte. Und Bonnie. Um den Eindringling herum standen fünf Katzen. Fünf äußerst schlecht gelaunte Katzen. Sie miauten laut. Zornig. Wütend.

Bandini ritzte ihm ihr Initial auf die Stirn. Ein B wie Bandini.

Bonnie blickte in Richtung Eingangstür. Mit einem kurzen Kopfnicken machte sie dem Eindringling klar, dass er sich verziehen sollte. Der Kerl ging rückwärts zum Ausgang. Die Katzen immer im Blick. Sobald er im Freien war, rannte er davon. Der Reverend beobachtete aus dem Vorraum, wie der Laufbursche sich davonmachte. Der Reverend hatte sich im Schuhschrank versteckt. Als der Kerl das Grundstück verlassen hatte, folgte ihm der Reverend heimlich. Würde ihm der Kerl den Weg zu Matula zeigen? War Matula noch am Leben? Sie mussten den Schlosspark-Kater finden. Und sie mussten verhindern, dass noch mehr Katzen ihre Pfoten verloren.

Ein Frauentyp Matula war ein Frauentyp. Lag es an seinem drahtigen schwarzen Fell? Oder waren es seine goldenen Augen, die die Katzen beeindruckten? Oder machte sein freundliches Naturell, sein Charme den Kater attraktiv? Jedenfalls hatte Matula in seinen Jahren in Katzenstadt schon ziemlich viele Nachkommen gezeugt. In Vollmondnächten, in denen er nicht im Schlosspark aufgetaucht war. So häufig war er unterwegs gewesen, dass die anderen Katzen aus dem Schlosspark sein nächtliches Verschwinden anfänglich gar nicht bemerkt hatten.

Legenden Seit vielen Jahren lebten die beiden Schwestern Bandini und Bonnie mit Clash nun in der ehemaligen Katzenfutterfabrik. Die Katzen hatten dieses Gebäude nicht mit Gewalt an sich genommen, obwohl noch immer Legenden zu hören waren, dass die Katzen die Fabrikarbeiter in die Flucht geschlagen, dass die Katzen dem Firmenchef die Augen ausgekratzt hätten. Nichts davon war wahr. Der Chef der Katzenfutterfabrik hatte die Katzen selbst aufgenommen. Und als er wenige Monate vor seinem Tod erblindet war und die Fabrik hatte schließen müssen, hatte er den Katzen das Gebäude geschenkt. Es existierte sogar eine Besitzurkunde. Aufbewahrt im Safe der Katzenfutterfabrik.

Die Katzenfutterfabrik Die Katzenfutterfabrik war das erste Gebäude der Stadt gewesen, in dem nur Katzen wohnten. Als der Fabrikant gestorben war, hatten Bonnie, Bandini und Clash die drei anderen Katzen bei sich aufgenommen. Nach außen hin sah das Haus noch gepflegt aus. Ein altes Fabrikgebäude mit hohen Fenstern und einem Kamin aus Backstein. Aber im Inneren konnte man sehen, dass die Katzenfutterfabrik schon seit einiger Zeit außer Betrieb war. Einige Fliesen waren zerbrochen, der Fleischwolf eingerostet, an den Wänden lehnten Fleischwannen. Im Förderband, mit dem früher das Futter durch die Fabrik transportiert worden war, fehlten ganze Stücke. Und der Trichter, den man früher zum Füllen der Futterdosen genutzt hatte, hing halb abgerissen an der Wand. Nur der Lagerkeller diente noch seinem Zweck. Und war ausreichend gefüllt mit Trockenfutter. Und mit Palletten voller

Konserven: Thunfisch mit Putenfilet, Geflügelhäppchen und Lamm, Truthahn in Gelee. Für besondere Anlässe.

Clash Bandini und Bonnie waren ihm näher gewesen. Aber hatten sie einmal das Haus verlassen, dann nahm der Futterfabrikant Clash auf den Arm. Es war Freundschaft gewesen. Aber auch eine Art geschäftliche Beziehung. Schließlich war Clash auf den Futterdosen abgebildet. Leicht vereinfacht dargestellt. Aber sofort zu erkennen. Schwarzes Fell, weißer Bauch, weiße Schnauze. Sogar an den weißen Klecks am Schwanz hatte der Chef der Katzenfutterfabrik gedacht.

Katzenstadt Die meisten Katzen waren geblieben, als ihre Menschen Katzenstadt verlassen und sich eine neue Heimat gesucht hatten. Sie lebten einfach in deren Häusern weiter. Oder sie taten sich zu Gruppen zusammen und zogen in eines der anderen leer stehenden Gebäude. In das ehemalige Postamt. In den einstigen Gemüseladen. Für jeden Menschen, der die Stadt verließ, kamen weitere Katzen. Das gefiel bei Weitem nicht allen Bewohnern.

Misstrauen Hatte die Boulevardpresse nach dem Tod des Katzenfutterfabrikanten unter den Menschen Misstrauen und Hass gesät, so verbesserte sich ihr Verhältnis zu den Katzen mit der Zeit. Die Menschen sahen die Katzen nicht mehr mit Argwohn an. Und immer mal wieder konnte man beobachten, wie ein Napf Katzenfutter vor eine Terrassentür gestellt wurde. Aber in jüngster Zeit war bei den Katzen ein gewisses Misstrauen zu spüren. Es machten

Gerüchte die Runde, dass Katzen verschwunden seien. Eine Katze sei am Rand von Katzenstadt zerfleischt worden, erzählte man. Die Katze sei stark blutend gefunden worden, aber später bei der Tierärztin gestorben. Und nun war ein Laufbursche in die Katzenfutterfabrik eingedrungen, der eine Katzenpfote um den Hals hängen hatte. Er hatte in der Hosentasche auch eine Drohung mitgebracht. Die Katzen sollten verschwinden, sonst würden auch ihnen die Pfoten abgehackt werden.

Die Verfolgung Der Reverend folgte dem Kerl mit einigem Abstand. Dem Laufburschen hing das Hemd in Fetzen vom Leib. Bonnie hatte ihn ganz schön zugerichtet. Der Reverend kletterte auf Bäume, verbarg sich in den Hecken der Gärten, balancierte auf Zäunen, damit ihn der Kerl nicht bemerkte. Und wenn der Laufbursche um eine Ecke bog, spurtete der Reverend kurz hinterher, um ihn im Blick zu behalten. Der Reverend war ein muskulöser Kater mit kräftiger Statur. Und er war schnell. So einfach ließ er sich nicht abhängen.

Von der Katzenfutterfabrik marschierte der Kerl zunächst durch das verlassene Wohngebiet, überquerte den Spielplatz und machte am Marktplatz eine kurze Pause. Er rauchte eine Zigarette und sprach in sein Handy. Kurz betrachtete er die vergilbten Plakate am leer stehenden Kino, dann zog er weiter. Vorbei am Einkaufscenter, am einstigen Postamt, an der ehemaligen Pension und an der Bowlinghalle. Am Sportzentrum und an der Katzenboule-Anlage bog der Kerl in einen Feldweg ab und ging in Richtung der alten Müllhalde.

Der Reverend folgte dem Kerl
mit einigem Abstand.

Diesen Ort mied der Reverend, wenn es ging. Wie alle anderen Katzen auch. Das lag an den Bewohnern. Der Reverend versteckte sich im hohen Gras, um nicht gesehen zu werden. Jetzt musste der Kater auch noch aufpassen, dass ihn die Müllhalde-Katzen nicht entdeckten.

Die Müllhalde Bevor der Abfall in die Müllverbrennungsanlage des Nachbarortes gefahren wurde, hatten die Menschen ihren Unrat auf die Müllhalde am Rand der Stadt gebracht. Essensreste. Aber auch kaputte Möbel. Sessel, die nicht mehr der Mode entsprachen. Schallplatten, die sich keiner mehr anhörte, weil kein Bewohner mehr einen Schallplattenspieler besaß. Hier lagerten Kostbarkeiten, die für die Menschen keinen Wert mehr hatten. Und hier lebten Katzen, die sich nichts mehr aus dem Leben mit Menschen machten. Sie alle hatten eine Hauskatzenvergangenheit. Aber sie wollten schon lange nicht mehr gekuschelt werden. Oder gekämmt. Sie waren Außenseiter mit Rastalocken. Streuner mit verfilztem Fell.

Spinoza Etwas weniger als zehn Katzen lebten auf der ehemaligen Müllhalde. So genau ließ sich das nie sagen. Mal kam ein Neuling dazu, dem das Leben in der Stadt nicht mehr gefiel. Mal haute eine Katze ab, mal starb eine. Das kümmerte die anderen Katzen nicht sonderlich. Ihr Anführer war Spinoza. Der Kater hatte viele Jahre in einer Philosophenfamilie verbracht. Dann hatte er keine Lust mehr auf ein Leben im Überfluss gehabt. Spinoza hatte schmutziges weißes Fell und eine Denkerstirn. Einen ziemlich großen Kopf im Vergleich zu den feingliedrigen

Spinoza hatte schmutziges weißes Fell
und eine Denkerstirn.

Pfoten und dem mageren Körper. Und Spinoza hatte abstehende Ohren.

Punk und Pogo Spinoza war die erste Katze gewesen, die sich auf der ehemaligen Müllhalde niedergelassen hatte. Schnell waren ihm andere Katzen gefolgt, die wie Spinoza unzufrieden und ruhelos waren. Sie kümmerten sich nicht sonderlich um ihr Äußeres. Ihr Fell war ungepflegt. Sie hatten kahle Stellen am Körper. Und in diese Stellen ritzten sie sich mit ihren Krallen Symbole. Symbole, die sie auf den Umschlägen der Schallplatten auf der ehemaligen Müllhalde fanden. Schallplatten aus den Siebzigerjahren des vorigen Jahrhunderts. Punkmusik, die sie sich anhörten, indem eine Katze mit einer Kralle die Rillen auf der Scheibe entlangfuhr, die sich auf einem Plattenteller drehte. Die anderen Katzen stellten sich in einer Reihe auf und miauten in den Wind. Oder sie sprangen sich an, fielen in den Dreck und tanzten dann weiter. Auch deswegen sahen sie ungepflegt aus. Und stanken. Auch deswegen wollten die anderen Katzen von Katzenstadt nichts mit ihnen zu tun haben.

Es gab dafür aber noch einen anderen Grund, einen handfesten Grund: Wenn die Katzen von der Müllhalde auf andere Tiere trafen, endete das immer im Streit. In lauten Diskussionen, weil sie stur waren und nur ihr eigenes Leben als erstrebenswert betrachteten. Weil sie kein Verständnis hatten für das gutbürgerliche Leben der anderen Katzen. Oft spuckten sie andere Katzen an. Oder bewarfen sie mit Abfall. Zu Kämpfen kam es nur selten. Aber man wusste ja nie. Deswegen mieden alle anderen Katzen die Gegend um die Müllhalde.

Die Observierung Der Reverend musste nicht ganz bis zur ehemaligen Müllhalde laufen. Kurz vor der Müllkippe bog der Laufbursche ab, marschierte wieder zurück in Richtung Stadt und blieb vor dem ehemaligen Bahnhof stehen. Er hatte einen großen Umweg gemacht, um an diesen Ort zu gelangen, der an sich nur wenige Straßen von der Katzenfutterfabrik entfernt lag. Dann lief er durch das Bahnhofsgebäude zu den Gleisen.

Der Reverend versteckte sich auf einem Abstellgleis hinter einem ausrangierten, verrosteten Güterwaggon. Weil er von dort nur schlecht beobachten konnte, was auf dem Bahnsteig vor sich ging, sprang er über das Trittbrett in die offen stehende Tür. Er kletterte hoch zum Fenster. Und stieg von dort auf das schwarze Dach. Bis auf den weißen Kragen war der Kater hier unsichtbar. Vom Dach aus beobachtete der Reverend, wie ein Mann mit Glatze und verspiegelter Sonnenbrille aus dem Gebäude kam.

Der Glatzkopf wunderte sich über das blutige Hemd des Laufburschen. Vermöbelt von ein paar Kätzchen. Der Glatzkopf schüttelte den Kopf. Was für ein Anfänger. Aber immerhin schien er bei den Katzen gewesen zu sein. Der Glatzkopf drückte dem Laufburschen fünf Geldscheine in die Hand. Fünf Geldscheine dafür, dass er sich eine Katzenpfote um den Hals gehängt hatte und in der Katzenfutterfabrik aufgetaucht war. Fünf Geldscheine dafür, dass ihn die Katzen ordentlich aufgemischt hatten. Fünf Geldscheine dafür, dass ihn die Katzenkratzer noch Tage an diese Lektion erinnern würden. Der Laufbursche nahm das Geld und verduftete aus Katzenstadt. Für immer.

Drei Ringe Der Glatzkopf ging zurück in das Bahnhofsgebäude. Er ließ die Türen offen stehen. Er trug einen blauen Anzug und weiße Turnschuhe. Am linken Handgelenk blitzte eine Armbanduhr mit goldenem Zifferblatt. An seiner Halskette hingen drei Ringe, in die Namen graviert waren: Hercules, Nero, Murphy.

Der Reverend sprang vom Güterwaggon. Er schlich näher an das Bahnhofsgebäude heran. Er erkannte durch das Fenster, dass der Glatzkopf alleine im Büro saß. In den anderen Räumen war niemand zu sehen. Aus dem Keller kam ein leises schmerzerfülltes Wimmern. Da trat der Glatzkopf ans Fenster und der Reverend musste abhauen.

Der Umweg Der Glatzkopf war schon ganz ungeduldig geworden, weil der Laufbursche so lange nicht zurückgekehrt war. Aber immerhin. Er hatte recht behalten. Er war sich sicher gewesen, dass die Katzen aus der Katzenfutterfabrik den Laufburschen bis zum Bahnhof verfolgen würden. Der Glatzkopf sah den schwarzen Kater um die Ecke verschwinden. Jetzt konnte er nur darauf vertrauen, dass der Kater die anderen Katzen aus der Fabrik hierherführte. Der Glatzkopf hatte alles vorbereitet. Er grinste.

Ungehörte Sorgen Als der Reverend von seiner Observierung zurück war, berichtete er von seinen Beobachtungen. Der ehemalige Bahnhof sei so gut wie unbewacht. Im Gebäude sei nur dieser Glatzkopf.

»Ein widerlicher Kerl mit Sonnenbrille«, sagte der Reverend. Und aus dem Keller habe er das klägliche Wimmern einer Katze gehört. »Vermutlich ist es Matula!«

Bandini sprang auf das Fließband der Katzenfutterfabrik. Von dort kletterte sie auf einen mannshohen Edelstahltopf. »Wir müssen Matula befreien«, rief sie. »Wir müssen dafür sorgen, dass nicht noch mehr abgehackte Katzenpfoten wie Trophäen durch die Stadt getragen werden.«

Sie stellte sich auf die Hinterbeine und deutete in Richtung Bahnhof. »Wir müssen so bald wie möglich aufbrechen«, rief Bandini.

»Ja, wir müssen uns beeilen«, rief Bonnie.

Clash, der Reverend und Ballhaus miauten zustimmend und liefen zur Tür. Spike stellte sich seinen Freunden zögerlich in den Weg.

»Ist das nicht alles zu einfach«, lispelte der Kater. »Findet ihr es nicht seltsam, dass das Versteck beinahe unbewacht ist?«

Spike sprang auf einen Hocker. »Habt ihr keine Angst, dass das Ganze eine Falle sein könnte?«

Spike war der Vorsichtigste von ihnen. Schon immer. Aber seine Sorgen blieben diesmal ungehört. Natürlich bestand die Möglichkeit, dass sie sich in Gefahr brachten. Aber sie mussten es riskieren. Für Matula. Für Katzenstadt.

Spike Spike hatte eine Schlägerfresse. Das ist – zugegeben – eine ungerechte Beschreibung, weil Spike ein anständiger Kater war. Duldsam. Ausgeglichen. Zurückhaltend. Das wussten alle, die ihn kannten. Alle anderen nahmen sich vor ihm in Acht. Weil ihm vier Schneidezähne fehlten. Und wegen seiner Fellzeichnung. Er hatte am ganzen Körper dunkelgrau getigertes Fell. Auch am

Kopf. Vom linken Auge bis zum Maul wuchs ein Streifen weißes Fell nach unten. Wie ein Blitz. Wie eine Flamme.

Der Reverend Der Reverend führte die Katzen auf dem Weg zum ehemaligen Bahnhof an. Wie kaum eine andere Katze stellte er sich in den Dienst seiner Freunde. Als er noch bei seinen Menschen gelebt hatte, war er sehr anhänglich gewesen. Und ein guter Aufpasser. Wie oft hatte er an seinem Fensterplatz gesessen oder noch lieber auf einem Baum, um die Umgebung mit seinen gelben Augen zu beobachten. Das hatte sich bis heute nicht geändert. Er hatte am ganzen Körper kurzes glänzendes schwarzes Fell, bis auf den kleinen weißen Fleck am Hals. Wie ein weißer Stehkragen. Deswegen wurde er der Reverend genannt.

Geschmeidig schritt der Reverend voran, nicht ahnend, dass er und seine Freunde gerade dabei waren, einen großen Fehler zu machen. Einen Fehler, mit dem sie riskierten, die Katzenfutterfabrik zu verlieren. Einen Fehler, mit dem sie sich in große Gefahr bringen würden.

Tiga Tiga beobachtete die Katzen auf dem Weg zum Bahnhof. Sie war noch klein. Keine Babykatze mehr. Aber noch viel zu jung, um sich alleine in der Stadt herumzutreiben. Tiga hatte den Schlosspark auch gar nicht verlassen wollen. Aber zuerst hatte sie einen kleinen Schmetterling gejagt, dann hatte sie ein vom Wind davongetragenes Ahornblatt verfolgt. Sie hatte einer kleinen Entenfamilie hinterhergeschnüffelt, einem Rotkehlchen nachgestellt, war durch eine Wasserpfütze getrippelt. Und als sie zum ersten Mal wieder aufgesehen hatte, hatte sie feststellen müssen, dass sie an einem Ort war, den sie zuvor noch nie gesehen hatte. Auf der anderen Straßenseite befand sich die ehemalige Katzenfutterfabrik. Geschichten von der Fabrik hatte Tiga schon gehört, auch von den Katzen, die dort lebten. Aber wie sollte sie von diesem Ort aus je wieder nach Hause finden, zu den Katzen vom Schlosspark?

Bevor sie sich Sorgen machen konnte, erblickte Tiga sechs Katzen, die gerade in Eile die Katzenfutterfabrik verließen: Bandini, ihre Schwester Bonnie, Clash, Spike, Ballhaus und, ganz vorne in der Katzenkette, den Reverend. Eines verwunderte Tiga: Warum hatte Bandini eine schwarze Pfote mit einer weißen Spitze im Maul? Und wo hatte sie diese Pfote schon einmal gesehen? Tiga merkte, wie ihr Atem schneller wurde, und presste sich flach auf den Boden, um nicht gesehen zu werden. Irgendetwas ging hier vor sich.

Trainingsstunde Schon oft hatte Tiga mit den Katzen aus dem Schlosspark Verfolgungen trainieren müssen. Sie hasste diese Übungsstunden. Sie verstand nicht, warum sie keine Geräusche von sich geben durfte. Sie wusste nicht, was sie mit diesen Fähigkeiten später einmal anfangen sollte und warum sie auf Gegenwind achten musste. Tiga spitzte die Ohren. Mit weit geöffneten Augen verfolgte sie jeden Schritt der anderen Katzen. Sie robbte am Boden entlang. Jede Deckungsmöglichkeit nutzte Tiga, um sich heranzupirschen. Sie schob die Hinterbeine nach vorne, um bereit zu sein für den Sprung. Wie man es ihr seit Wochen versucht hatte beizubringen. Aber noch nie hatte sie bei einem Training so viel Spaß gehabt wie jetzt gerade im Ernstfall.

Die Schlosspark-Katzen Tiga war die Jüngste der acht Schlosspark-Katzen. Als sie noch ein Kätzchen gewesen war, hatten Menschen sie ausgesetzt. In einem kleinen Korb, der in den Fluss geworfen worden war, der an der Stadt vorbeifloss. Der Korb hatte sich in einem Gestrüpp verfangen. Und ehe sich der Behälter mit Wasser gefüllt hatte und sinken konnte, hatte Banks Tiga gerettet. Banks war der Anführer der Schlosspark-Katzen und sie würde alles für ihn tun. Ihm verdankte sie ihr Leben. Er war wie ein Vater für sie. Die anderen Katzen hießen Dolly, Hingsen, Harmony, Mücke, Kung Fu. Und Matula, aber der war seit drei Tagen nicht aufgetaucht.

Eine Partie Tischtennis Banks saß auf der Tischtennisplatte. Er spielte Hingsen mit seiner rechten Pfote den Tischtennisball zurück. Routiniert, technisch sauber, aber ohne jeden Ehrgeiz. Er war beunruhigt. Seit einigen Tagen, so hatte es sich unter den Tieren herumgesprochen, verschwanden immer wieder alleinstehende Katzen. Banks hatte Nachforschungen betrieben, aber nichts herausgefunden. Und vor drei Tagen hatte er ein Drohschreiben bekommen. Seine Katzen sollten den Schlosspark verlassen. Für immer, sonst würden schlimme Dinge passieren. Dann war Matula verschwunden.

Und jetzt war auch Tiga weg. Er hätte besser auf sie aufpassen müssen. Banks machte sich Sorgen. Aber noch wollte er seine Befürchtungen nicht mit den anderen Katzen teilen. Immerhin hatte er dafür gesorgt, dass ständig jemand auf der Schlossparkmauer Wache hielt.

Der Hinterhalt Tiga war eine rote Katze. Eigentlich war ihr Fell rötlichgelb. Banks hatte sie Tiga genannt, weil ihr rotes Fell am ganzen Körper mit schwarzen Streifen durchzogen war. Sie beobachtete von ihrem Versteck aus, wie die Katzen aus der Katzenfutterfabrik den ehemaligen Bahnhof durch die offene Tür betraten.

Bandini, Bonnie, Clash, Spike, Ballhaus und der Reverend schlichen sich zunächst vorsichtig heran, Pfote für Pfote. Sie lauschten aufmerksam, aber im Inneren des Bahnhofsgebäudes war nichts zu hören. Kein Laut. War der Glatzkopf schon abgezogen? Konnten sie in aller Ruhe nach Matula suchen und ihn befreien? Die Katzen betraten die Bahnhofshalle. Sahen sich in alle Richtungen um. Sie hörten das schmerzerfüllte Miauen. Von unten. Im Quarzsteinboden war eine Luke aus Metall eingelassen. Dort war das Miauen am deutlichsten zu hören.

Alle sechs Katzen standen auf der Platte. Ermahnten sich zur Stille, um heraushören zu können, ob es sich bei der wimmernden Katze im Keller um Matula handelte. Sie lauschten. Konzentrierten sich. Und wurden vom lauten Scheppern der Falltür überrascht. Ein Abgrund tat sich auf. Sie stürzten hinab in einen dunklen Keller. Von oben schaute der Glatzkopf zu ihnen hinunter. Er lachte. Fies und gemein. Dann schloss er die Luke. Und es wurde schwarz.

»Wir haben sie« Tiga wusste nicht, wie tief das Loch war. Auch konnte sie nicht erkennen, ob die Katzen den Sturz überlebt hatten. Aber sie sah, wie ein Mann mit Glatze und verspiegelter Sonnenbrille an das Loch trat, ins

Dunkle blickte und höhnisch lachte. Dann schloss er die Luke, griff zu seinem Mobiltelefon und wählte eine Nummer. »Wir haben sie«, sprach er in den Apparat. »Ihr könnt anfangen!« Er steckte sein Telefon wieder ein und verließ den ehemaligen Bahnhof.

Der Problemlöser Der Glatzkopf wohnte noch nicht lange in Katzenstadt. Er wollte auch nicht lange bleiben. So war das bei jedem seiner Aufträge. Gab es heikle Aufgaben zu erfüllen, wurde der Glatzkopf gerufen. War das Problem gelöst, verschwand er wieder. So einfach war das. Der Glatzkopf hatte sich einen Namen in der Branche gemacht. Als Problemlöser.

Der Kohlenkeller Bandini, Bonnie, Clash, Spike, Ballhaus und der Reverend brauchten eine Weile, um sich an die Dunkelheit zu gewöhnen. Ihre Mäuler waren trocken. Das lag an dem vielen Staub, der sich hier über Jahrzehnte angesammelt hatte. Sie waren in den Kohlenkeller des Bahnhofs gefallen. Einst wurde hier die Kohle, die aus den Zügen entladen wurde, gesammelt. Heute war der Keller nicht mehr in Betrieb. Kein Mensch heizte mehr mit Kohle. Es war auch keine Dampflock mehr im Einsatz. Eigentlich war in dieser Stadt überhaupt keine Lok mehr unterwegs, der Betrieb des Bahnhofs war vor vier Jahren eingestellt worden.

Dunkle Aussichten Bandini, Bonnie, Clash, Spike, Ballhaus und der Reverend waren sich ihrer Sache zu sicher gewesen. Sie hatten sich angeschlichen. Und weil sie geglaubt hatten, dass der Bahnhof nicht bewacht wurde, waren sie einfach in die Halle gelaufen, ohne an mögliche Gefahren zu denken. Jetzt lagen sie im Kohlenkeller des Bahnhofs. Die Falltür an der Decke war für sie nicht zu erreichen, zu hoch war das Kellergewölbe. Und die Luke war auch wieder geschlossen. Zum Glück hatte sich niemand verletzt. Aber was bedeutete der Satz, den der Glatzkopf am Ende des Gesprächs in sein Telefon gesprochen hatte? »Ihr könnt anfangen!« Was hatte er damit gemeint? Mit was sollte angefangen werden? Sollten ihnen nun auch die Pfoten abgehackt werden? Und wo war eigentlich Matula?

Stümperhaft verbunden Der Kohlenkeller erstreckte sich über fünf Abschnitte. Die Ziegel waren noch immer mit Ruß bedeckt. Die Deckenleuchten waren alle heruntergerissen, die Fenster der Lichtschächte zugemauert. Nur im hintersten Raum fand ein Sonnenstrahl seinen Weg durch einen Riss im Mauerwerk. Dort lag Matula. Seine rechte Vorderpfote fehlte, die Wunde war stümperhaft mit einem schmutzigen Lappen verbunden. Bonnie maunzte. Matula war sehr schwach, kaum mehr am Leben. Aber als er Bonnie, Bandini und die anderen Katzen erblickte, miaute er. Er versuchte, kurz aufzustehen und den Katzen entgegenzugehen, konnte sich aber nicht auf den Pfoten halten und stürzte. Es sah nicht gut aus.

Groß genug Der Glatzkopf war in einem Cabrio davongebraust. Tiga sah sich im ehemaligen Bahnhofsgebäude um. Alles war leer. Auch die Halle, in deren Boden eine Falltür eingelassen war. Von ihrem Versteck aus hatte sie gesehen, wie die Katzen hier hinabgestürzt waren. Aber die Luke war verriegelt. Tiga konnte sie nicht öffnen.

Tiga schlich vorsichtig um das ganze Gebäude herum, ging an den zugemauerten Fensterschächten vorbei. Bei einem Kellerfenster hatten die Handwerker einen Riss im Mauerwerk übersehen. Tiga kauerte sich auf den Boden. Sie kniff die Augen zusammen und versuchte, durch den Spalt zu sehen. Als sie glaubte, im Keller Matula entdeckt zu haben, begann sie, wild entlang des Risses zu kratzen. Putz bröselte die Mauer herunter, Mörtel und kleine Ziegelstücke fielen auf den Boden. Tiga sprang gegen die Mauer, presste ihre Pfote gegen die Ziegel. Als sie mit ihrer rechten Pfote durch die Mauer stieß, bemerkten Bandini und die anderen die kleine Katze.

»Hi«, rief Tiga nach unten. »Kann ich euch helfen?«

Bandini atmete erleichtert auf. Was für ein Glück, die kleine Katze aus dem Schlosspark hier zu sehen. Bei Bandini keimte Hoffnung auf. Jetzt würden sie aus dem Keller entkommen. Der Lichtschacht war zu weit oben, um Tiga bei den Mauerarbeiten zu helfen. Aber Bandini und die anderen feuerten Tiga bei ihren Bemühungen an. Als das Loch groß genug war, nahm Bandini das Lederband, an dem Matulas Pfote befestigt war, in ihr Maul und schleuderte die Pfote nach oben. Beim dritten Versuch konnte Tiga die Pfote greifen und ins Freie ziehen.

»Du musst Hilfe holen!«, bat Bandini Tiga.

Hilfe holen Tiga stand hinter dem Bahnhof. Direkt vor ihr war das Gleis. Sie sah sich orientierungslos um. Auch an diesem Ort war sie noch nie zuvor gewesen. Sie war den Katzen von der Katzenfutterfabrik gefolgt und hatte sich dabei nicht den Weg zum Bahnhof eingeprägt. Selbst wenn sie es getan hätte, hätte es ihr nicht weitergeholfen, denn auch zur Fabrik war sie bei ihrem ersten Ausflug aus dem Schlosspark nur zufällig gekommen. Sie hängte sich Matulas Pfote um den Hals. Die Pfote schleifte immer wieder am Boden, aber Tiga lief weiter, um Hilfe zu holen.

Schauderhaftes Miauen Tiga entschied sich zunächst für den Trampelpfad am Gleis entlang. In den Fenstern im Anbau des Bahnhofsgebäudes sah sie eine getigerte Katze mit einer Katzenpfote um den Hals und erschrak. Als sie erkannte, dass es sich um ihr Spiegelbild handelte, lief sie geradeaus weiter. Sie sollte schließlich Hilfe holen. Sie kam an eine Straße. Nach rechts ging es auf eine Brücke, die über das Bahngleis führte. Geradeaus führte der Pfad weiter. Sie witterte Katzen, übel riechende Katzen. Ein schauderhaftes Miauen erklang aus dieser Richtung.

Tiga entschied sich, nach links zu gehen. Nach wenigen Metern bog sie erneut nach links ab. Sie kam wieder zum Bahnhofsplatz, diesmal sah sie die Vorderseite des Gebäudes.

Links und rechts neben dem Bahnhofsgebäude standen im Halbkreis weitere Häuser, eine Privatbank, ein Schnellrestaurant, eine Apotheke, eine Bäckerei, ein Wettbüro, ein Kosmetikstudio, ein Schreibwarenladen, eine Galerie, ein Optiker, ein Fotofachgeschäft, ein Reisebüro und eine Wollstube. Die meisten dieser Geschäfte waren seit vier Jahren geschlossen. Aber nicht alle.

Links von Tiga gab es eine Privatbank, ein Schnellrestaurant und eine Galerie. In der Galerie wurden Katzenbilder ausgestellt, doch dafür hatte Tiga keine Zeit. Sie wandte sich nach rechts und blieb nach ein paar Metern an der Straßenkreuzung stehen. Ein Zebrastreifen war auf die Straße gemalt. Er führte genau zum Eingang des Schlossparks. Und auf der Schlossparkmauer saß Banks, die Vorderbeine durchgestreckt. Er sah nicht glücklich aus.

Banks Banks klopfte langsam mit seinem langen Schwanz auf die Mauer. Immer wieder rupfte er sich Haare aus seiner Pfote. Er war beunruhigt. Seine Augen waren weit geöffnet, seine weit auseinanderliegenden Ohren aufrecht gespitzt. Ein Zeichen heller Aufregung und Besorgnis. Banks hatte am ganzen Körper kurzes kastanienrotes Fell, frei von irgendwelchen Zeichnungen. Nur seine Schnauze war weiß. Und bleich. Bleich vor Schreck, als er die abgehackte Pfote von Matula erkannte. Tiga war zurückgekommen. Endlich. Aber was hatte es zu bedeuten, dass sie Matulas Pfote um den Hals trug?

Die ganze Geschichte »Matulaanderekatzenkellerhilfe«, sagte Tiga hastig. Sie war zu aufgeregt, um klar verständlich sprechen zu können. Sie holte kurz Luft, schüttelte sich und versuchte es erneut. »Matulaanderekatzenkellerhilfe!« Tiga zitterte, so angespannt war sie. So besorgt, dass die Hilfe nicht rechtzeitig kam.

Banks sprang von der Mauer, leckte Tiga vertrauensvoll das Gesicht. Bis er glaubte, dass sich die kleine Katze ein wenig beruhigt hatte.

»Was ist los, Tiga?«, fragte er dann. »Was ist passiert?«

»Matulaanderekatzenkellerhilfe«, sagte Tiga.

»Ich kann dich leider nicht verstehen«, sagte Banks. Er hatte Tiga noch nie so außer sich erlebt. »Darf ich die Pfote vielleicht einmal anschauen?«, fragte er vorsichtig.

Tiga beugte ihren Kopf nach unten, sodass das Lederband von ihrem Hals rutschte. Banks zog mit der Kralle die Pfote an sich. Er schnüffelte. Matula. Kein Zweifel. Banks spürte Zorn in sich aufsteigen. Aber er musste jetzt einen klaren Kopf behalten.

»Hast du Matula gesehen?«, fragte Banks.

Tiga nickte. Sie war immer noch zu aufgebracht, um zu sprechen.

»Lebt er?«, fragte Banks.

Tiga nickte. Aber ihr Blick war wenig hoffnungsvoll.

»Weißt du, wo er jetzt ist?«, fragte Banks.

Tiga nickte. Sie wollte schon loslaufen, um Banks den Weg zu zeigen. Doch der Anführer der Schlosspark-Katzen hielt sie zurück. »Warte noch einen Moment«, sagte er.

Banks musste an die Drohung vor drei Tagen denken. An die Warnung, dass schlimme Dinge passieren würden, wenn er und seine Katzengang nicht den Schlosspark verlassen würden.

Banks war in Sorge. Und er schwor Rache. Aber zuerst mussten sie Matula retten. Banks rief die übrigen Schlosspark-Katzen zu sich: Dolly, Hingsen, Harmony, Mücke und Kung Fu.

»Matula braucht Hilfe«, sagte er. »Sofort. Ich werde jetzt mit Tiga zur Tierärztin gehen. Wir werden sie zu ihm führen. Hoffentlich kommen wir nicht zu spät.«

Bevor Banks mit Tiga loszog, mussten ihm die Katzen

versprechen, aufzupassen und im Falle eines Angriffs den Schlosspark zu verteidigen. Notfalls bis aufs Blut.

Doktor Katzenbeißer Doktor Katzenbeißer lauschte Banks kläglichem Miauen mit besorgter Miene. Etwas war geschehen und sie wurde gebraucht. Sie nahm ihren Arztkoffer, zog ihren Kittel an und folgte dem Kater aus der Praxis.

Katzen, die das erste Mal in ihre Praxis kamen, hatten große Angst vor ihr. Das konnte mit ihrem Namen zusammenhängen. Aber schnell merkten sie, dass Doktor Katzenbeißer eine wahre Tierfreundin war. Obwohl kaum mehr Menschen in Katzenstadt wohnten und sie deswegen kaum mehr Einnahmen hatte, kümmerte sie sich weiterhin um die Tiere. Einige Katzen waren sogar der Meinung, dass Doktor Katzenbeißer sie verstehen konnte, wenn sie mit ihr redeten. Was natürlich nicht stimmte.

Aber manchmal musste eine Tierärztin gar nicht so viel verstehen. Etwa, wenn eine frisch abgehackte Katzenpfote an einem Lederband hing. Doktor Katzenbeißer machte noch einmal kehrt und legte Matulas Pfote in den Kühlschrank. Sie erklärte Banks und Tiga, dass sie vorangehen und ihr den Weg zeigen sollten.

»Zum Bahnhof«, sagte Tiga, die sich wieder ein wenig beruhigt hatte.

Keine Zeit zu verlieren Banks lief voran, Doktor Katzenbeißer folgte ihm. Sie trug Tiga auf dem Arm, damit sie schneller vorwärtskamen. Sie hatten keine Zeit zu verlieren, das wusste die Tierärztin. Am Bahnhofsgebäude angekommen, sprang Tiga auf den Boden, damit sie ihnen den Weg zeigen konnte.

»Hier entlang«, rief Tiga und lief zur Falltür. »Da unten sind Matula und die anderen Katzen.«

Doktor Katzenbeißer öffnete die Luke und leuchte mit einer Taschenlampe in den Kohlenkeller. Ganz hinten im Eck sah sie Bandini, Bonnie, Clash, Spike, Ballhaus und den Reverend sitzen. In ihrer Mitte lag Matula. Bonnie war ganz nah bei ihm und schleckte ihm über die Stirn. Seinen ganzen Körper hatte sie geputzt, in der Hoffnung, er würde sich ein bisschen beruhigen und die Schmerzen vergessen.

Doktor Katzenbeißer leuchtete mit der Taschenlampe auf Matula. Sie stellte sofort fest, dass dem Kater seine rechte Vorderpfote fehlte. Doktor Katzenbeißer schnappte sich die Holzleiter, die an der Wand lehnte. Sie versicherte sich, dass die Füße der Leiter nicht wegrutschen konnten, und stieg nach unten. Banks und Tiga mussten oben bleiben.

Im Laufschritt Doktor Katzenbeißer spritzte Matula zuerst einmal ein Schmerzmittel und gab ihm eine weitere Injektion, um den Kreislauf zu stabilisieren. Dann legte sie rasch einen sauberen Verband an. Sie mussten so schnell es ging in die Tierarztpraxis. Zwischen der Amputation und dem Annähen der Pfote durften nicht mehr als acht Stunden vergangen sein. Nur wenn sie rechtzeitig operieren konnte, hatten sie eine Chance, Matulas Pfote zu retten. Eine geringe Chance, das wusste sie. Aber sie musste es versuchen.

Doktor Katzenbeißer legte Matula vorsichtig über ihre Schulter und kletterte Schritt für Schritt die Leiter nach oben. In der rechten Hand trug sie den Arztkoffer, das machte den Aufstieg nicht einfacher. Als die Tierärztin oben angekommen war, folgten Bandini, Bonnie, Clash, Spike, Ballhaus und der Reverend. Sie kletterten die Leiter flink nach oben. Danach ging es im Laufschritt zurück zur Arztpraxis. Vorneweg Doktor Katzenbeißer mit Matula über der Schulter. Dahinter Banks, Bandini und die anderen. Am Ende lief Tiga. Sie war völlig außer Atem und bemühte sich, den Anschluss nicht zu verlieren.

Der Überfall Während Doktor Katzenbeißer Matula operierte, lief Banks im Wartezimmer ruhelos auf und ab. Seit einer Stunde versuchte Doktor Katzenbeißer bereits, Matulas Pfote zu retten. Banks war angespannt. Nervös. Er war es nicht gewohnt, tatenlos zuschauen zu müssen. Abwarten. Bangen. Aber Banks konnte in diesem Moment nichts tun. Seine Unruhe wäre noch größer gewesen, hätte er gewusst, was gerade im Schlosspark vor sich ging. Dort kämpften Dolly, Hingsen, Harmony, Mücke und Kung Fu um ihr Leben.

Ein Dobermann, ein Bullterrier, ein Rottweiler Am Eingang zum Schlosspark nahmen Hercules, Nero und Murphy Drohhaltung ein. Ein Dobermann, ein Bullterrier, ein Rottweiler. Die drei Hunde des Glatzkopfs, der aus seinem Cabrio heraus den Überfall verfolgte. Der Dobermann knurrte. Seine kupierten Ohren standen senkrecht nach oben, das Fell war gesträubt. Sabber tropfte auf den Kiesboden. Der Dobermann fletschte seine Zähne, verzog die Lefzen. Er bellte dunkel, dann ging er drohend auf die erste Katze zu, Schritt für Schritt. Bereit, seine Reißzähne in ihren Körper zu schlagen. Gerade als er sich auf Dolly stürzen und sie zerfleischen wollte, sprang Kung Fu auf den Köter zu.

Der Angriff kam für den Dobermann überraschend. Plötzlich stand er zwei Katzen gegenüber. Kung Fu wartete nicht lange. Er fuhr seine Krallen aus und zog sie dem Hund über die Schnauze. Es war nur ein einziger Hieb, aber an Kung Fus Kralle hing ein Stück Dobermann-Backe.

Kung Fu Kung Fu blinzelte nicht. Er ließ den Dobermann keinen Moment aus den Augen. Würde der Hund sich nur einen Millimeter auf sie zubewegen, würde er sich auf ihn stürzen. Kung Fu stand in Verteidigungshaltung vor Dolly, Hingsen, Harmony und Mücke. Sein Katzenbuckel war stark gekrümmt, sein Fell aufgeplustert, die Ohren angelegt, sein nach unten gepresster Schwanz peitschte hin und her.

Kung Fu war kein sonderlich großer Kater, aber er war sehr athletisch. Sein Gesicht sah aus, als hätte er sich noch vor dem Kampf Kriegsbemalung um die Schnauze geschmiert. Wenn sich der Kater in Bewegung setzte, kam seine Unterwolle zum Vorschein. Dann hoben sich seine dunklen Haarspitzen deutlich vom hellen Unterfell ab.

Ein Angriff nach dem anderen Der Dobermann knurrte. Kung Fu fauchte. Der Kater ließ den Köter nicht aus den Augen. Auch den Rottweiler und den Bullterrier hatte er im Blick. Doch lange ließen sich die zu Kampfmaschinen ausgebildeten Hunde von diesen Drohgebärden nicht beeindrucken.

Sie blinzelten sich kurz zu. Dann griffen sie an. Alle drei. Der Dobermann wollte sich in Kung Fus Flanke festbeißen, doch der Kater rollte sich in letzter Sekunde zur Seite. Der Dobermann setzte nach. Er biss Kung Fu in den Hals, hatte kurz seinen Oberschenkel zwischen den Zähnen, zwickte ihn in die Schulter, weil der Kater wieder auswich. Kung Fu war einem Angriff nach dem anderen ausgesetzt. Er blutete heftig. Doch dann gelang es ihm, sich von unten am Bauch des Hundes festzukrallen. Dort war er vor den Reißzähnen sicher. Der Dobermann versuchte, Kung Fu abzuschütteln. Aber je kräftiger sich der Hund schüttelte, desto tiefer bohrte der Kater seine Krallen in das Fleisch. Der Dobermann heulte jedes Mal laut auf.

Doppelschlag Der Bullterrier nahm Dolly ins Visier. Er stürzte sich auf die Katze, doch Dolly wich aus. Sie sprang ihm auf den Rücken, versuchte, sich in seinem Nacken festzukrallen und sich mit ihren Fangzähnen festzubeißen. Der Bullterrier schüttelte sich und schleuderte Dolly auf den Boden. Die Katze lag hilflos auf dem Kiesweg, der durch den Schlosspark führte. Harmony und Mücke kamen ihr zu Hilfe.

Mücke war ein muskulöser Kater mit langem silbergrauem Fell. Sein Brustkorb war breit, sein Hals kräftig, seine Pfoten waren groß und zwischen den Zehen stark behaart. Mücke stellte sich auf seine Hinterbeine. Er fuchtelte zunächst mit seinen Krallen vor der Hundeschnauze herum. Der Hund schaute gelangweilt. Ein Kater auf Hinterbeinen. Lachhaft. Doch dann schlug Mücke zu. Mit beiden Pfoten gleichzeitig. Auf die Ohren. Das schmerzte.

Jagdszenen Der Rottweiler hatte sich Hingsen vorgenommen. Er jagte den Kater kreuz und quer durch den Park. Doch Hingsen war ein guter Läufer. Hingsen ähnelte einer Wildkatze mit seinem silbrigen Fell und den schwarzen Querstreifen. Er war aber ein Rassekater. Großer, schlanker Körper. Kraftvolle Beine. Sehr sportlich. Deswegen war er auch flink genug, um den Hund eine Zeit lang in Schach zu halten.

Als aber selbst Hingsen die Puste ausging und der Rottweiler kurz davor war, ihn zu zerfleischen, rettete sich Hingsen auf einen Spitzahorn. Der Rottweiler versuchte hinterherzuklettern. Aber er kam nicht sehr weit. Immer wieder sprang er am Baumstamm hoch. Versuchte, sich festzukrallen und hinaufzuklettern. Jedes Mal rutschte er wieder ab. Und nach jedem gescheiterten Versuch sprang der Rottweiler wieder gegen den Baum, noch wütender als vorher.

Hingsen beobachtete die kläglichen Kletterversuche von der Baumkrone aus. Der Rottweiler stand am Boden und kläffte den Kater wütend an.

Das Signal Auf einen Schlag war das Kläffen zu Ende. Hercules, Nero und Murphy hörten auf das Signal der Hundepfeife. Sie trotteten mit hängenden Köpfen zurück zu ihrem Herrchen. Sie hatten sich schmerzhafte Wunden eingefangen.

»Ihr Flaschen«, ätzte der Glatzkopf. »Ihr lasst euch von ein paar Kuschelkätzchen vermöbeln, ich glaube es nicht«, blaffte er.

Der Glatzkopf nahm die Lederleine und zog sie seinen

Hunden kräftig über den Rücken. Die drei Köter konnten es nicht einmal mit fünf Katzen aufnehmen. Er konnte es nicht fassen. Noch einmal schlug er mit der Lederleine zu. Die Hunde zitterten. Sie bewegten sich keinen Zentimeter. Die Ohren waren angelegt, der Kopf geduckt, die Beine eingeknickt. Keiner von ihnen blickte sein Herrchen an. Sie starrten auf den Boden. Noch einmal holte der Glatzkopf zum Schlag aus, ließ die Leine aber neben dem Rottweiler auf den Boden knallen. Der Hund pinkelte aus Angst auf den Boden. Der Glatzkopf legte seinen Hunden Würgehalsbänder an, erst dann durften sie ins Auto. Blut tropfte von den Hundekörpern auf die weißen Ledersitze des Cabrios.

»So was darf nicht noch einmal passieren. Das nächste Mal macht ihr sie fertig.« Der Glatzkopf startete den Motor und fuhr mit quietschenden Reifen davon.

Inge Inge war eine der letzten Katzen in Katzenstadt, die noch bei einem Menschen wohnten. Sie lebte bei Doktor Katzenbeißer. Inge war eine Birmakatze. Sie hatte blaue Augen, eine dunkle Schnauze, einen dunklen Schwanz und schwarz umrandete Ohren – ansonsten hatte sie halblanges weißes Fell. Sie war eine mittelgroße Rassekatze mit einer außergewöhnlich sanften Stimme. In der Tierarztpraxis arbeitete sie am Empfang, auch wenn Doktor Katzenbeißer davon gar nichts wusste. Alle Tiere mochten Inge. Leider war sie sehr vergesslich.

Ein schöner Name Bandini tigerte unruhig den Gang auf und ab, während Matula operiert wurde.

»Hallo Inge«, sagte sie, als sie der Empfangskatze begegnete.

»Schön, dass Sie bei uns sind«, sagte Inge. »Wie kann ich Ihnen helfen?«

Bandini stutzte kurz. Sie blieb stehen. »Inge, ich bin es, Bandini.«

Inge überlegte kurz. »Bandini? Ein schöner Name«, sagte sie dann. »Was fehlt Ihnen? Doktor Katzenbeißer behandelt gerade noch einen anderen Patienten. Aber warten Sie doch bitte kurz.«

Bandini kannte diese Gespräche, schon häufig hatte sie Inge bei Doktor Katzenbeißer erlebt. Das Schöne daran war, dass sie sich immer wieder aufrichtig zu freuen schien, wenn sie Bandini aufs Neue kennenlernte. Eine nette Katze. Aber um sich nicht noch ein weiteres Mal vorstellen zu müssen, verzog sich Bandini ins Wartezimmer. Bonnie kam zu Bandini gelaufen und fragte sie nach Matulas Zustand. Aber Bandini hatte keine Neuigkeiten.

Bandini hatte ein ungutes Gefühl. Sie wollte zurück zur Katzenfutterfabrik und nach dem Rechten sehen. Aber natürlich wollte sie auch wissen, wie die Operation von Matula verlief. Würde er überleben?

Unterdessen in der Katzenfutterfabrik Während Bandini und die anderen um Matula bangten, geschah am anderen Ende von Katzenstadt etwas Ungeheuerliches. Bauarbeiter waren am Werk. In der Katzenfutterfabrik. Sie waren beauftragt worden, die Produktionsstätte umzubauen. Das alte Firmenschild wurde entfernt und durch ein neues ersetzt: »BRUTUS – REAL DOGFOOD«. Die

Arbeiter errichteten um das gesamte Areal Absperrgitter. Auch einen elektrischen Zaun brachten sie zur Sicherheit an. Eine Bautafel hing an der Wand. Mit Angaben, welche Arbeiten verrichtet werden sollten. Und bis wann der Umbau abgeschlossen sein sollte. Da hatte jemand wirklich keine Zeit zu verlieren.

Narkose-Traum Durch die Narkose war Matula mehrere Stunden komplett weggetreten gewesen. Er hatte zum Glück nicht mitbekommen, wie Doktor Katzenbeißer seine Pfote wieder angenäht hatte. Es war eine komplizierte Operation mit hohem Blutverlust gewesen. Doktor Katzenbeißer hatte unter dem Mikroskop operiert, filigranes Nähmaterial verwendet, dünner als Menschenhaar. Jeder Stich hatte sitzen müssen. Aber alles war gut gegangen.

Matula träumte einen wirren Narkose-Traum. Er sah einen fiesen Mann mit Glatze und verspiegelter Sonnenbrille. Der Mann grinste widerlich. Aber er war nicht alleine. Ein anderer Mann hatte ein Hackebeil in der Hand, Matula konnte sein Gesicht nicht erkennen. Und er hörte noch einen dritten Mann niederträchtig lachen. Matula fauchte im Schlaf. Und er zuckte unruhig auf seiner Decke hin und her, als er im Traum versuchte, dem Glatzkopf die Brille vom Kopf zu schlagen und ihm die Augen auszukratzen. Er holte mit der Pfote aus. Aber sein Vorderlauf war einfach nicht lang genug.

Bisssspuren am Hals Doktor Katzenbeißer warf ihren blutverschmierten Operationsumhang in den Abfalleimer. Gerade als sie sich ihre Hände mit Desinfektionsseife reinigte, schleppten sich Dolly, Hingsen, Harmony, Mücke und Kung Fu in die Tierarztpraxis.

Kung Fu hatte es am schlimmsten erwischt. An seiner Flanke fehlte ein größeres Stück Fleisch. Er hatte Bissspuren am Hals, an der Schulter, am linken hinteren Oberschenkel – der ganze Körper war mit Wunden übersät. Auch die anderen Katzen sahen übel mitgenommen aus. Kratzer, Bisse, kleinere Risse, Abschürfungen.

Aber sie hatten den Schlosspark verteidigt. Bis aufs Blut, wie es Banks von ihnen verlangt hatte. Sie hatten die Angriffe der Hunde abgewehrt. Sie hatten so erbittert gekämpft, dass auch der Dobermann und der Bullterrier einiges hatten einstecken müssen. Der Rottweiler war vergleichsweise glimpflich davongekommen.

Offene Verletzungen Doktor Katzenbeißer zog sich einen frischen Umhang an. Bevor sie die Wunden reinigte, musste sie erst sichergehen, dass die Katzen keine inneren Verletzungen hatten. Lunge gequetscht. Milz gerissen. Harnblase kaputt. Loch im Zwerchfell. All das hatte Doktor Katzenbeißer schon erlebt. Zu oft. Sie machte zunächst Röntgenbilder von den Tieren. Zur Sicherheit. Da sie bei Kung Fu unschlüssig war, ob Blut in die Lunge gesickert sein konnte, machte Doktor Katzenbeißer noch eine Ultraschalluntersuchung. Auch diese Überprüfung ergab keinen besorgniserregenden Befund. Erst jetzt desinfizierte sie die offenen Verletzungen und machte sich an die Arbeit, die Wunden zu nähen. Banks kam mit an den Behandlungstisch und ließ sich von den Katzen alle Einzelheiten des Überfalls erzählen. Es war genau das eingetroffen, was er befürchtet hatte.

Bandini, Bonnie. Dann die anderen Als Dolly, Hingsen, Harmony, Mücke und Kung Fu versorgt waren, verarztete Doktor Katzenbeißer noch Bandini, Bonnie und die anderen. Die Katzen moserten, weil sie keine Zeit für eine Untersuchung hatten. Sie wollten zurück in die Katzenfutterfabrik. Sie wollten dort nach dem Rechten sehen. Sie hatten ein mulmiges Gefühl.

Aber die Tierärztin ließ sich von ihrem Vorhaben nicht abbringen. Nicht nach einem Sturz in die Tiefe. Sie tastete die Katzen ab und untersuchte, ob Knochen gebrochen waren. Sie überprüfte, ob die Katzen unter Schock standen, und gab ihnen zur Sicherheit eine Spritze, um ihren Kreislauf anzuregen. Dann kämmte sie die Katzen. Erst Bandini, dann Bonnie. Dann die anderen.

Die Katzenpyramide Es war schon dunkel, als Doktor Katzenbeißer mit der letzten Behandlung fertig war. Die Tierärztin schaute noch einmal nach Matula, dann servierte sie allen Katzen eine große Portion Nassfutter mit erhöhtem Mineralstoffgehalt, wichtigen Proteinen und jeder Menge Kalorien, um die Katzen schnell wieder auf die Beine zu bringen.

Als Banks und Bandini nach der Fütterung mit ihren Gangs abziehen wollten, widersprach die Tierärztin bestimmt. Doktor Katzenbeißer hatte an diesem Tag zu viele verletzte Katzen gesehen. Und einen Kater mit einer abgehackten Pfote. In Katzenstadt trieb sich ein Tierquäler herum. Da konnte sie die Katzen diese Nacht nicht unbeaufsichtigt lassen. Die Schlosspark-Katzen, die an ein Leben im Freien gewöhnt waren, schliefen im Wintergarten. Bandini, Bonnie und die anderen blieben im Haus. Ballhaus suchte sich im Schlafzimmer seinen Schlafplatz auf dem Kleiderschrank, Bonnie kuschelte sich an den Rücken der Tierärztin, Clash und Spike legten sich auf ihre Füße, Bandini wählte sich den Bauch als Kissen. Und als später auch noch Tiga vom Wintergarten ins Schlafzimmer schlich, fand sie ihr Plätzchen an Doktor Katzenbeißers Brust. Nur Inge wunderte sich, als sie nach der Abendwäsche schlafen gehen wollte. Wer waren all die Katzen hier im Bett? Sie ging zurück zum Empfang und machte es sich auf dem Tisch bequem.

Tag ZWEI

Erholsamer Schlaf Es war für alle ein erholsamer Schlaf gewesen, auch wenn sich im Nachhinein nicht gänzlich klären ließ, wer im Schlafzimmer geschnarcht hatte. Bevor die Katzen in der Tierarztpraxis zum Frühstück zusammenkamen, schauten sie bei Matula vorbei. Er lag im Behandlungszimmer auf einer Decke, viel zu schwach, um aufzustehen. Seine rechte Vorderpfote war dick bandagiert. Aber Doktor Katzenbeißer versicherte, dass der Kater die Operation gut überstanden hatte.

»Wenn alles weiterhin positiv verläuft«, sagte Doktor Katzenbeißer, »kann Matula schon in ein paar Monaten fast wieder so laufen wie früher.«

Aber das Leben in Katzenstadt war noch lange nicht so wie früher. Noch bevor die Katzen ihr Frühstück abgeschlossen hatten, bekam Doktor Katzenbeißer schon wieder Besuch. Unerwünschten Besuch.

Fehlende Sympathie Es hatte noch gar nicht geklingelt, da sträubte sich Kung Fu schon das Fell. Er hatte die Ohren angelegt, sein Schwanz zuckte nervös nach links und rechts. Dann schrillte die Klingel der Tierarztpraxis. Doktor Katzenbeißer bemerkte Kung Fus Reaktion. Sie ging in den Eingangsbereich und schaute durch die Eingangstür aus gerahmtem Glas.

Vor der Tür standen ein Dobermann, ein Bullterrier, ein Rottweiler. Sie zogen wild an ihren Leinen, obwohl sie Würgehalsbänder anhatten. Sie hechelten. Und sie waren übel zugerichtet. Entzündete Kratzer am ganzen Körper, auch quer über die Schnauze. Der Dobermann hatte einen Riss am Auge erlitten, das Ohr des Bullterriers war böse ausgefranst. Nur der Rottweiler hatte kaum Verletzungen – zumindest auf den ersten Blick. Doktor Katzenbeißer ging zurück zur Küche und verschloss die Tür. Erst dann schaute sie wieder zu den Hunden. Hinter ihnen stand ein Glatzkopf. Er war der Tierärztin auf Anhieb unsympathisch.

Doktor Katzenbeißer nahm dem Mann die Leinen aus der Hand und schloss die Eingangstür, bevor er ihr folgen konnte. Ein widerlicher Kerl, fand sie, aber dafür konnten ja seine Hunde nichts. Doktor Katzenbeißer säuberte im Behandlungszimmer die Wunden und schmierte Zinksalbe auf all die Kratzer, damit sie sich nicht entzündeten. Erst dann brachte sie den Dobermann, den Bullterrier und den Rottweiler zurück zu ihrem Besitzer. Solche Typen hatte sie nie leiden können. Erst recht nicht, wenn sie weiße Turnschuhe zum Anzug trugen.

Danke, Tiga Die Katzen waren sichtlich angespannt, als Doktor Katzenbeißer wieder zurück in die Praxisräume kam. Und sie waren Doktor Katzenbeißer dankbar, dass sie die Küchentür verschlossen hatte, während sie die Hunde behandelte. Aber sie wussten nicht, wie sie sich der Tierärztin erkenntlich zeigen konnten. Nur Tiga kannte keine

Zurückhaltung. Sie war heimlich in den Garten geschlichen. Jetzt kam sie zurück. Sie presste ihre Flanke an die Beine von Doktor Katzenbeißer, dann stupste sie die Tierärztin an. Erst als Tiga sich ihrer kompletten Aufmerksamkeit sicher war, öffnete sie ihr kleines Maul und legte ihr ein junges Rotkehlchen vor die Füße. Der kleine Vogel lebte noch. Er flatterte davon.

Ballhaus Nach dem Frühstück machten sich die Katzen auf den Heimweg. Ballhaus ging als Letzter, als die Katzen die Praxis von Doktor Katzenbeißer verließen. Er war ein graugetigerter Perserkater, mittelgroß, kurze, stämmige Beine. Obwohl er früher nur selten die Couch verlassen hatte und auf Entdeckungstour gegangen war, hatte ihm sein Herrchen eine Kamera am Halsband befestigt. Das war das einzige Geschenk, das er jemals von ihm bekommen hatte. Auch sonst hatte er sich kaum für ihn interessiert. Die Arbeit war ihm immer wichtiger gewesen. Deshalb war Ballhaus eines Tages von zu Hause abgehauen. Aber das Halsband und die Kamera hatte er nie abgelegt. Wie alle Perserkatzen hatte auch Ballhaus üppiges Fell. Doch er achtete penibel auf seine Körperpflege, damit die Kameralinse niemals zugewachsen war.

Todunglücklich Banks und Bandini stupsten sich vor der Tierarztpraxis noch einmal an, bevor sie unterschiedliche Wege einschlugen. Bandini wollte zurück in die Katzenfutterfabrik, Banks in den Schlosspark. Banks führte seine Katzen zunächst zum Fluss. Um vor den Hunden in Sicherheit zu sein, wollte er am Gestrüpp entlangschleichen, am Rand der Wohnsiedlung vorbei, um von dort wieder zum Schlosspark zu gelangen.

Auf dem Weg zum Fluss kamen sie an der ehemaligen Pension vorbei. Vor dem Haus standen vier Katzen. Monki, Gus, Alfa und Romeo. Die vier lebten schon seit ihrer Kindheit in der Pension. Und als die Besitzer das Gästehaus aufgegeben hatten, waren die Katzen einfach im Haus geblieben. Bis zu diesem Tag. Bis ein kleiner schwarzer verbeulter Transporter vorgefahren war und zehn ungepflegte Männer ausgestiegen waren. Die Männer waren in die Pension gegangen, hatten ihre Reisetaschen auf den Boden geschmissen und die Tüten, bis zum Rand gefüllt mit Bierflaschen, auf den Fußboden gestellt. Jedes Zimmer hatten sie sich angeschaut. Und als sie die Katzen entdeckt hatten, hatten sie die Tiere im Nacken gepackt und aus dem Fenster geschleudert. Und da standen die Katzen nun. Verzweifelt. Wehmütig. Todunglücklich.

Romeo Banks erfasste die Lage sofort. Er bot den Katzen aus der Pension an, sich ihnen anzuschließen. Aber Romeo wollte nicht mitkommen in den Schlosspark. Nicht ohne sein Katzenspielzeug. Eine ganze Schublade voll hatte er mit Mäusen aus handgemachtem Schafwollfilz, gehäkelten Ratten, Stofffischen und einem rot-weiß-gestreiften Candy-Stick aus Plüsch. Das war sein Lieblingsstück. Mehrmals im Jahr hatte er früher von seiner Familie Katzenspielzeug geschenkt bekommen. Und jedes Jahr an Weihnachten hatte seine Familie einen Weihnachtsbaum geschmückt. Mit Kugeln, Lametta. Und Candy-Sticks aus Plüsch. Einen Stick hatte sich Romeo vom Baum geholt und ihn in seinem

Zimmer versteckt. Aber in seinem Zimmer wohnten jetzt Arbeiter. Und ohne seinen Candy-Stick war das Leben nicht mehr schön für ihn.

Romeo war kein wirklich hübscher Kater. An Nase, Kinn, Schnauze und hinter den Ohren wuchs bei ihm kaum Fell. Auch seine Beine und Pfoten waren nur spärlich behaart. Und immer wenn er sich aufregte, verlor er büschelweise Fell. Aber das war nicht das einzig Außergewöhnliche an Romeo. Er war mit schwarzem drahtigem Fell zur Welt gekommen. Doch dann wuchsen ihm weiße Fellflecken. Die Weißfleckenkrankheit. Aber Romeo störte das nicht. Wegen der Flecken wies er ein klein wenig Ähnlichkeit mit einem kleinen Jagdhund auf. Das entsprach auch seinem Wesen. Romeo hatte als kleiner Kater gelernt, Dinge zu apportieren. An manchen Tagen glaubte er, er sei ein Hund. Das machte ihn nicht weniger liebenswert.

Diskussion zwecklos Banks wusste genau, wann er mit Diskussionen nichts ausrichten konnte. Er wusste aber auch, dass er die Katzen aus der Pension nicht alleine zurücklassen durfte. Nicht nach dem, was mit Matula geschehen war. Nicht nach all den Gerüchten, die in Katzenstadt im Umlauf waren. Über vertriebene Katzen. Über zerfleischte Katzen. Banks fühlte sich verantwortlich. Auch für die Katzen aus der Pension. Banks wusste aber auch, dass sie schleunigst in den Schlosspark zurückkehren sollten. Auch dort waren die gefährlichen Köter eingedrungen. Aber der Park bot mehr Schutz als das offene Gelände. Vor allem, wenn er am Eingang eine Wache positionierte. Jetzt mussten die Katzen erst einmal neue Kraft schöpfen.

Kung Fu war am stärksten mitgenommen vom letzten Kampf, aber auch Dolly, Hingsen, Harmony und Mücke waren mit Wunden übersät. Banks wusste aber auch, dass die Pensionskatzen ohne Romeo niemals mitkommen würden. Und Romeo nicht ohne seinen Candy-Stick. Diskussion zwecklos.

Der Candy-Stick Banks musste sich etwas einfallen lassen. Er sah keine andere Möglichkeit, als Romeos Candy-Stick aus der Pension zu holen. Ein Vorhaben, das nicht einfach war bei zehn raubeinigen Männern, die jetzt in der Pension hausten.

Durch das Küchenfenster kletterte er in die Pension. Den ersten Mann erschreckte Banks mit einem Furcht einflößenden Fauchen, sodass er rücklings über einen Abfalleimer stolperte. Ein anderer wollte Banks einen Fußtritt verpassen. Aber der Kater sprang elegant über das Bein. Banks wich einem Stuhl aus, der nach ihm geworfen wurde. Er duckte sich, als eine Pfanne geflogen kam. Und als ein Arbeiter zur Seite hechtete, um den Kater im Lauf zu greifen, blieb Banks einfach unvermittelt stehen. Der Mann fluchte, als er ins Leere griff und mit dem Kopf voran in die Wand rutschte. Blut tropfte auf den Boden, der Mann hatte sich eine Platzwunde zugezogen. Aber diese Wunde interessierte Banks nicht. Er hatte ein klares Ziel. Und davon würde ihn nichts und niemand abhalten.

Banks kämpfte sich in das Obergeschoss vor. Als dort ein Mann mit einer Bierflasche auf ihn losgehen wollte, legte Banks die Ohren an, verengte seine Augen und entblößte ein Stück weit seine Zähne. Dann fauchte er.

Zunächst leise, dann intensiver. Der Arbeiter stellte die Flasche auf den Boden und ging vorsichtig rückwärts davon, ohne Banks aus den Augen zu lassen. Als er in seinem Zimmer war, knallte er die Tür zu und verbarrikadierte sie.

Banks lief weiter zu Romeos Zimmer. Zum Glück war hier gerade kein Mann anwesend. Banks schnappte sich den Candy-Stick aus der Schublade. Vorsichtig schlich Banks die Stufen der Treppen hinunter. Im Erdgeschoss kletterte er über einen Stuhl, stieg dem auf dem Boden liegenden Arbeiter, der noch immer heftig blutete, über den Bauch, kurvte um Bierflaschen, die auf dem Boden lagen, und lief, als er die Eingangstüre erreicht hatte, zu den anderen Katzen ins Freie.

Kuscheln Romeo drehte sich aus Freude dreimal im Kreis, als Banks ihm den Candy-Stick übergab. Er legte das Spielzeug auf den Boden und kuschelte sich dazu. Aber Banks mahnte zum Aufbruch. Sie mussten so schnell es ging zurück in den Schlosspark.

Heimatlos Bandini ging mit ihren Katzen in die entgegengesetzte Richtung. Sie lief vorneweg, Bonnie, Clash, Spike und der Reverend folgten ihr in zweiter Reihe, nach hinten sicherte Ballhaus ab. Am Anfang blickten sie noch bei jeder Kreuzung vorsichtig in alle Richtungen, ob der Glatzkopf mit seinen Kötern hinter einer Ecke lauerte. Sie kamen an der Schule vorbei, am Rathaus. Und als sie das leer stehende Kino erreichten, war die Vorfreude auf ihr Zuhause größer als die Furcht. Sie überquerten den Marktplatz, stürmten fast schon über den Spielplatz, der in der

Nähe der Katzenfutterfabrik lag. Und blieben dann schockiert stehen, als sie den Bauzaun sahen, der um das Gebäude herum aufgestellt worden war. Ein Bauzaun, der mit einem Katzennetz versehen war. Einem Katzennetz, das unter Strom gesetzt war. Am Gebäude war ein neues Firmenschild angebracht worden: »BRUTUS – REAL DOGFOOD.«

Der Safe Bandini rüttelte am Bauzaun. Sie geriet mit der Pfote an das Katzennetz. Der Stromschlag ließ sie zurückzucken. So einfach konnten sie nicht mehr in ihre Katzenfutterfabrik zurück. Das Schlimmste war aber, dass sie auch nicht an den Safe kamen, in dem die Urkunde lag. Die Besitzurkunde, mit der die Katzen beweisen konnten, dass die Fabrik ihnen gehörte.

Der Reverend kletterte auf einen Kastanienbaum am Rand der Straße. Von dort aus konnte er ins Innere der Katzenfutterfabrik blicken. Er sah das Büro, den Glatzkopf, der gerade die Urkunde aus dem Safe nahm. Der Glatzkopf legte die Urkunde auf einen kleinen Stapel weiterer Papiere. Rollte sie ein und band das Ganze mit einer Schnur zusammen. Der Reverend kletterte zurück zu den anderen.

Hoffnungslos »Der Kerl hat gerade die Besitzurkunde für unsere Katzenfutterfabrik geklaut«, sagte der Reverend empört. In diesem Moment öffnete ein Arbeiter das Tor und ein Cabrio steuerte mit quietschenden Reifen auf die Katzen zu. Gerade noch rechtzeitig konnten sie zur Seite springen, sonst wären sie überfahren worden. Am Steuer des Cabrios saß der Glatzkopf. Hinten im Auto saßen der Bullterrier und der Dobermann, auf dem Beifahrersitz thronte der Rottweiler. Auf dem Armaturenbrett lag die Papierrolle.

»Dieser widerliche Glatzkopf«, fluchte Bandini. »Jetzt rast er auch noch mit unserer Besitzurkunde davon.«

»Ich schnappe sie mir«, rief der Reverend und spurtete los.

»Sei vorsichtig«, rief Bandini dem Reverend hinterher.

Obwohl es aussichtslos war, lief der Reverend dem Wagen hinterher in Richtung Bahnhof. Bis zur zweiten Kreuzung konnte der Kater mithalten, dann gab der Glatzkopf richtig Gas. Der Reverend musste sich keuchend geschlagen geben.

Frustriert schlich er zu Bandini und den anderen zurück. Sie saßen auf dem Grünstreifen neben der Katzenfutterfabrik und besprachen die Lage. Es war hoffnungslos.

»Wo sollen wir denn jetzt leben?«, fragte Clash voller Verzweiflung. Er war am längsten von allen in der Katzenfutterfabrik zu Hause.

Bonnie, Ballhaus, Spike und der Reverend schauten Bandini erwartungsvoll an.

»Wir werden uns unsere Katzenfutterfabrik zurückholen«, sagte Bandini. »Das sind wir unserem Herrchen schuldig.«

Voller Körpereinsatz Der Besitzer der Katzenfutterfabrik war immer gut zu den Katzen gewesen. Ja, manchmal hatten Bonnie und Bandini sogar den Eindruck, dass ihrem Herrchen seine Katzen wichtiger als alles andere gewesen waren.

Der Besitzer der Katzenfutterfabrik war ein glücklicher Mensch gewesen. Und komisch. Wenn er lachte, bebte sein ganzer Körper. Angefangen hatte es immer mit einem Glucksen. Ein Glucksen im Bauch, das nach oben gewandert war. Ein volles Lachen, bis er sich geschüttelt hatte, bis er sich nicht mehr auf den Beinen hatte halten können und sich hatte hinsetzen müssen. Bis ihm Tränen aus den Augen liefen.

Bonnie und Bandini hatten diese Momente genossen. Aber gerade war ihnen nicht nach Lachen zumute.

Fahrig. Seltsam. Laut Bandini, Bonnie, Clash, Spike, Ballhaus und der Reverend trotteten niedergeschlagen in Richtung Bahnhof. Von dort aus wollten sie zum Schlosspark. Bandini wollte ihre Katzen so schnell es ging in Sicherheit bringen. Sie musste nachdenken. Und dann die Lage mit Banks besprechen. Vielleicht würde ihnen gemeinsam etwas einfallen.

Vor dem Schnellrestaurant stießen sie auf die Katzen von der Müllhalde. Gurke, Zeckie, Krätze, Madonna und Onassis hatten einen Abfallbehälter aus Drahtgitter umgeschmissen und wühlten nun im Müll, um vielleicht Reste eines Burgers zu finden. Oder eines Käsekuchens. Oder eine Flasche Wein, die noch nicht ganz geleert war. Wenn sie Alkohol fanden, rollten sie die Flasche so lange den Boden entlang, bis alles herausgelaufen war. Dann schleckten sie die Pfütze auf. Bis zum letzten Schluck. Ihre Bewegungen wurden dann immer fahriger. Ihr Miauen immer seltsamer. Und lauter.

Zeckie Zeckie war nicht gerade gut aussehend. Zugegeben, sein Körper war schlank. Und athletisch. Er hatte eine lange Schnauze, flache Wangenknochen und große mandelförmige Augen. Ein ganz normaler Kater. Wären da nicht die durchscheinenden Ohren gewesen. Oder das Anarchie-Zeichen, das er sich in seine linke Flanke geritzt hatte. Oder das fehlende Fell. Zeckie war ein Nacktkater. Mit rötlicher Haut, was nicht daran lag, dass er zu häufig an der Sonne war. Er trank zu viel. Vielleicht hatte er deswegen so häufig schlechte Laune. Vielleicht vertrug er sich auch deswegen nicht mit anderen Tieren. Und vielleicht beschimpfte er auch deswegen lautstark alle Katzen, die ihm begegneten.

»Ihr Pisser«, schrie er, als er Bandini und die anderen erblickte. Dann spuckte er auf den Boden.

Unterhaltungen mit Spinoza Bandini machte einen großen Bogen um die Müllhalde-Katzen, Bonnie und die anderen folgten ihr. Der Tag war so schon mies genug. Da brauchten sie nicht noch zusätzlichen Ärger. Aber ein Haus weiter wartete schon Spinoza. Er stand vor der Galerie und betrachtete die ausgestellten Fotos. Fotos, auf denen eine schwarz-, braun- und elfenbeinfarbene Katze in anzüglichen Posen zu sehen war.

Als Spinoza Bandini bemerkte, machte er einen Schritt rückwärts und stellte sich ihr in den Weg. »Eingebungen erreichen uns. Nur die Erkenntnis liegt in uns«, sagte er. »Was führt dich zu mir?«, fragte er Bandini.

»Das willst du doch gar nicht wissen«, antwortete Bandini.

»Sind wir nicht alle auf einer stetigen Suche?«, fragte Spinoza. »Wonach suchst du?«

Bandini hasste Spinozas Vorträge. Nie wusste sie, was genau der Kater meinte. Nie war sie sich sicher, ob Spinoza mit sich selbst sprach oder ob er die Sorgen der anderen wahrnahm. Sie zögerte.

Spinoza legte den Kopf schräg. »Wer umsichtig überlegt, bringt Licht ins Dunkel. Denken hilft, auch in unruhigen Zeiten«, sagte er.

Bandini überlegte kurz. Wollte Spinoza ihr etwas sagen? Wusste Spinoza etwas? »Ich weiß nicht, was du von mir willst«, sagte sie schließlich. »Wir haben gerade unser Zuhause verloren. Wir wissen nicht, wie es weitergehen soll. Also lass mich bitte in Ruhe.«

Bandini versuchte, rechts an Spinoza vorbeizugehen, doch der Kater machte zwei Schritte rückwärts. Bandini versuchte, links an Spinoza vorbeizugehen, doch der Kater machte zwei Schritte vorwärts und versperrte weiterhin den Weg. »Man verliert nichts, wenn man etwas aufgibt«, sagte er. Dann machte er endlich den Weg frei. Spinoza wandte sich ab und lief wieder zum Schaufenster der Galerie. Er betrachtete die Fotos der Katze.

Paris Das Model hieß Paris. Ihr Kurzhaarfell glänzte in Schwarz, Braun und Elfenbein. Ihre haselnussbraunen mandelförmigen Augen trug sie schwarz umrandet, ihre Ohren waren aufmerksam gespitzt. Sie genoss den Ruf einer Schönheit. Und sie war die größte Zicke in ganz Katzenstadt.

Einfach weiterleben Auf dem Weg zum Schlosspark überlegte Bandini, was Spinoza mit seinem Satz hatte sagen wollen.

»Man verliert nichts, wenn man etwas aufgibt.«

Was hatte Spinoza nur damit gemeint? Bandini wollte die Katzenfutterfabrik nicht einfach aufgeben. Sie wollte sich nicht einfach eine neue Bleibe suchen. Und warum sollte es kein Verlust sein, etwas aufzugeben? Weil man frei wurde für etwas Neues? Bandini wollte aber überhaupt nichts Neues. Sie wollte weiterleben wie bisher.

Dolly Am Schlosspark begrüßte Dolly die Katzen aus der Katzenfutterfabrik. Sie hatte Wachdienst und saß auf der Mauer. Auf den dunklen Steinen der Mauer machten sich ihre weißen Pfoten besonders gut. Sie sahen aus wie weiße Schuhe. Dolly war eine mittelgroße Katze mit dichtem kurzem Fell. Sie hatte hohe Wangenknochen. Und ein weißes »V« wie Victory im Gesicht – nur umgedreht. Ansonsten war ihr Gesicht schwarz – so kamen ihre walnussförmigen blauen Augen besonders gut zur Geltung. Einige sagten, Dolly sehe aus wie ein Clown. Aber eigentlich war sie eine Schönheit.

Es wurde langsam eng Auch die Begrüßung im Stadtpark war herzlich. Es herrschte ein großes Gedränge. Überall Katzen. Sechs Katzen aus der Katzenfutterfabrik. Vier Katzen aus der Pension. Sieben Katzen aus dem Schlosspark. Nur Matula fehlte.

Der Schlosspark war vor etwas mehr als zwei Jahrhunderten angelegt worden. Damals hatte es das Schloss noch gegeben. Die Grünanlage war weitläufig angelegt worden und im Norden in einen Laubwald übergegangen. Der Wald war mittlerweile weitgehend gerodet worden. Und als man in Katzenstadt vor 50 Jahren Platz für den Bau von weiteren Häusern hatte schaffen müssen, hatte man auch den Schlosspark Stück für Stück verkleinert. Übrig geblieben war ein wenig Baumbestand, neun Bäume, um genau zu sein. Eine Birke, eine Buche, ein Spitzahorn, zwei Apfelbäume, zwei Korkeichen und zwei Kastanien. Der Park bestand des Weiteren aus einer Wiese mit zwei Parkbänken, einem Pavillon, einem kleinen Fischteich, in dem allerdings dank Tiga kein einziger Fisch mehr lebte, einem Sandkasten, einer auseinandergebrochenen Wippe und einer Tischtennisplatte aus Beton.

Der Schlosspark war ein idealer Rückzugsort. Aber bei 17 Katzen wurde es langsam eng.

Nachdenken Bandini brauchte Zeit zum Nachdenken. Sie beauftragte Bonnie, zusammen mit Banks auf die anderen aufzupassen. Sie verließ den Schlosspark, lief einfach in Katzenstadt herum, um einen klaren Kopf zu bekommen.

An der ehemaligen Ballettschule blickte sie durch die Glastür. Dort wohnte Paris. Sie studierte gerade Posen für ihr nächstes Fotoshooting ein. Paris blickte in den Spiegel und übte immer und immer wieder den Augenaufschlag. Sie entfernte sich zwei, drei Schritte vom Spiegel und drehte sich dann schwungvoll um.

Was für eine Zeitverschwendung.

Bandini zog weiter. Sie kam zum Kiosk. Renfield lag vor dem Verkaufsfenster.

Bandini kam zum Kiosk. Renfield lag vor dem Verkaufsfenster.

Renfield Renfield war die älteste Katze in Katzenstadt. Zwar wusste niemand genau, wie alt Renfield wirklich war. Aber jene Katzen, die schon seit 15 Jahren in Katzenstadt wohnten, berichteten, dass Renfield auch damals schon hier gelebt hatte. Und die Abenteuer, von denen Renfield berichtete, als wäre er dabei gewesen, hatten sich vor noch längerer Zeit abgespielt. Sein braunes Fell sah zottelig aus. Er hatte graue Schnurrhaare und ein Knautschgesicht. Trotz seiner eher stämmigen Statur sah man ihm an, wie schwach er war. Die meiste Zeit am Tag lag er in der Sonne vor dem Kiosk. Wollte er aufstehen, musste er sich lange dehnen, um auf die Beine zu kommen.

Obwohl Renfield nur noch schlecht hörte und nicht mehr so gut sehen konnte, bekam er vieles mit, was sich in Katzenstadt ereignete. Mehr als die anderen Katzen. Auf jeden Fall.

Vergessene Nachrichten Auch der Kiosk war seit vier Jahren nicht mehr im Betrieb. Es war ein eckiger Bau aus Holz. Die Wände waren grün gestrichen. Auf der einen Seite des Verkaufsfensters hing eine Tafel, auf der die Angebote notiert waren. *Kaffee groß und Kaffee klein. Schinkenbrötchen. Käsebrötchen. Marmorkuchen.*

Auf der anderen Seite des Fensters hingen die Tageszeitungen. Seit vier Jahren konnte man jeden Tag dieselben Schlagzeilen lesen. »DIE BLUTSPUR DER KILLER-KATZEN« stand in Großbuchstaben auf der Titelseite der WILD. Aber auch andere, nicht ganz so reißerische Zeitungen, widmeten sich dem Gerücht, dass Katzen einem Fabrikanten die Augen ausgekratzt und ihn danach in den

Tod getrieben hätten. Ungelöste Todesfälle wurden von den Journalisten wieder hervorgeholt, nicht ohne zu fragen, ob nicht auch hier die Katzen als Täter infrage kämen. Umzugsunternehmen boten in großflächigen Anzeigen an, den Transport des Hausstands in eine neue Stadt zu übernehmen. Fotos auf den Titelseiten zeigten einen Stau mit vollbepackten Autos, die Katzenstadt verließen.

Nach diesem Abend vor vier Jahren hatte der Besitzer seinen Kiosk nicht mehr betreten. Seit vier Jahren musste Renfield nicht mehr die Ratten und Mäuse fangen, die sich an den Vorräten des Kiosks zu schaffen gemacht hatten. Seit vier Jahren lebte Renfield hier alleine.

Fleißig und klug Renfield war damals nicht zum ersten Mal enttäuscht worden. Der Kater war auf einem Bauernhof geboren worden. Im Alter von vier Monaten war er zu Boris gebracht worden. Boris war ein achtjähriger Junge gewesen und hatte mit seinen Eltern und drei Schwestern in Katzenstadt gewohnt. Boris war der Jüngste gewesen und hatte mit seinen Schwestern nicht viel anfangen können. Erst mit Renfield war Spaß und Freude in sein Leben gekommen. Und so hatte Renfield die ganze Liebe des rothaarigen Jungen abbekommen. Renfield hatte bei Boris im Kinderbett geschlafen. Renfield hatte mit Boris am Tisch gefrühstückt. War Boris in die Schule gegangen, kam Renfield im Schulranzen mit. Hatte Boris Hausaufgaben gemacht, lernte Renfield am Schreibtisch mit. Lesen. Schreiben. Rechnen. Renfield war ein fleißiger Kater. Und klug.

Nicht mehr existent Nach vier Jahren war Boris auf eine andere Schule gewechselt. Auf der neuen Schule waren Katzen verboten. Das hatte der Direktor Renfield gleich am ersten Schultag mitgeteilt. Und weil Renfield vom zweiten Schultag an gefehlt hatte, hatte er Boris auch nicht mehr bei den Hausaufgaben helfen können. Stattdessen war eine Hausaufgabenhilfe eingestellt worden. Weil Renfield auch nicht mehr beim Rechnen – in diesem Fach war Boris eine Niete gewesen – geholfen hatte, durfte er bald nicht mehr im Bett schlafen. Und am Frühstückstisch essen. Und irgendwann hatte Renfield das Gefühl gehabt, für Boris nicht mehr zu existieren. An diesem Tag hatte Renfield das Haus verlassen. Aber all das war so lange her …

Immer noch ein Kater Nach dem Auszug hatte Renfield viele Jahre auf der Straße gelebt. Am Anfang hatte er noch die Annehmlichkeiten einer Hauskatze vermisst. Aber mit jedem Tag hatte er mehr das Abenteuer genossen. Das ungezwungene Leben. Die Freiheit.

Und mit jedem Tag länger in Freiheit, hatte er sich mehr Gedanken über sein früheres Leben in Gefangenschaft gemacht. Über sein Katzenleben philosophiert. War es wirklich erstrebenswert, mit Menschen in einem Bett zu schlafen? Jeden Tag ausgewogenes und kalorienreduziertes Futter serviert zu bekommen, hypoallergen und getreidefrei? War es wirklich Sinn eines Katzenlebens, faul und träge zu werden? Sein Naturell aufzugeben, nur um gekrault zu werden? Seine Krallen einzuziehen, um dem Menschen nicht wehzutun? Alberne Kunststücke machen zu müssen, um ein Bröckchen Pferdefleisch zu bekommen?

Renfield knurrte bei diesen Gedanken. Einfach so. Und um zu zeigen, dass er immer noch ein Kater war.

Komische Zeiten »Komische Zeiten«, sagte Renfield, als er Bandini kommen sah. »Es geschehen komische Dinge«, sagte er. »In der Fabrik, im Bahnhof, im Rathaus, in der Bank.«

Bandini hörte aufmerksam zu. Renfield sprach leise. Er hatte eine sehr dünne Stimme. Und er nuschelte. Bandini rückte näher an ihn heran.

»Ein Mann ohne Haare ist aufgetaucht«, sagte Renfield, »er hat nichts Gutes vor. Jeden Tag ist er beim Ortsvorsteher. Und beim Chef der Privatbank. Sie haben Böses im Sinn. Katzenstadt ist in Gefahr.«

Bandini schaute Renfield fragend an. »Aber was können wir tun?«

»Folge der Spur des Geldes«, antwortete Renfield. Dann schlief der Kater ein und schnarchte. Reden war anstrengend für den alten Kater.

Was hatte das alles zu bedeuten? Bandini musste nachdenken. Sie lief weiter zur Brücke am Fluss. Immer wenn sie nicht genau wusste, was sie tun sollte, kam sie hierher und führte Zwiegespräche mit sich selbst. Mit ihrem Spiegelbild im Wasser. Meist fand sie hier Antworten auf ihre Fragen.

Damals Bandini war oft hier am Fluss gewesen. Damals, als die Welt in Katzenstadt noch in Ordnung gewesen war. Damals vor dem großen Unglück. Jeden Samstag war sie früher mit dem Besitzer der Katzenfutterfabrik zum Angeln hergekommen. Zumindest in den Monaten, in denen der Fluss genug Wasser gehabt hatte. Auf dem Weg zum Fluss hatten sie immer einen Abstecher zum Marktplatz gemacht. Ganz Katzenstadt war dorthin zum Einkaufen gekommen. Gemüse. Fleisch. Blumen. An einem Stand hatte es Kaffee und Baumkuchen gegeben. Viele junge Menschen und Familien hatten sich dort zu einem zweiten Frühstück getroffen.

Ihr Herrchen hatte sich lieber bei seinem früheren Schulkameraden am Weinstand eine Flasche Blauburgunder gekauft. Beim Bäcker hatte er eine Papiertüte mit Honigkeksen erstanden. Und im Laden für Fischereibedarf hatte er sich mit Maden und Würmern eingedeckt. Damit waren sie dann zum Fluss gegangen.

Schon nach wenigen Augenblicken war ihr Herrchen auf der rot angestrichenen Holzbank eingeschlafen. Bandini hatte dann immer den Schwimmer aus Kork beobachtet. Hatte darauf gewartet, dass eine Forelle am Haken war. Und bevor der Fisch wieder verschwinden konnte, hatte sie ihr Herrchen aufgeweckt. Sie waren ein tolles Team gewesen. Damals.

Am Wasser Bandini drängte die Gedanken an damals zurück. Sie saß auf der Bank am Fluss. Zwei Holzlatten waren mittlerweile herausgebrochen und lagen am Boden. Auch die rote Farbe war an den meisten Stellen abgeblättert. Bandini starrte minutenlang auf das Wasser und dachte nach.

Erst die Sache mit Matula, dann die Vertreibung aus der

Katzenfutterfabrik. Was hatte das alles zu bedeuten? Und worauf hatte Renfield sie hinweisen wollen? »Folge der Spur des Geldes«, das hatte er gesagt, bevor er weggeschnarcht war.

Bandini ging am Wasser entlang. Erst langsam, dann begann sie zu laufen. Am Einkaufszentrum vorbei, durch die Wohnsiedlung. Erst als sie an der Tierarztpraxis angekommen war, schnaufte sie durch.

Wichtige Notizen Bandini ging am Empfang vorbei, ohne sich bei Inge anzumelden. Die Katze saß auf dem Empfangstresen. »Haben Sie einen Termin? Waren Sie schon einmal bei Doktor Katzenbeißer?«, fragte Inge, die Empfangskatze.

»Inge, ich bin es, Bandini.«

Inge überlegte kurz. »Bandini? Ein schöner Name«, sagte sie dann.

Bandini verdrehte die Augen. Die Tür zu Doktor Katzenbeißers Zimmer war nur angelehnt. Bandini drückte die Tür einen Spalt auf, schlich hindurch und sah die Tierärztin an. Doktor Katzenbeißer war in Gedanken über die Geschehnisse in Katzenstadt vertieft. Sie versuchte, sich ein klareres Bild zu verschaffen. Doktor Katzenbeißer hatte einen Füllfederhalter in der Hand und machte sich Notizen in einem kleinen Buch. Oben auf der Seite hatte sie einen Namen notiert: *Mallory.*

Mallory Mallory war eine Kämpferin gewesen. Doktor Katzenbeißer wusste das. Regelmäßig hatte sie Mallory früher nach heftigen Raufereien behandeln müssen, wobei es die Gegner der grazilen Kurzhaarkatze meist schlimmer erwischt hatte als sie selbst. In der Tierarztpraxis hing sogar ein Bild von Mallory. Die Stärke und der Mut des Tieres hatten Doktor Katzenbeißer beeindruckt. Noch vor ein paar Jahren war Mallory ihre Patientin gewesen. Bis ihr Herrchen Katzenstadt verlassen hatte, wie so viele andere.

Ein Spaziergänger hatte das schwer verwundete Tier auf einem Feldweg gefunden und hergebracht. Mallory hatte noch gelebt, als sie auf den Behandlungstisch gelegt wurde. Aber Doktor Katzenbeißer hatte ihr nicht mehr helfen können. Mallory hatte ihren letzten Kampf nicht überlebt. Sie war in den Händen von Doktor Katzenbeißer gestorben.

Die Tierärztin hatte sich vorgenommen, mehr über den augenscheinlich gewaltsamen Tod von Mallory in Erfahrung zu bringen. Sie bewahrte die tote Katze im Eisfach auf.

M wie Mallory und Matula Doktor Katzenbeißer musste ihre Gedanken ordnen. Zu zeichnen und Einfälle aufzuschreiben half ihr dabei. In ihrem Notizbuch stand bislang nur ein Name: *Mallory.* Darunter schrieb sie *Matula* auf das Papier. Sie unterstrich den Namen zweimal. Doktor Katzenbeißer malte eine abgetrennte Katzenpfote daneben. Und darunter die Frage: *Wer war das?* In der Mitte der Seite skizzierte Doktor Katzenbeißer einen Mann mit Glatze. Neben der Skizze standen drei Wörter: *Dobermann. Bullterrier. Rottweiler.* Und ganz unten, am Seitenrand, hatte Doktor Katzenbeißer die zentrale Frage notiert: *Wer steckt dahinter?*

Gezeichnet von Katzenkratzern Wer war dieser Glatzkopf? Der Mann war erst vor wenigen Wochen in Katzenstadt aufgetaucht, zumindest hatte man es Doktor Katzenbeißer so erzählt. Was hatte er hier zu suchen? Hatten seine Hunde etwas mit den Verletzungen der Schlosspark-Katzen zu tun? Doktor Katzenbeißer überlegte kurz. Am Vorabend hatte sie die Katzen verarztet. Am Morgen hatte dann der Glatzkopf seine Hunde in die Tierarztpraxis gebracht. Das war vor ein paar Stunden gewesen. Die Hunde waren gezeichnet von Kampfspuren gewesen. Gezeichnet von Katzenkratzern.

Zur Seite fallen Doktor Katzenbeißer hatte gerade den Namen *Heinz* notiert, da kam Bandini auf ihren Schreibtisch gesprungen. Bandini stupste sie jedes Mal an, wenn sie den Stift ansetzen wollte, stemmte den Kopf gegen ihre Hand, drückte sie weg, versuchte, in den Füller zu beißen. Doktor Katzenbeißer klappte das Notizbuch zusammen. Sie legte den Stift beiseite. Sie kraulte Bandini am Hals. Bandini ließ sich zur Seite fallen. Bandini legte ihren Kopf in Doktor Katzenbeißers Hand. Und schlief.

Wissen, was zu tun war Eine Stunde Sicherheit. Eine Stunde lang schlief Bandini mit dem Kopf in Doktor Katzenbeißers Hand. Am Anfang schreckte sie immer mal wieder hoch, schaute nach, ob die Tierärztin noch da war. Bandini fuhr mit den Pfoten durch die Luft, als sie träumte.

Sie suchte den Mann mit der Glatze. Lief immer wieder im Kreis um die abgesperrte Katzenfutterfabrik. Sah den Glatzkopf im Cabrio davonfahren. Mit seinen drei Kötern.

Bandini knurrte. Dann wurde alles geheimnisvoller. Sie ging an der Galerie vorbei. Spinoza stand vor der Sammlung. Er deutete auf die ausgestellten Fotos. »Nur wer genau sucht, wird eine Antwort finden«, sagte Spinoza. Immer wieder deutete er auf die Fotos. »Schau genau hin. Nur dann findest du die Wahrheit.« Alle Bilder zeigten Paris. In anzüglichen Posen. In einer Badewanne. Vor einem Ventilator. Bandini fand keinen Hinweis. Aber wer hatte die Fotos gemacht? Und wo waren sie aufgenommen worden?

Dann tauchte Renfield auf. »Folge der Spur des Geldes!«, raunte er. Bandini sah plötzlich den Schreibtisch im Rathaus vor sich. Darauf lag die Besitzurkunde der Katzenfutterfabrik. Und da war der Ortsvorsteher. Wütend trat er gegen die Wand.

Bandini erwachte aus wirren Träumen. So viele ungeklärte Fragen. Um weiterzukommen, brauchte sie die Hilfe der anderen Katzen. Sie drehte sich auf den Rücken und ließ sich von Doktor Katzenbeißer den Bauch streicheln, sprang auf und machte einen Katzenbuckel. Streckte die Vorderpfoten nach vorne und dehnte sich. Bandini schmiegte ihren Kopf zum Abschied an das Gesicht der Tierärztin. Dann verschwand sie durch die Hintertür. Sie musste dringend in den Schlosspark. Sie musste mit Banks sprechen.

Verstand verstehen Die Katzen von der Müllhalde lungerten noch immer vor dem Schnellrestaurant herum. Spinoza mahnte seine Katzen zum Aufbruch. Ein letztes Mal sah er sich die Fotografien im Schaufenster der Galerie an. Er hatte kein Interesse an Paris. Aber auf einem Foto hatte er ein interessantes Detail entdeckt. »Nur wer genau sucht, wird eine Antwort finden«, sagte er zu sich. Dann stolzierte er davon.

In drei, vier Meter Abstand schlichen Gurke, Zeckie, Krätze, Madonna und Onassis hinter ihm her. Die Katzen spiegelten sich in den Schaufenstern. Sie sahen ungepflegt aus.

Bei der Galerie bogen sie nach rechts in Richtung Müllhalde ab. Am Ende der Straße überquerten sie die Fahrbahn und gingen auf dem Feldweg weiter. Nach 50 Metern stellten sich ihnen drei Hunde den Weg. Ein Dobermann, ein Bullterrier, ein Rottweiler. Der Glatzkopf war im Cabrio sitzen geblieben. Er wollte dabei zusehen, wie seine Hunde die Katzen erledigten. Die drei Köter bauten sich drohend auf und knurrten. Spinoza ging gleichgültig weiter. Er lief direkt auf sie zu. Die Hunde fletschten die Zähne. Aber von plumpen Drohgebärden hatte sich Spinoza noch nie beeindrucken lassen. Als er nur noch einen Sprung von den Hunden entfernt war, blieb er stehen.

»Nur wer den Verstand versteht, kennt die Gedanken«, sagte er. Dann ging er an dem Dobermann, dem Bullterrier und dem Rottweiler vorbei.

Die Hunde sahen sich verdutzt an. Sie dachten über den Satz nach. Sie vergaßen dabei sogar zu knurren. »Nur wer den Verstand versteht, kennt die Gedanken.« Sie verstanden diesen Satz nicht. Sie begriffen, dass keiner von ihnen eine Ahnung hatte, was der Kater ihnen sagen wollte. Und sie merkten, dass der Kater keinerlei Angst vor ihnen hatte.

Auch Gurke, Zeckie, Krätze, Madonna und Onassis

gingen einfach an den Hunden vorbei. Zeckie rülpste. »Ihr Pisser«, lallte er. Dann spuckte er auf den Boden. Die Hunde zogen mit hängenden Köpfen davon.

»Nutzlose Bastarde« Der Glatzkopf hatte bereits Decken über die Ledersitze des Cabrios gelegt. Damit sie nicht schmutzig wurden. Von dem Blut der Katzen, wenn es den Hunden aus den Mäulern tropfte. Aber der Dobermann, der Bullterrier und der Rottweiler kamen ohne Kampfspuren zurück. Sie sahen bedrückt aus. Richtig verstört sogar. Der Glatzkopf konnte es nicht fassen. »Nutzlose Bastarde«, schrie er seine Hunde an. Er stieg in das Cabrio und fuhr davon. Seine Hunde mussten hinter dem Auto herrennen.

Böse Machenschaften Bandini fand Banks auf der Tischtennisplatte. Sie erzählte dem Anführer der Schlosspark-Katzen von ihrem Traum. Und was sie von Renfield erfahren hatte.

»Und dann hat Renfield gesagt, dass Katzenstadt in Gefahr ist«, sagte Bandini. »Dass der Ortsvorsteher und der Chef der Privatbank in böse Machenschaften verstrickt sind. Und natürlich der Glatzkopf. Jeden Tag ist er im Rathaus. Und er hat uns die Katzenfutterfabrik weggenommen.«

»Dieser verdammte Mann ohne Haare«, fluchte Banks. »Bei uns hat er zunächst nur seine Köter vorbeigeschickt. Um uns Angst zu machen. Am Anfang haben sie noch nicht mal angegriffen, anders als gestern. Er dachte wohl, wir würden schon beim Anblick seiner Köter in Panik verfallen. Als er kapiert hat, dass er uns so nicht einschüchtern kann, ist er mit einem Drohbrief gekommen. Ziemlich dilettantisch. Mit ausgeschnittenen Buchstaben aus der Zeitung.«

»Und was wollte er von euch?«, fragte Bandini.

»Wir sollten den Schlosspark innerhalb von 24 Stunden verlassen, sonst würden schlimme Dinge passieren. Am Anfang habe ich es für einen schlechten Witz gehalten«, sagte Banks. »Aber dann war Matula weg. Und sie haben ihm so etwas angetan. Ich hätte es vielleicht verhindern können.«

Bandini legte Banks die Pfote auf die Schulter. »Wir können leider nicht ändern, was passiert ist, Banks«, sagte Bandini. »Aber vielleicht können wir verhindern, dass etwas noch Schlimmeres geschieht. Die Lage ist ernst. Wir werden herausfinden, was in Katzenstadt vor sich geht und wer Matula gefoltert hat.«

Bandini und Banks riefen die Katzen im Schlosspark zusammen. Es gab viel zu tun. Die Katzen lauschten aufmerksam, als Bandini ihnen von ihren Überlegungen erzählte. Sie mussten jetzt alle zusammenhalten. Und für Romeo, Bonnie, den Reverend und Tiga hatte Bandini Spezialaufträge.

Wo lebt der Mann ohne Haare? »Romeo«, sagte Bandini. »Du bist ein Meister der Tarnung und kannst dich im Gebüsch verstecken, ohne zu rascheln. Du musst den Glatzkopf verfolgen und herausfinden, wo er wohnt. Mach dich gleich morgen früh auf die Suche. Vormittags soll der Glatzkopf häufig in der Stadt unterwegs sein. Und wenn du sein Haus gefunden hast, komm zurück in den Schlosspark. Du wirst uns dann dorthin führen.«

»Du kannst dich auf mich verlassen, Bandini«, sagte Romeo.

»Aber bitte keine riskanten Manöver.« Bandini klang angespannt. »Der Glatzkopf ist gefährlich!«

Stöbern im Zeitungsarchiv »Bonnie, du musst morgen früh in die Bücherei gehen«, sagte Bandini. »Noch wissen wir viel zu wenig. Über den Ortsvorsteher. Über den Glatzkopf. Und auch darüber, was damals nach dem Tod unseres Herrchens in Katzenstadt passiert ist. Vielleicht kannst du in den alten Unterlagen und im Zeitungsarchiv etwas finden. Die Katzen aus der Bücherei können dir helfen. Vielleicht wissen sie sogar mehr als wir.«

Die Bücherei-Katzen galten als sehr belesen. Man sagte, sie wüssten alles. Wirklich alles.

Der Reverend in der Bank »Reverend«, sagte Bandini. »Du bist der beste Aufpasser in Katzenstadt. Dir bleibt nichts verborgen.«

Die Katzen im Schlosspark nickten zustimmend.

»Der alte Kater vom Kiosk hat gesagt, dass in der Bank merkwürdige Dinge vor sich gehen. Sollte die Bank wirklich etwas zu verbergen haben, wirst du es herausfinden. Davon bin ich überzeugt.«

Der Reverend bekam die Aufgabe, am nächsten Tag die Geschehnisse in der Privatbank zu beobachten und auch darauf zu achten, wer das Gebäude wann verließ und wer es wann betrat. Wenn er etwas herausfand, sollte auch er zum Schlosspark zurückkehren.

Tiga lernt laufen »Tiga, auch für dich habe ich einen Spezialauftrag«, sagte Bandini.

Tiga schluckte. Banks protestierte. »Ist sie dafür nicht noch zu klein?«, wandte der Anführer der Schlosspark-Katzen ein. »Das ist viel zu gefährlich. Ihr darf nichts passieren.«

»Ihre Mission ist nicht gefährlich«, sagte Bandini. »Tiga muss morgen einen Model-Kurs belegen. Bei Paris in der Ballettschule.«

»Wozu?«, fragte Tiga verwundert.

»Weil es die beste Möglichkeit ist herauszufinden, ob Paris etwas mit der ganzen Sache zu tun hat«, antwortete Bandini.

Hätte Bandini geahnt, welche Folgen dieser Auftrag für die kleine Katze haben würde, hätte sie anders entschieden.

Unangenehmer Besuch Alle Augen waren auf Bandini gerichtet. Ein letztes Mal wandte sie sich an ihre Zuhörer. »Ihr anderen müsst den Schlosspark bewachen. Er ist unser letzter Rückzugsort. Wir dürfen ihn nicht verlieren. Wir müssen zusammenhalten. Für Katzenstadt. Für Matula. Und jetzt ruht euch aus. Sammelt für morgen Kräfte.«

Bandini hatte noch keine Zeit, sich schlafen zu legen. Sie musste noch einen unangenehmen Besuch hinter sich bringen. Sie musste bei Spinoza auf der Müllhalde vorbeischauen. Die aktuelle Lage erlaubte keinen Aufschub.

Kastrationsangst Bandini kannte Spinoza schon seit vielen Jahren. Seit sie ihm das erste Mal im Wartezimmer von Doktor Katzenbeißer begegnet war. Das Wartezimmer war bis auf den letzten Platz gefüllt gewesen. Die Katzenhalter hatten sich über ihre Tiere unterhalten. Über Krankheiten. Über Tipps und Tricks, wie sie die Katzen stubenrein bekommen hatten. Über Blutabnahmen. Erfahrungen mit der Narkose. Entwurmungskuren. Anstehende Operationen. Kastrationen.

Kastrationen? Bandini hatte die Angst der anderen Katzen riechen können. Und ihr selbst war es auch nicht anders ergangen. Sie hatte an der Gittertür ihrer Transportbox gerüttelt. Hatte mit den Hinterpfoten am Boden gescharrt. Hatte jämmerlich geschrien und anklagende Laute von sich gegeben. Bis sie bemerkt hatte, dass sie angestarrt wurde. Von einem weißen Kater mit durchscheinenden, abstehenden Ohren. Aus der Transportbox gegenüber.

»Wir fürchten uns nicht vor Dingen, auf die wir keinen Einfluss haben«, hatte der Kater gesagt. Dann hatte er sich wortlos weggedreht.

Was wusste Spinoza? Spinozas Reden waren auch mit den Jahren nicht verständlicher geworden. Wenn Bandini es vermeiden konnte, verzichtete sie auf Begegnungen mit dem Kater. Aber diesmal hatte sie keine Wahl. Sie musste etwas Wichtiges in Erfahrung bringen. Für Katzenstadt.

Was wusste Spinoza? Diese Frage beschäftigte Bandini, seit sie den Kater von der Müllhalde vor der Galerie getroffen hatte. »Wer umsichtig überlegt, bringt Licht ins Dunkel«, hatte der Kater von der Müllhalde zu ihr gesagt. Und dann der Traum. »Nur wer genau sucht, wird eine Antwort finden.« Bandini wurde den Gedanken nicht los, dass diese Worte von Bedeutung waren.

Denkübungen Bandini kam unangemeldet. Auf der Müllhalde stank es. Gurke, Zeckie und Krätze schliefen auf einer versifften Couch. Onassis lag im Kofferraum eines ausgeschlachteten Polizeiautos. Madonna spielte lange in Vergessenheit geratene Langspielplatten ab. Spinoza stand vor seinem Bücherregal. Er blätterte in alten philosophischen Schriften. Vor ihm lag eine zerfledderte Originalausgabe von Immanuel Kant: »Die Metaphysik der Sitten.«

»Hallo Spinoza«, sagte Bandini.

Spinoza erwiderte die Begrüßung nicht. Er schaute Bandini nicht einmal an. »Nur wer genau sucht, wird eine Antwort finden«, sagte er dann.

Bandini wusste nicht, ob Spinoza mit ihr oder doch nur mit sich selbst sprach. Aber es war genau der Satz, der auch in Bandinis Traum vorgekommen war. »Spinoza, du musst uns helfen. Wonach sollen wir suchen?«, fragte sie.

Spinoza blätterte wieder in seinem Kant. Drei, vier Seiten sah er sich an. Erst dann schenkte er Bandini Beachtung. »Schau genau hin. Nur dann findest du die Wahrheit«, sagte Spinoza – schon wieder ein Satz aus Bandinis Traum. »Aber jetzt verschwinde. Ich muss denken üben.«

Bandini wollte protestieren. Sie war immerhin die Anführerin der Katzen aus der Katzenfutterfabrik. Aber hier hatte sie nichts zu melden. Spinoza beachtete sie einfach nicht mehr. Enttäuscht verließ Bandini die Müllhalde.

Paris privat. Paris intim Den Besuch bei Spinoza hätte sie sich sparen können, dachte sich Bandini. Sie beschloss, auf dem Rückweg noch einmal bei der Galerie vorbeizuschauen. Dort hatte sie Spinoza am Vormittag getroffen. Und auch in Bandinis Traum hatte er auf die Fotos von Paris gezeigt.

Bandini blieb zunächst an der Glastür stehen und betrachtete die Ausstellung von außen. Auf allen Bildern war Paris zu sehen. Paris privat. Paris intim. Bilder, die eine anständige Katze niemals von sich zeigen würde. Einige Fotos waren Nahaufnahmen. Die Augen herangezoomt, ein lasziver Blick. Eine Detailaufnahme von ihrer Schnauze, Milch hing noch in ihrem Fell. Ein Foto ihrer Pfote, die Paris gerade sauber leckte. Auf einem anderen wurde Paris von einem Ventilator angeblasen. Das Fell zerzaust, ein Blick über die Schulter. Paris vor einer großen Spiegelwand. Paris liegend zwischen Hunderten von Schnittblumen. Paris posierend in einer Marmorhalle. Paris in einer Badewanne.

»Schau genau hin. Nur dann findest du die Wahrheit.« Diesen Satz hatte Spinoza gesagt.

»Verdammt«, fluchte Bandini vor sich hin, »wonach soll ich denn suchen?«

Erneut blickte sie von Foto zu Foto, fand aber keinen Anhaltspunkt. Sie musste die Bilder aus der Nähe betrachten. Sie musste in die Galerie.

Bandini lehnte dankend ab, als ihr am Eingang Katzenleckerlis angeboten wurden. Sie betrat den kleinen Raum und nahm die Ausstellung ganz genau unter die Lupe. Keine Auffälligkeiten. Welches Detail hatte Spinoza nur gemeint? Was genau hatte Spinoza gesehen, das Bandini verborgen blieb?

Ein Foto ließ Bandini innehalten. Paris lag in einer Badewanne. Auf dem gefliesten Boden stand eine Schale gefüllt mit Milch, überall verstreut lag Trockenfutter. Auf einer Illustrierten, die am Boden ausgebreitet war. Auf einer Badematte. Auf einem Geldschein, der neben einer achtlos zu Boden geworfenen Jeans zu sehen war. Auf dem Geldschein war das Bild eines Hundekopfs abgebildet.

»Folge der Spur des Geldes«, hatte Renfield gesagt.

Was machte der Hundekopf auf dem Geldschein? Bandini hatte eine weitere Frage zu klären. Und warum war der Geldschein auf diesem Foto zu sehen? Was hatte Paris mit den Machenschaften zu tun, die Katzenstadt erschütterten?

Bandini hoffte, dass Tiga am nächsten Tag bei ihrem Model-Kurs etwas in Erfahrung bringen konnte. Sie verließ die Galerie und kehrte zu den anderen Katzen in den Schlosspark zurück.

Nachts im Schlosspark Es war eine milde Sommernacht. Keine der Katzen im Schlosspark konnte an diesem Abend schlafen, zu unruhig waren sie wegen der Ereignisse, zu nervös wegen der Aufgaben, die sie am nächsten Tag zu erfüllen hatten. Banks lag auf der Tischtennisplatte, die von der Nachmittagssonne noch warm war. Auch Bandini und Bonnie ruhten sich dort aus. Ein paar Katzen hatten es sich im Pavillon bequem gemacht. Es war ein kleiner grüner Rundbau aus Holz mit einfachen Verzierungen. Das zur Kuppel ausgebaute Dach bot Schutz vor Regen. Die Katzen aus der Pension hatten sich die beiden Parkbänke als Schlafstätte ausgesucht, obwohl schon einige Holzlatten herausgebrochen waren. Romeo kuschelte sich an Alfa, um es ein bisschen behaglicher zu haben. Clash und Spike lagen auf der auseinandergebrochenen Wippe. Ballhaus putzte sich am Rand des Sandkastens vor dem Einschlafen noch das Fell. Und der Reverend hatte sich auf der Schlossparkmauer niedergelassen. Einer musste ja Wache halten.

Immerhin, sie hatten die Pfote Doktor Katzenbeißer säuberte die Wunde. Sie legte Matula einen neuen Verband an. Die Operation am Vortag war gut verlaufen. Bevor sie sich als Tierärztin in Katzenstadt niederließ, war sie in einer Tierklinik tätig gewesen. Dort hatte sich Doktor Katzenbeißer den Ruf erarbeitet, eine herausragende Gefäßchirurgin zu sein. Trotzdem standen die Chancen nicht sehr gut, dass die Pfote wieder anwuchs. Dass sie sie überhaupt hatten, war ungewöhnlich. Bei Unfällen mit einem Mähdrescher oder anderen Erntemaschinen waren die abgetrennten Glieder in der Regel nicht aufzufinden. Und in Matulas Fall war der Schnitt auch noch glatt und gleichmäßig. Als wäre die Pfote mit einem Beil abgehackt worden.

Wenn Doktor Katzenbeißer darüber nachdachte, wie es zu der Verletzung gekommen sein konnte, wurde ihr übel. Sie setzte sich an ihren Schreibtisch. Sie musste herausfinden, was in Katzenstadt vor sich ging.

»Gut gemacht, Heinz« Matula hatte wieder einen bösen Traum. Er sah wieder und wieder das Hackebeil heruntersausen. Blut schoss aus dem Stumpf. Kurz zuvor war Doktor Katzenbeißer bei Matula gewesen, hatte den Verband gewechselt, ein Schmerzmittel gespritzt, Antibiotika verabreicht und eine neue Infusion gelegt. Morphin. Daher auch die Träume. Matula sah einen Mann mit Glatze und Sonnenbrille. Der Glatzkopf lachte diabolisch, als das Beil Matulas rechte Vorderpfote abtrennte. Dann klopfte der Glatzkopf einem anderen Mann auf die Schulter. Dem Mann, der Matula die Pfote abgehackt hatte. »Gut gemacht, Heinz«, sagte der Glatzkopf. Wer war dieser Mann?

Gute Nacht, Matula.

Tag
DREI

Früh auf den Beinen Romeo war schon früh auf den Beinen. Er verließ den Schlosspark und streunte allein durch Katzenstadt. Die ganze Nacht hatte er kaum schlafen können, zu aufgeregt war er wegen seines Auftrags gewesen.

Nach einer Weile entdeckte er den Glatzkopf am Marktplatz. Der Widerling stand an der Würstchenbude. Frühstück. Er hatte seine Hunde dabei. Der Dobermann, der Bullterrier und der Rottweiler waren angeleint. Sie saßen direkt neben dem Glatzkopf am Boden und hofften, dass ihm ein Stückchen Wurst herunterfiel. Romeo dachte an Bandinis Anweisungen, was zu tun war, wenn er den Fremden aufspürte. In Deckung gehen. Den Mann heimlich verfolgen. Seinen Wohnort ausfindig machen. Kein Risiko eingehen. Auf gefährliche Alleingänge verzichten. Und die Katzen im Schlosspark informieren.

Der Anblick der Hunde löste etwas in Romeo aus. Erinnerungen. Romeo war in der Pension an der Seite von Hunden aufgewachsen. Er hatte das Laufen an der Leine gelernt. Das Apportieren. An manchen Tagen hatte er sogar geglaubt, er selbst sei ein Hund. Nur das Bellen hatte ihm nicht gelingen wollen. Romeo erinnerte sich gerne an diese Tage. Was wohl aus seinen Hundefreunden geworden war?

Aber Romeo hatte jetzt keine Zeit, in der Vergangenheit zu schwelgen. Er hatte einen Plan. Dass er damals nicht bellen gelernt hatte, war jetzt nicht wichtig. Bellen war bei seinem Plan nicht vorgesehen. Er musste nur nahe genug an den Glatzkopf herankommen. Ganz nah. Und er musste dafür sorgen, dass der Glatzkopf nach Hause musste.

Geldsäcke Auch der Reverend machte sich zeitig am Morgen auf den Weg. In Richtung Bank. Er würde sich auf die Lauer legen. Und nichts würde ihm entgehen.

Gegenüber der Privatbank machte er es sich in einer Buche bequem. Nach außen hin erweckte er den Eindruck, als würde er auf einem Ast liegen und sich ausruhen. Aber er war hellwach. Nichts, was auf dem Gelände der Privatbank vor sich ging, blieb ihm verborgen.

Leider waren die Fensterscheiben verspiegelt. Aber sobald die Tür aufging, achtete der Reverend auf jedes Detail und zog seine Schlüsse. Und die Tür öffnete sich an diesem Tag sehr häufig. Vor der Bank parkte ein Transporter. Zwei Männer stiegen aus. Sie öffneten den Laderaum. Dann trugen sie Jutesäcke in die Bank. Die Säcke waren mit einer Schnur zugebunden. Auf jeden Sack war das Bild eines Hundekopfs gedruckt. Der Hund hatte keine Augen. Stattdessen war an dieser Stelle ein Geldsymbol abgebildet.

Der Reverend hatte mitgezählt. 56 Jutesäcke hatten die beiden Männer in die Bank getragen. Immer zwei auf einmal. Fünf Minuten waren die Männer jedes Mal unterwegs. Dreißig Sekunden brauchten sie vom Transporter bis zur Drehtür. Weitere dreißig Sekunden, um den gläsernen Eingangsbereich zu verlassen. Und die gleiche Zeit, wenn sie zurückkehrten. Also blieben ihm drei Minuten, um sich ungestört im Transporter umzuschauen.

Gleichgewicht verloren Nach Romeo und dem Reverend hatte auch Tiga bereits am Morgen den Schlosspark verlassen. Seit einer Stunde war sie jetzt in der Ballettschule. Sie fühlte sich fehl am Platz. Schon die Trainingsstunden jeden Tag mit Banks im Schlosspark hatte sie nicht verstanden. Sich flach auf den Boden pressen und durchs Gras robben. Sich im Unterholz verstecken. Sich an Vögel heranpirschen – und sie dann wegfliegen lassen, obwohl sie in diesem Moment so leicht zu fangen gewesen wären. Zeitverschwendung. Aber da hatte Tiga noch nicht gewusst, dass es noch bescheuertere Übungen gab.

Früh am Morgen hatte sie bei Paris vorgesprochen. Hatte ihr vorgeschwärmt, wie toll sie ihre Fotos fand. Hatte ihr von ihrer Sehnsucht erzählt, später auch einmal Katzenmodel zu werden. Und dass es ihr Traum sei, dass auch einmal Fotos von ihr in einer Ausstellung zu sehen sein würden. Oder abgedruckt in einem Bildband. Und jetzt musste sie stupide auf einer Linie laufen. Kreuzgang.

»Und jetzt das linke Vorderbein«, dozierte Paris. »Behutsam auftreten, die Zehen zuerst, ganz sanft. Jetzt das rechte Bein. Und bitte immer leicht mit dem Popo wackeln.«

Tiga hatte keinen Sinn für solche Übungen. Sie hasste es, mit dem Hintern zu wackeln, um anderen zu gefallen. Es gab für sie nur einen Grund, so etwas zu tun. Und das war die Jagd. Der Augenblick kurz vor dem Absprung. Um die Balance möglichst gleichmäßig zu verteilen. Und gezielt auf ihre Beute zu springen.

Tiga wackelte wie befohlen mit ihrem Hintern. Zu heftig. Sie verlor das Gleichgewicht und fiel hin.

Paris schüttelte den Kopf.

Keine Witterung Auf dem Marktplatz ging Romeo in Position. Er visierte den Glatzkopf an. Der Dobermann, der Bullterrier und der Rottweiler saßen neben dem Widerling. Der Wind blies dem Kater entgegen. Das zumindest war von Vorteil. Romeo näherte sich der Gruppe im Passgang. Das hatte er sich damals von den Hunden in der Pension abgeschaut. Erst rechts, dann links. Während also die rechte Hinterpfote und die rechte Vorderpfote gleichzeitig auftraten, schwangen die anderen beiden Pfoten nach vorne. Romeo schaukelte anfänglich. Aber schon nach wenigen Metern hatte er sich wieder an die Gangart gewöhnt.

Bei dieser Windrichtung konnten der Dobermann, der Bullterrier und der Rottweiler keine Witterung aufnehmen. Romeo lief langsamer. Unterwürfig näherte er sich dem Mann. Der Glatzkopf bemerkte ihn nicht. Romeo schnüffelte an den weißen Turnschuhen. Dann hob er die Hinterpfote an und pinkelte dem Glatzkopf ans Bein.

Angepisst Der Glatzkopf brauchte einen Moment, um die Situation zu erfassen. Er stand auf dem Marktplatz. Sein linkes Hosenbein war nass. Es stank furchtbar. Er war angepinkelt worden. Von einem kleinen Jagdhund. Von einem Jagdhund, der sich als kleiner Kater entpuppt hatte, als er nach der Attacke davongelaufen war. Der Glatzkopf war außerstande, dem Angreifer hinterherzulaufen. Seine Hose klebte am Bein.

Der Glatzkopf bemerkte, wie ihn eine Frau anstarrte. Wie sie Fotos von ihm machte. Kam ja auch nicht so häufig vor, dass ein Mensch von einer Katze angepinkelt wurde. Die Frau, die etwas abseits von ihm stand, lachte. Nur dem Glatzkopf war nicht zum Lachen zumute. Sein linkes Hosenbein war nass. Es tropfte auf seine Turnschuhe. Er musste sich eine frische Hose anziehen. Und er musste der Frau den Fotoapparat aus der Hand reißen. Es fehlte ihm noch, dass die Leute auf ihn aufmerksam wurden. Dass sein Aufenthaltsort bekannt wurde. Er musste schleunigst nach Hause. Ausgerechnet heute war er zu Fuß unterwegs in Katzenstadt.

Stolz Romeos Plan funktionierte. Er hatte sichergehen wollen, dass der Glatzkopf nicht zu einem anderen Ort weiterzog. Und wo sollte man hingehen mit einer vollgepinkelten Hose? Romeo saß in seinem Versteck hinter einer verwitterten Bank am Marktplatz, behielt den Glatzkopf im Auge und wartete darauf, dass er nach Hause ging. Romeo war stolz auf sich und seine wagemutige Tat. Auch wenn Bandini ihn gebeten hatte, auf riskante Aktionen zu verzichten, dürfte sie jetzt nicht böse auf ihn sein.

Am Ortsende Romeo schlich vorsichtig hinter dem Glatzkopf und den drei Hunden her. Er nutzte die Büsche am Straßenrand als Deckung. Aber er hätte gar nicht so aufpassen müssen. Der Glatzkopf stapfte zornig davon. Noch nie in seinem Leben war der Glatzkopf so bloßgestellt worden. Noch nie war ihm eine Situation so peinlich gewesen. Noch nie hatte er so gestunken. Noch nie war er angepinkelt worden. Und dann auch noch von einer Katze. Das würde sie ihm büßen müssen. Bitterlich. Kein einziges Mal auf dem Weg nach Hause blickte er sich um. Auch nicht, als er am früheren Postamt und der Pension vorbeieilte. Er überquerte die Brücke am Fluss. Er ging am ehemaligen Laden des Tierpräparators vorbei. Er eilte die Straße entlang, in der Hoffnung, dass er keine Aufmerksamkeit erregte. Am Ortsende wurde aus der Straße ein Feldweg.

Romeo folgte dem Glatzkopf bis zu einem alleinstehenden Haus am Waldrand. Der gefleckte Kater sah noch, wie sich der Widerling an der Haustüre die Schuhe und die stinkende Anzughose auszog. Dann schloss sich die Tür. Romeo zog los, Bandini zu holen. Er wusste jetzt, wo der Glatzkopf wohnte.

Hirschkäfer in Acryl Auch den Tierpräparator hatte vor vier Jahren die Angst gepackt. Seit er Katzenstadt überhastet verlassen hatte, wohnte Harold allein im Laden. Das Schaufenster, die Auslage, die Tiere in den Regalen, alles war seit damals unverändert geblieben. Direkt hinter der Eingangstür standen ein ausgestopfter Gamsbock, ein Iltis, ein Feldhase, ein Dachs, ein Baummarder und ein Biber. Ein ganzes Regal war den Vögeln gewidmet. Dort konnte der Kunde wählen zwischen einem Bussard, einem Perlhuhn, einer Taube, einem Wanderfalken, einem Dompfaff oder einem Auerhahn. In der Vitrine lagen in Acrylharz eingegossene Insekten: Hirschkäfer, Stabheuschrecken, Hummeln und Wasserläufer. An der Wand hingen eng nebeneinander die Schädel heimischer Tiere. Der Schädel eines Wildschweins war dort aufgehängt, der eines Hermelins und eines Marderhundes. Auf den Stühlen wiederum lagen Felle. Haufenweise Felle. Von Mufflons, Rehen, Füchsen und Dachsen.

Auf einem Dachsfell lag Harold am liebsten. Er war ein morbider Kater. British Blue, gedrungener, muskulöser Körper, runder Kopf, kurze Ohren, ausgeprägtes Kinn. Als der Tierpräparator sich davongemacht hatte, war Harold einfach auf dem Dachsfell liegen geblieben. Aus Bequemlichkeit, sagten die einen. Um zu verhungern, sagten die anderen. Sie sagten das, weil es Harold ihnen so erzählt hatte. Harold sprach eigentlich jeden Tag vom Tod. Kein Wunder, bedenkt man, dass er von toten Tieren umgeben war. Er sprach jeden Tag davon, wie man Tieren am besten das Fell abziehen und sie anschließend konservieren konnte. Und er sprach auch davon, wie er selbst zu sterben gedachte. Wie er während eines Gewitters im Fluss baden oder sich nachts auf der Schnellstraße schlafen legen wollte. Doch er sprach nicht nur von seinen Plänen, er versuchte auch, einige von ihnen in die Tat umzusetzen. Der morbide Kater war beim Unwetter baden gegangen, nichts war passiert. Der Blitz hatte in einen Baum am Ufer eingeschlagen. Er hatte sich zum Schlafen mitten auf die Schnellstraße gelegt, nichts war passiert. Er hatte sich aus Versehen den autofreien Sonntag ausgesucht.

Seit Langem sprach Harold nun schon von seinem Tod. Und doch war er noch immer am Leben.

Bonnie träumte Auch Bonnie ging los, um ihren Auftrag zu erledigen. Sie hatte ein bisschen verschlafen. Zu unruhig war sie die ganze Nacht gewesen, zu spät war sie eingenickt, zu intensiv war dann ihr Traum gewesen. Ihr Traum, in dem sie mit Matula im Schlosspark herumtollte. Nur sie und Matula. Matula.

Matula konnte sehr charmant sein. Manchmal kam der schwarze Kater mit den weißen Pfoten sogar auf Bonnie zu, wenn sie durch den Schlosspark spazierte. Dann stupste er sie mit der Schnauze an, rieb seinen Kopf an ihrer Flanke. Und blieb eine ganze Weile bei ihr. Manchmal. Wenn er nicht schon mit einer anderen Schönheit verabredet war.

Bonnie hatte im Schlaf geschnurrt. In ihrem Traum lief Matula rückwärts vor ihr her – nur um sie anschauen zu können, sagte er. Dann ließ sich Matula wie so oft theatralisch hinfallen und stellte sich tot. Bonnie liebte dieses Spielchen. Wie immer lief sie zu ihm, um nachzuschauen, was passiert war. Dann drehte er normalerweise langsam den Kopf zu ihr. Und hatte ein Gänseblümchen im Maul. »Bonnie, neben deiner Schönheit verblasst jede Blume«, sagte er. Matula wusste, was Katzen hören wollten. Doch diesmal blieb er stumm. Er hatte auch keine Blume im Maul. Matula blickte sie mit leeren Augen an. Bonnie stupste ihn an. Er war ganz kalt. Blut klebte an seinem schwarzen Fell. Seine rechte Vorderpfote fehlte. Abgetrennt oberhalb des Mittelfußes. Wer hatte ihm das angetan? Bonnie war von ihrem eigenen Fauchen aufgewacht.

Bildungs-Katzen Bonnie hatte die Bibliothek erreicht. Es war eines der ersten Gebäude nach der Katzenfutterfabrik gewesen, das Katzen übernommen hatten. Pauline, King, Murakami, Rosewater und Marlowe waren Bildungs-

Katzen, aufgewachsen in Akademikerhaushalten. Es hatte bei ihnen zu Hause keinen Fernseher gegeben. Nur Bücher. Und waren die Katzen mit auf dem Sofa gelegen, hatte man ihnen vorgelesen. Bis vor vier Jahren. Als die Zeitungen von dem Tod des Katzenfutterfabrikanten berichteten, hatten die Akademiker die Stadt verlassen. Mit allen ihren Büchern. Ihre Katzen hatten sie zurückgelassen. Aus Angst.

Pauline, King, Murakami, Rosewater und Marlowe hatten daraufhin beschlossen, in die Bücherei zu ziehen. Dort hatte es noch genügend Bücher gegeben.

Jede Katze hatte sich eine spezielle Aufgabe gesucht. Murakami war der Vorleser. Und Marlowe war die Spürnase unter den Bücherei-Katzen. War irgendein Buch nicht zu finden, ganz egal welches Genre, begann der Kater seine Ermittlungen. Er durchforstete die Karteikarten, befragte seine Kollegen und folgte allen Hinweisen, bis er das Werk gefunden hatte.

Soko Killer-Katze Die Katzen kamen aus den Bücherregalen gesprungen, als sie von der Türklingel aufgeweckt wurden. Bonnie betrat die Bücherei. Als sie ihr Anliegen geschildert hatte, wurde sie von Murakami zum Zeitungsarchiv geführt. Die Bücherei-Katzen erinnerten sich noch gut an die Zustände damals in Katzenstadt. Schon alleine wegen ihres persönlichen Schicksals. Murakami holte eine alte Boulevardzeitung hervor. »DIE BLUTSPUR DER KILLER-KATZEN« stand in Großbuchstaben auf der Titelseite der WILD. Der dazugehörende Artikel war sehr aufschlussreich. Murakami hatte auf der Titelseite der Boulevardzeitung Platz genommen.

Er begann zu lesen:

DIE BLUTSPUR DER KILLER-KATZEN

Katzenstadt – Die Bewohner von Katzenstadt fürchten um ihr Leben. Nachdem bekannt wurde, dass der Katzenfutterfabrikant eines gewaltsamen Todes gestorben ist, befürchten viele Bürger, dass der Industrielle nicht das letzte Opfer der Katzen gewesen ist. Wie bereits berichtet, geht die Polizei nach den ersten Untersuchungen davon aus, dass die Katzen, die der Fabrikbesitzer leichtsinnig bei sich aufgenommen hatte, für seinen Tod verantwortlich sind. Recherchen zufolge war der Mann wenige Monate vor seinem Tod erblindet. Die Katzen, so heißt es, hätten ihm die Augen ausgekratzt. Und ihn jetzt die Kellertreppe hinuntergestürzt. Nun geht die Angst im Ort um. Wer wird das nächste Opfer sein? Und wie viele Menschen im Ort haben die Tiere bereits getötet? Um diesen Fragen nachzugehen, wurde die »Soko Killerkatze« ins Leben gerufen. Aktuell kann die Kriminalpolizei weitere Verbrechen nicht ausschließen. Die Ermittler haben die Arbeit an drei ungeklärten Mordfällen wiederaufgenommen und verdächtige Hinweise wie Kratz- und Bisspuren in den Autopsie-Berichten entdeckt. »Wir haben noch keine eindeutigen Beweise«, erklärte der Polizeisprecher, »aber bis auf Weiteres raten wir unseren Bürgern und Bürgerinnen, sich vor Katzen in Acht zu nehmen.« Auch der Ortsvorsteher forderte die Bewohner auf, im Dunkeln nicht mehr alleine ins Freie zu gehen und immer darauf zu achten, dass alle Türen und Fenster geschlossen waren. »Es sind Bestien«, erklärte er, »blutrünstige Bestien.« Daraufhin sollen beunruhigte Bürger, wie Augenzeugen berichteten, Katzenjunge in Müllsäcken im Fluss ertränkt haben.

In Katzenstadt kam es am Abend zu tumultartigen Szenen. Viele Familien versuchten, so schnell es ging, ihr Hab und Gut in ihre Autos zu packen und eilig die Stadt für immer zu verlassen. In der Folge kam es zu stundenlangen Staus.

Kille Kille Kätzchen Als Murakami den Artikel zu Ende vorgelesen hatte, sprang Bonnie auf den Tisch, auf dem die Zeitungen von vor vier Jahren ausgebreitet lagen.

»Augen ausgekratzt? Das ist eine Gemeinheit«, sagte sie. »Solche dreckigen Lügner«, schimpfte sie. Bonnie und Bandini waren ihrem Herrchen sehr dankbar gewesen. Er hatte sie, als sie noch ganz klein waren, von einem Bauernhof geholt. Sie erinnerte sich, wie er mit einem Transporter vorgefahren war. Eine schwarze Katze mit weißen Tupfen war darauf abgebildet gewesen. Sie wusste noch genau, dass dieser Mann so wunderbar nach Katzenminze geduftet hatte, als er sie zum ersten Mal in den Arm nahm. Dann hatte er sie in seine Katzenfutterfabrik mitgenommen. Er hatte ihnen das schönste Leben ermöglicht. Nie hätten sie ihm etwas angetan. Sie hatten ihn geliebt. Von der ersten Begegnung an.

Wie konnte so eine niederträchtige Behauptung in der Zeitung stehen? Bonnie wollte den Artikel schon in Fetzen reißen, konnte aber gerade noch vom Büchereipersonal davon abgehalten werden.

Murakami durchsuchte die Zeitungen der darauffolgenden Tage. Die Berichterstattung glich einer Hetzjagd. Gerade in den Boulevardzeitungen. In einer Ausgabe wurden etwa Fotos von einer schlimm verstümmelten Leiche gezeigt. Es handelte sich um einen anderen ungeklärten Mordfall. Die Überschrift dazu lautete: »*Waren auch hier die Katzen am Werk?*« In der gleichen Ausgabe dieser Zeitung eine vermeintliche Enthüllungsstory: »*Traue keinem Kätzchen. Wie aus Schmusekatzen gemeine Mörder werden.*« Ein Ratgeber versprach: »*So erkennen Sie, wie böse Ihre Katze wirklich ist.*« Eine andere Zeitung vermeldete: »*Die Todesliste der Horrorkatzen.*« Besonders perfide war auch die Kolumne mit dem Titel »*Kille Kille Kätzchen*« – eine kleine Anleitung, wie man sein Haustier umbringt, bevor man selbst zum Opfer wird.

Die Ausgaben der folgenden Tage waren nicht weniger aufschlussreich. Vor allem ein Interview mit dem Ortsvorsteher zog das Interesse der Katzen auf sich.

Mehr Anmut, weniger Elefant Tiga hasste das Laufstegtraining in der Ballettschule. Sie hielt die geringschätzigen Bemerkungen von Paris nicht mehr aus. Ihre herablassenden Kommentare. Ihre ständigen Haltungskorrekturen. Und dabei war es noch nicht einmal Mittag.

Tiga ging zwischen den Spiegeln auf und ab. Rechte Pfote, linke Pfote. »Aufrecht gehen!«, moserte Paris.

Rechte Pfote, linke Pfote.

»Schnauze hoch!«, korrigierte Paris und hob mit ihrer Pfote Tigas Kinn an.

Rechte Pfote, linke Pfote.

»Deine Beine gehen zuerst!«, merkte Paris an.

Rechte Pfote, linke Pfote.

»Nicht so stark mit den Hüften wackeln«, schimpfte Paris.

Paris winkte Tiga zu sich und gab ihr weitere Tipps. »Balanciere auf dem Ballen deiner Pfote«, sagte sie, »du bist eine stolze Katze, schaue immer geradeaus, nicht nach unten.«

Nach jedem Ratschlag musste Tiga wieder auf den imaginären Laufsteg.

Rechte Pfote, linke Pfote.

»Bauch einziehen«, rief ihr Paris zu. »Du musst alles geben«, ermunterte sie die kleine Katze, »aber immer locker und natürlich bleiben.«

Tiga war alles andere als locker.

»Du musst selbstbewusst sein und kokett«, feuerte Paris sie an, »bei jedem Schritt.«

Tiga trampelte weiter.

Paris schüttelte den Kopf. Tiga würde nie elegant laufen können. Das erkannte die Model-Katze sofort.

Rechte Pfote, linke Pfote.

»Mehr Anmut, weniger Elefant«, spottete Paris. Sie betrachtete sich selbstverliebt in einem der großen Spiegel.

Tiga blieb kurz stehen. Was für eine Frechheit, dachte sie sich. »Mehr Anmut, weniger Elefant«, äffte Tiga ihre Trainerin nach, als sie dachte, Paris würde es nicht bemerken. Aber die Ballettschule war klein. Jede Wand war mit Spiegeln ausgestattet. Und jeder noch so kleine Laut hallte nach.

Tiga war froh, als sie aufhören durfte, eine Linie entlangzulaufen. Sie wusste ja noch nicht, wie wichtig der Catwalk für sie werden würde. Und sie hatte keine Ahnung, wie gefährlich es werden konnte, wenn man in Paris' Umfeld herumschnüffelte.

»Ich weiß jetzt, wo er wohnt« Romeo lief langsam auf dem Feldweg entlang in Richtung Brücke. Er blickte sich die ersten Meter immer wieder zum Haus am Waldrand um, ob der Glatzkopf nicht vielleicht doch die Hunde losschickte. Aber es blieb ruhig. Als Romeo sicher war, dass keiner der Köter ihm folgte, lief er zurück zum Schlosspark. Gleich würde er Bandini Bericht erstatten.

Er fand sie in der späten Morgensonne mit Banks auf der Tischtennisplatte. Schon aus einiger Entfernung konnte Romeo erkennen, dass sie in ein ernsthaftes Gespräch vertieft waren.

»Ich habe ihn angepinkelt«, rief Romeo, als er auf die beiden Katzen zulief.

Bandini und Banks blickten ausdruckslos auf den gefleckten Kater.

»Ich habe den Glatzkopf angepinkelt«, sagte Romeo triumphierend. »Ich weiß jetzt, wo er wohnt. Ich kann es euch zeigen.«

Bandini nickte ihm anerkennend zu.

»Dann holen wir uns jetzt die Besitzurkunde für die Katzenfutterfabrik zurück«, sagte sie. »Und mal sehen, was wir sonst noch Nützliches beim Glatzkopf finden können. Ballhaus und Alfa werden uns begleiten. Romeo, du gehst vor und zeigst uns den Weg.«

»Mehr Anmut, weniger Elefant«, spottete Paris und betrachtete sich selbstverliebt in einem der Spiegel.

»Ich komme auch mit«, sagte Banks bestimmt. »Es ist ein riskantes Vorhaben. Du kannst jede Unterstützung gebrauchen.«

Bandini schaute Banks kritisch an. »Und wer passt dann auf den Schlosspark auf?«, fragte sie.

»Keine Sorge«, sagte Banks. »Wir haben eine starke Truppe mit Mücke und den anderen. Auf sie ist Verlass. Und jetzt zeige uns bitte das Haus, Romeo!«

Als alle Katzen zum Aufbruch bereit waren, lief Romeo voraus. Vom Schlosspark in Richtung Pension. Er überquerte den Fluss, folgte der Straße durch das Wohngebiet, kam beim Tierpräparator vorbei. Dann führte er Bandini, Banks, Ballhaus und Alfa zum Haus des Glatzkopfs.

Katzenabwehrgürtel Am Ende des Feldwegs erreichten sie das unheimliche Anwesen. Eine Sackgasse. Versperrt durch eine unansehnliche Garage mit Flachdach. Die fünf Katzen versteckten sich in einem Gebüsch und betrachteten das zweistöckige Haus am Waldrand. Es hatte die besten Jahre hinter sich. Zuletzt hatte hier ein Jäger mit seiner Frau und den drei Kindern gelebt. Die Eltern waren Vogelfreunde. An jeder Wand des Hauses wucherten Brombeerhecken. Dazwischen standen Kletterrosen, bis hinauf zum ersten Stock waren die Pflanzen entlang der hölzernen Rankhilfen gewachsen. Die Fenster im Erdgeschoss und im ersten Stock waren vergittert. Im ersten Stock war zum Garten hin ein Balkon angebaut worden. Das Geländer war weiß lackiert. Dahinter war ein grün-orange-gestreifter Sichtschutz angebracht. Am Giebel des Jagdhauses hingen an der Holzverschalung drei Hirschgeweihe. Im Garten befanden sich eine Wäschespinne, eine Rutsche, ein Sandkasten und ein Metallgestell mit einer Schaukel. Eine mächtige Eiche stand vor dem Haus. Um in den Ästen brütende Vögel zu schützen, hatten die früheren Besitzer einen Katzenabwehrgürtel am Baumstamm angebracht. Verzinkte Stahldornen, mit denen Katzen davon abgehalten werden sollten, den Baum hochzuklettern.

Irritiertes Eichhörnchen Bandini schlich aus dem Gebüsch, um das alte Jagdhaus näher zu inspizieren. Ein Eichhörnchen sprang direkt neben ihr einen Baumstamm nach oben. Das Eichhörnchen war in heller Aufregung. In Todesangst. Es wollte bereits in seinen Kobel flüchten, als es bemerkte, dass sich die Katze für andere Dinge interessierte. Es schaute etwas irritiert. Nicht einmal, als es eine kleine Nuss auf die Katze hinabwarf, reagierte sie.

Bandini konzentrierte sich nur auf das Haus. Die Schildpatt-Katze suchte Meter für Meter ab, um einen Weg zu finden, über den sie in das Gebäude gelangen konnte. Alle Eingänge waren abgesichert. Über der Haustür war eine Kamera angebracht. Alle Fenster im Erdgeschoss waren vergittert. Und wegen der Rosen und der Brombeerhecke rund um das Haus konnte sie nicht einfach an der Fassade nach oben klettern. Die Balkontür im ersten Stock war gekippt. Bandini überlegte kurz, ob sie dort ins Haus kommen könnte, aber das war zu gefährlich – zu häufig waren Katzen, beim Versuch, durch so ein Fenster zu klettern, eingeklemmt und schlimm verletzt worden.

Aber dann hatte Bandini einen anderen Plan. Sie würde im Garten auf die Eiche klettern. Von dort konnte sie mit viel Glück das Haus erreichen. Es war riskant, aber sie musste es versuchen.

Das Cabrio Als Bandini das Haus ausreichend überprüft hatte, ging sie zurück zu den anderen, die schon auf neue Anweisungen warteten. Sie beauftragte die Katzen, das Cabrio des Glatzkopfs zu suchen. Bandini flüsterte Banks ins Ohr, was sie tun sollten, wenn sie das Auto gefunden hatten. Im Anschluss sollten sie sich im Gebüsch verstecken und von dort aus das Haus beobachten. Wenn Bandini nicht innerhalb von einer halben Stunde zurückkam, sollten sie Hilfe holen. Und wenn einer der Köter sie bemerkte, sollten sie weglaufen, so schnell sie konnten.

Investor für Katzenstadt In der Bücherei fand Murakami im *Katzenstadt-Boten* ein Interview mit Heinz Schütze, dem Ortsvorsteher von Katzenstadt. Bonnie setzte sich aufrecht hin und spitzte die Ohren. Murakami las vor.

»ES IST EINE KATASTROPHE«

Katzenstadt – Fehlende Investitionen, ausbleibender Zuzug: Wie sich das Unglück in der Katzenfutterfabrik auf den ganzen Ort auswirkt – ein Gespräch mit Ortsvorsteher Heinz Schütze.

Katzenstadt-Bote: Herr Schütze, wie bewerten Sie die Vorkommnisse in Katzenstadt?
Heinz Schütze: Zunächst möchte ich nach diesen grauen-

vollen Taten allen Hinterbliebenen der Opfer mein tiefstes Beileid aussprechen.

Katzenstadt-Bote: Taten? Bislang ist nur eine Tat bekannt …

Heinz Schütze: Hören Sie, es liegt doch auf der Hand. Die Bestien …

Katzenstadt-Bote: Die Bestien? Das sind derzeit doch nur Spekulationen der Boulevardpresse. Es gibt noch keine gesicherten Informationen …

Heinz Schütze: Ich habe die Fotos gesehen. Und auch wenn die Polizei sich offiziell noch nicht dazu äußern will, um keine Panik zu schüren, weiß ich sehr genau, was sich in Katzenstadt zugetragen hat. Es ist eine Katastrophe. Unser Ort wird sich lange nicht davon erholen. Und das ausgerechnet jetzt, wo doch in Katzenstadt über vielversprechende Bauvorhaben diskutiert wird.

Katzenstadt-Bote: Bauvorhaben? Davon ist in der Öffentlichkeit aber noch nichts bekannt. Wovon sprechen Sie?

Heinz Schütze: Ein großzügiger Investor wollte sich unserer Stadt annehmen. Die genauen Vorhaben unterliegen noch der Geheimhaltung. Ich kann nur so viel verraten: Er plant Großes.

Katzenstadt-Bote: Bitte werden Sie konkreter.

Heinz Schütze: Bitte haben Sie Verständnis, dass ich zu diesem Zeitpunkt nicht mehr sagen kann. Aber ich bin derzeit nicht sehr optimistisch, dass die Vorhaben überhaupt noch umgesetzt werden können. So viele negative Schlagzeilen werden unserem Investor nicht gerade zusagen. Abgesehen davon kann ich mir kaum vorstellen, dass Hundebesitzer nach diesen grauenvollen Taten und den brutalen Vorkommnissen Interesse haben, in eine Stadt mit so vielen

Katzen zu ziehen. Der Ort wäre aufgeblüht, die Wirtschaftskraft wäre gestiegen, reiche Menschen wären nach Katzenstadt gekommen. Aber das können wir jetzt alles vielleicht vergessen. Wegen dieser Bestien.

Katzenstadt-Bote: Hunde? Nach Katzenstadt? Halten Sie das wirklich für eine gute Idee?

Heinz Schütze: Ich habe nichts von Hunden gesagt.

Katzenstadt-Bote: Doch. Sie sprachen von Hundebesitzern, die nach Katzenstadt ziehen sollten.

Heinz Schütze: Davon habe ich überhaupt nicht gesprochen. Das ist wieder typisch. Wir erleben gerade die größte Katastrophe, die Katzenstadt jemals heimgesucht hat, und Sie suchen wieder nur nach Ungereimtheiten. Im Rathaus werden Sie nichts finden. Sie nicht.

Katzenstadt-Bote: Sie selbst haben doch von den Bauvorhaben gesprochen.

Heinz Schütze: Berichten Sie nicht davon. Berichten Sie von den Bestien. Tun Sie alles, damit Katzenstadt wieder sicher wird.

Der Ortsvorsteher Heinz Schütze Der Ortsvorsteher trug gerne Sakkos. Stilsicher konnte man ihn aber nicht nennen. Er kaufte seine Sakkos immer zwei Nummern zu groß. Und das in auffallenden Farben. Hellblau. Rot. Oder grau-schwarz mit Karomuster. Seine Hosen zog er weit über den Bauch, sodass auch seine Socken zu sehen waren. Heinz Schütze trug einen gepflegten Schnurrbart, eine mahagonifarbene Hornbrille und hatte auffällig schwarz getönte Haare. Heinz Schütze war seit mehr als zehn Jahren Ortsvorsteher von Katzenstadt.

Hund und Katz Heinz Schütze war kein Katzenfreund. Das konnte man wirklich nicht behaupten. Aber als man ihn vor mehr als zehn Jahren zum Ortsvorsteher von Katzenstadt gewählt hatte, hatte er sich mit den Tieren arrangieren müssen. Wegen des wirtschaftlichen Erfolgs der Katzenfutterfabrik. Es war eine seiner ersten Amtshandlungen gewesen, die Fabrik feierlich zu eröffnen. Schon nach einem Jahr hatte die Anlage erweitert werden müssen, so groß war die Nachfrage gewesen. Und dementsprechend schnell waren auch die Steuereinnahmen für den Ort gestiegen. Die Medien hatten von Katzenstadt berichtet – und schon bald waren immer mehr Menschen mit ihren Katzen hergezogen. Darunter Philosophen, Filmemacher, Tänzerinnen, allesamt Katzenmenschen. Die Prominentendichte war schnell gestiegen.

So etwas hatte er als Ortsvorsteher gut finden müssen. Aber mit dem Wesen der Katzen hatte sich Heinz Schütze trotzdem nie anfreunden können. Er entsprach mehr dem Klischee eines Hundemenschen alter Schule. Konservativ. Traditionell. Ein Freund klarer Rangordnungen. Und der festen Meinung, dass sich ein Tier dem Menschen unterzuordnen habe. Als dann der Katzenfutterfabrikant erblindet war, musste die Fabrik geschlossen werden. Keine Produktion, kein Profit. Die Steuereinnahmen waren zurückgegangen. Der Ortsvorsteher war deswegen sehr erleichtert gewesen, als der Investor auf ihn zugekommen war. Der Investor hatte große Pläne für Katzenstadt. Aber er hatte seine Investitionen an eine heikle Bedingung geknüpft. Dem Ortsvorsteher war nicht ganz wohl bei der

Sache gewesen. Schließlich war der Katzenfutterfabrikant damals ein angesehener Bürger gewesen. Dann war er getötet worden.

Von diesem Zeitpunkt an war alles anders gewesen. Von diesem Zeitpunkt an hatte der Ortsvorsteher auf alle Forderungen des Investors eingehen müssen.

Der Investor Der Investor war reich. Sehr reich. Aber niemand außer ihm selbst wusste, wie er zu seinem unfassbar großen Vermögen gekommen war. Umso mehr genoss er es, wie er von seinen Geschäftspartnern und deren Begleiterinnen hofiert wurde. Wie er kleine Aufmerksamkeiten zugesteckt bekam von Menschen, die mit ihm ins Geschäft kommen wollten. Wie sie ihn bewunderten. Für seinen Unternehmergeist. Seinen Weitblick. Seine Entschlossenheit. Wie sie ihm in ihrer Gutgläubigkeit ihr Geld anvertrauten.

Manchmal, bei einem Empfang oder bei einem Bankett, wurde er um einen Rat gebeten. Von Menschen, die dazugehören wollten. Zur Luxusschicht. Wie man am schnellsten reich werde, wollten sie wissen. »Immer schön sparsam sein«, sagte der Investor dann, lächelte und zündete sich genüsslich eine Zigarre an.

Sicherung durchgebrannt Nach dem Malheur mit dem Katzenfutterfabrikanten hatte sich der Investor für eine Weile aus Katzenstadt zurückziehen müssen.

Er hatte nicht vorgehabt, dem Alten etwas anzutun. Aber sein Starrsinn hatte ihn wütend gemacht. Er hatte dem Fabrikanten ein wirklich mehr als großzügiges Angebot gemacht. Und der Alte? Hatte abgelehnt. Moralische Bedenken. Das waren ihm ja schon immer die Liebsten gewesen: nichts auf dem Konto, aber meinen, dass man sich Werte leisten kann.

Dem Investor war die Sicherung durchgebrannt. In dem Moment, als der Fabrikant von seinen Katzen angefangen hatte. Den kleinen Schätzchen ihr Zuhause nicht wegnehmen. Die gewohnte Umgebung. Deswegen hatte der Alte die Katzenfutterfabrik nicht verkaufen können. Da hatte der Investor die Fassung verloren. Da hatte er zugeschlagen. Und warum hatte sich der Alte auch vor den Kellerabgang gestellt?

In Geduld üben Der Investor war damals hart mit sich ins Gericht gegangen. Er musste sich besser im Griff haben, hatte er für sich notiert. Ein Mann in seiner Position durfte nicht die Kontrolle verlieren. Das Risiko dabei war zu hoch.

Da hatte der Investor noch nicht geahnt, dass sich diese verdammten Katzen als perfekte Sündenböcke herausstellen würden. Dass all diese rührseligen Katzenfreunde jede noch so abstruse Horrorgeschichte in sich aufsaugen würden, die die Boulevardzeitungen ihnen auftischten. Er hatte sein Glück kaum fassen können. »Jetzt nur noch ein bisschen Geduld«, hatte er zu sich selbst gesagt.

Katzenstadt war am Ende. Kein Renommee, kaum mehr Bewohner, keinerlei Einkünfte. Von da an hatte er den Ortsvorsteher in der Hand gehabt.

So gut wie pleite Von dem Niedergang von Katzenstadt war auch die Privatbank betroffen. Sie war so gut wie pleite gewesen. Heinz Jürgen, der Chef der Privatbank, war in seinem Büro gesessen. Schon den ganzen Tag hatte kein einziger Kunde angerufen. Und auch am Bankschalter war niemand gewesen. Dann hatte das Telefon geklingelt. Der Ortsvorsteher. Der Chef der Privatbank war begeistert gewesen, als ihm der Ortsvorsteher vom Interesse eines engagierten Investors berichtet hatte. Der Investor wollte den Ort komplett umbauen. Ihm ein anderes Image verpassen. Diese Pläne waren ein Hoffnungsschimmer für Katzenstadt gewesen. Und für seine Bank.

Verdunkelte Fenster Der Ortsvorsteher und der Chef der Privatbank hatten nach Katzwalde kommen sollen. Zum Parkplatz des Freizeitparks. Dort hatte sie eine dunkle Limousine abgeholt. Am Steuer hatte ein Chauffeur gesessen. Die gläserne Trennwand zum Fahrer und auch die Fenster waren verdunkelt gewesen. Der Investor hatte auf der ledernen Rückbank gesessen. Er hatte eine schwarze Baseballkappe getragen und Zigarre geraucht. Der Ortsvorsteher und der Chef der Privatbank hatten ihm gegenüber Platz nehmen dürfen. Dann war die Limousine losgefahren.

Schlappohren Der Investor hatte einfach nur dagesessen und geraucht. Keine Begrüßung. Kein Wort über seine Pläne. Er hatte zwei Rauchkringel geblasen und hatte das Fenster geöffnet, um die Asche abzuklopfen. Als die Zigarre abgebrannt war, hatte er wortlos in seine Aktentasche gegriffen und zwei Stadtpläne hervorgeholt. Der Investor hatte den ersten Plan auseinandergefaltet.

Der Ortsvorsteher hatte Katzenstadt erkannt, die vertraute Silhouette eines Katzenkopfs. Der Investor hatte sein Feuerzeug genommen und Katzenstadt angezündet. Erst als er es kaum mehr halten hatte können, hatte er das brennende Papier in einen Champagnerkühler fallen lassen. Dann hatte er den zweiten Plan auseinandergefaltet. Wieder: Katzenstadt. Nur war der Flusslauf im Norden des Ortes begradigt, im Westen war ein Schwimmbad und im Osten ein künstlicher See angelegt, beide in Tropfenform. Der Ortsvorsteher hatte einen Hundekopf erkannt. Zwei Augen. Eine Schnauze. Ein Maul. Und zwei Schlappohren. Hundestadt.

Willkommen in Hundestadt Der Chef der Privatbank war beeindruckt gewesen. Vom Investor. Einem Visionär mit einer großen Idee. Der Idee von einer Hundestadt. Hundefriseur? Hundekuchen? Für den Anfang ganz nett. Aber da ging noch mehr, hatte er sich gedacht. Eine Stadt nur für Hundehalter und ihre treuen Freunde. Ohne Anleinpflicht. Ohne Hundehaufentüten. Dafür mit organisierter Katzenjagd und anderen attraktiven Freizeitangeboten. Mit Wellnessoasen, in denen Schäferhunde an Palmen pinkeln durften und Cockerspaniels sich in Heilerde wälzen konnten. Mit Massagepraxen, in denen Dackeln stundenlang die Ohren gekrault wurden.

Mit einer weiteren Idee hatte der Chef der Privatbank den Investor regelrecht in Ekstase versetzt: eine eigene Hunde-Währung. Was für ein Aushängeschild für den Investor. Was für eine Aufgabe für seine Bank.

Nächte im Zwinger Der Investor hatte eine beschauliche Kindheit erlebt. In einem kleinen Dorf. In einem Einfamilienhaus. In einer tierlieben Familie. Mit einer Hauskatze. Zunächst hatte er gar nicht bemerkt, was vor sich ging.

Wann alles angefangen hatte? Vielleicht an dem Tag, als die Katze vor ihm das Essen serviert bekommen hatte. Misstrauisch war er damals noch nicht geworden. Er hatte sich auch nichts dabei gedacht, als die Katze seinen Platz am Esstisch zugewiesen und er sein Fressen am Boden in einem Napf serviert bekommen hatte. Der Junge, der der Investor gewesen war, hatte nur leise gemurrt. Als er ein Stück Butter vom Tisch klauen wollte, hatte ihm die Mutter einen Fußtritt verpasst. Eine Woche später war die Katze in sein Zimmer gezogen. Das war ein trauriger Moment gewesen. Auch, weil er von da an immer im Katzenkorb hatte schlafen müssen. Oder auch im Garten, wenn ihn seine Mutter mitten in der Nacht hinauswarf.

Als dann seine Mutter mit der Katze für drei Wochen in den Urlaub gefahren war und ihn für diese Zeit beim Nachbarn abgegeben hatte, war er zum ersten Mal zornig geworden. Ob er mal kurz auf ihren Sohn aufpassen könne, hatte seine Mutter den Nachbarn gefragt. »Kein Problem«, hatte der Nachbar geantwortet und ihn in den Hundezwinger gesperrt. Noch heute weigerte er sich zu zelten. Eine Nacht unter freiem Himmel weckte seine schlimmsten Ängste.

Klare Forderung Der Investor hasste Katzen aufrichtig und abgrundtief. Seine Forderung an den Ortsvorsteher und den Chef der Privatbank war daher kurz und bündig ausgefallen. Keine Katzen mehr in Katzenstadt. Keine einzige durfte dort mehr frei herumlaufen.

Der Chef der Privatbank hatte sich bereit erklärt, sich um diese Aufgabe zu kümmern. Seine Exfrau hatte Katzen geliebt. Gut, dass sie den haarigen Perser beim Auszug mitgenommen hatte. Auch wenn sie dafür ihren gemeinsamen Sohn dagelassen hatte. Hoffentlich würde der keinen Ärger machen, der verdammte Katzenfreund.

Die Katzen mussten verschwinden. Ein schwieriges Unterfangen, das war dem Chef der Privatbank von Anfang an klar gewesen. Aber wofür gab es Fachleute.

Angst um seinen Ruf Der Glatzkopf hatte sich ein Lachen nicht verkneifen können, als der Chef der Privatbank mit seinem Anliegen an ihn herangetreten war. Der Problemlöser war größere Herausforderungen gewohnt. Er sorgte normalerweise dafür, dass Menschen ihre Schulden bezahlten. Oder er überzeugte Menschen davon, dass es besser für sie war, auf eine Aussage vor Gericht zu verzichten. Für seine Überzeugungsarbeit musste er manchmal gar keine Gewalt anwenden. Manchmal musste er nur mit seinen knurrenden Hunden an der Haustür vorbeischauen. Und wenn die Menschen trotzdem uneinsichtig blieben, dann genügte es meist, ihnen einen Finger zu brechen. Oder das Nasenbein. Wenn sie dann immer noch beratungsresistent waren, konnte es schon einmal sein, dass er jemanden verschwinden ließ. Das war Teil seines Jobs.

Und jetzt sollte er sich also um Katzen kümmern? Um

Schmusekätzchen? Der Glatzkopf hatte lachen müssen. Das hatte der Chef der Privatbank bestimmt nicht ernst gemeint. Aber der Bankier hatte sein Anliegen wiederholt. Und hatte ihm eine sehr gute Bezahlung angeboten. Dafür sollte er den ganzen Ort katzenfrei machen. Egal wie.

Der Problemlöser hatte eingewilligt. Aber er hatte dem Chef der Privatbank ein Versprechen abgerungen. Der Mann hatte ihm sein Ehrenwort geben müssen, niemandem von diesem Auftrag zu erzählen. Wenn sich das in der Branche herumsprach, wäre der Ruf des Glatzkopfs ruiniert.

Mehr Katzen als gedacht Der Problemlöser hatte einen hohen Vorschuss ausbezahlt bekommen. Sobald er seinen Auftrag erledigt hätte, würde er noch mal den doppelten Betrag erhalten.

Er war vor vier Wochen in das alte Jagdhaus am Ortsrand von Katzenstadt gezogen. Für zwei Monate, mehr Zeit würde er für diesen Auftrag nicht benötigen. Zunächst hatte der Glatzkopf die Lage geprüft. Und hatte schon nach wenigen Tagen feststellen müssen, dass in diesem Ort mehr Katzen lebten, als er anfangs gedacht hatte.

Die kleineren Katzenhaushalte sah er als leicht zu lösende Probleme an, also die Häuser, in denen nur eine oder zwei Katzen lebten. Einige von ihnen hatte er gleich gefangen und eingesperrt. Andere hatte er bereits vertrieben. Manchmal hatte es genügt, mit den Hunden vorbeizuschauen. Die Hunde von der Leine zu lassen. Die Hunde an der Eingangstür kratzen zu lassen. Der Glatzkopf war dann immer noch eine Weile an der Straßenecke stehen geblieben und hatte beobachtet, wie die Katzen ihr Haus verließen und – als die Hunde die Verfolgung aufnahmen – aus Katzenstadt davonliefen.

Druck erhöhen Einmal hatten Drohungen alleine nicht gereicht. Auf dem Feldweg nahe des Sportzentrums waren seine Hunde auf eine Kurzhaarkatze gestoßen. Sie war silberfarben gewesen mit schwarzen Tupfen.

Der Dobermann, der Bullterrier und der Rottweiler hatten geknurrt. Aber die Katze war nicht weggelaufen. Das Vieh hatte gefaucht. Der Glatzkopf hatte den Dobermann von der Leine gelassen. Aber selbst das war für die Katze kein Grund gewesen abzuhauen. Sie hatte sich dem Dobermann entgegengestellt. Und sie hatte ihm sogar einen Kratzer auf der Schnauze verpasst, als der Köter angriff. Als der Dobermann nach dem Schlag zusammengezuckt und zu seinem Herrchen zurückgekrochen war, war die Katze davonstolziert.

Natürlich blieb die Katze ohne Chance, als ihr der Dobermann nachgeschlichen war und ihr die Gurgel zerfetzt hatte. Der Glatzkopf hatte die halb tote Katze liegen lassen und seinen Spaziergang fortgesetzt.

Wie gesagt: Einzelne Tiere waren kein Problem für ihn. Um sie würde er sich zwischendurch kümmern. Schwieriger erschien es ihm, die Katzengangs zu verjagen. Die Katzen von der Katzenfutterfabrik. Die Katzen vom Schlosspark.

Die Probleme des Problemlösers Der Problemlöser war Probleme nicht gewohnt. Bis zu diesem Auftrag. Er hatte sich einen erstklassigen Ruf in der Branche erarbeitet.

Und seine gewissenhafte Arbeit hatte sich herumgesprochen. Bei den Auftraggebern. Und bei den Klienten, die er besuchen kam, um zum Beispiel Geld einzutreiben. Denen er die Anliegen seiner Auftraggeber vermitteln sollte. Und weil diese Menschen bereits davon gehört hatten, wozu der Problemlöser imstande war, genügte meist ein einziger Besuch, um seinen Auftrag zu erfüllen.

In Katzenstadt hatte man bis dahin noch nichts vom Problemlöser gehört. Er musste feststellen, dass sich die Katzen aus den Gangs ihm gegenüber mehr als frech verhielten. Im Schlosspark hatten sich sogar noch mehr von den blöden Viechern breitgemacht, obwohl er sie mehrfach aufgefordert hatte, das Gelände zu räumen. Und jetzt wusste er nicht einmal, wo dieser halb tote schwarze Kater abgeblieben war, den er gekidnappt hatte.

Beugen und strecken Am Vormittag war Gymnastik angesagt. Krankengymnastik und Bewegungstherapie. Doktor Katzenbeißer regte Matulas Durchblutung an, damit die Pfote besser anwuchs. Die Behandlung begann immer mit Wechselbädern. Kaltes Wasser. Warmes Wasser. Kaltes Wasser.

Matula hasste Wasser, aber er ließ die Behandlung über sich ergehen. Doktor Katzenbeißer massierte die Pfote, um den Blutfluss anzuregen. Danach musste Matula die Pfote beugen und strecken. Immer wieder. Eine halbe Stunde lang. Danach war der Kater erschöpft. Doktor Katzenbeißer legte erneut einen dick gepolsterten Verband an und spritzte ihm eine ordentliche Portion Schmerzmittel.

Matula schlief ein.

Warten auf Ergebnisse Das Tier hatte ihn trotz allem beeindruckt. Was für ein Überlebenswille.

Jeden Tag hatte der Problemlöser Bericht erstattet, wie weit er mit seiner Arbeit gekommen war. Er hatte dem Chef der Privatbank und dem Ortsvorsteher erklärt, ob er sein Soll erfüllt hatte. Hatte Listen vorgelegt, wie viele Katzen er bereits gefangen oder aus der Stadt gejagt hatte. Vor allem der Chef der Privatbank hatte auf schnelle Ergebnisse gepocht. Der Investor mache Druck, hatte der Mann beteuert. Der Investor hatte dann auch angeregt, es nicht beim bloßen Kidnapping der Katze zu belassen. Mehr hatte er dazu offenbar nicht gesagt.

Der Problemlöser, der Ortsvorsteher und der Chef der Privatbank hatten sich daraufhin beraten, was die Katzen wohl am meisten beeindrucken würde. Was musste passieren, damit die Viecher ihre Drohungen ernst nahmen? Sollten sie die Katzenfutterfabrik abreißen? Den Schlosspark abfackeln? Dem schwarzen Kater das hübsche weiße Pfötchen abhacken? Der Chef der Privatbank hatte begeistert in die Hände geklatscht, als er diesen Vorschlag hörte. Sie hatten ein Beil besorgt. Und sie hatten Streichhölzer gezogen, wer die Pfote abtrennen durfte.

So ungestüm, so zornig Tiga stand in der Ballettschule vor dem wandhohen Spiegel. »Schau wie ein verliebtes Katzenbaby«, sagte Paris zu Tiga. »Große Augen«, sagte sie, »Fotografen wollen immer große Augen.«

Tiga schaute gelangweilt in den Spiegel. Sie übte ein ums andere Mal den Augenaufschlag. Verliebt sah sie dabei gar nicht aus. Eher mürrisch. Und unzufrieden. Ihre Stirn lag in Falten. Tiga hatte die Oberlippe angehoben, den Unterkiefer ließ sie fallen. Ein hoffnungsloser Fall.

Paris schüttelte den Kopf. In diesem Moment kam ihr Lieblingsfotograf in die Ballettschule. Heinz Jürgen junior, der Sohn des Bankdirektors. Schnell holte er seinen Fotoapparat hervor und machte ein paar Aufnahmen von Tiga. »So natürlich«, schwärmte er, »so ungestüm, so zornig.«

Paris verstand die Welt nicht mehr.

»Prima«, sagte der junge Fotograf und drückte den Auslöser, »bitte noch einmal den gedankenfernen Blick. Wunderbar.«

Paris fauchte zornig. Sie entfernte sich zwei, drei Pfotenlängen, drehte sich dann schwungvoll um und überprüfte, ob ihr der Fotograf auch die angemessene Aufmerksamkeit schenkte. Paris stolzierte ins Nebenzimmer. Der junge Fotograf folgte ihr.

Tiga schlich ihnen hinterher. Anfänglich belauschte sie die beiden. Aber außer dem Klicken des Fotoapparates und ein paar Anweisungen des Fotografen war nichts Verdächtiges zu hören. Tiga langweilte sich.

Matula träumt Matula war an einen Heizkörper gekettet. Er musste die Augen schließen. Das grelle Licht blendete ihn. Immer wieder blitzte es auf. Drei Männer standen um ihn herum. Einer von ihnen hatte ein Beil in der Hand. Einer hielt Matulas Pfote fest. Ein anderer richtete eine Sofortbildkamera auf ihn. Jedes Foto wurde begutachtet. Von Mann zu Mann gereicht. Von jedem kommentiert. »Gib Pfote«, scherzte der Glatzkopf, kurz bevor das Beil herabsauste. Die anderen zwei Männer lachten derb auf.

Matula wollte aufspringen. Aber der Verband hinderte ihn daran. »Ganz ruhig, Matula«, sagte die Tierärztin und streichelte ihn zurück in einen ruhigeren Schlaf.

Videobeweis Der Reverend saß bereits wieder in der alten Buche vor der Privatbank, als die Männer zum Transporter zurückkamen. Einer wunderte sich laut, als sie die Geldscheine am Boden liegen sahen. Der Geldsack hatte vorher noch gestanden, da waren sie sich einig. Sie verschlossen die Türe des Wagens und gingen zurück zur Bank.

Der Reverend sah die Männer ins Foyer eilen. Dort sprachen sie mit dem Bankangestellten an der Rezeption, der kurze Zeit später einen Anruf tätigte. Dann wurden die Männer zum Sicherheitsberater der Bank gebracht.

Der Reverend konnte sich in etwa vorstellen, was sich in dessen Büro abspielte. Sie würden die Videoaufzeichnungen der Überwachungskamera überprüfen. Den Film zurückspulen bis zu dem Zeitpunkt, als die Männer das letzte Mal die Geldsäcke zur Bank brachten. Sie würden eine Katze mit kurzem schwarzem Fell und einem kleinen weißen Fleck am Hals sehen. Sie würden mitverfolgen, wie die Katze in den Transporter sprang. Mehr würde bei der Einstellung der Außenkamera nicht zu erkennen sein. Genau drei Minuten würde nur die offene Tür des Transporters zu sehen sein. Erst dann würde die Katze wieder herausspringen. Sie würde einen Geldschein im Maul tragen.

Der Reverend wartete nicht, bis die Männer nach dieser Erkenntnis ins Freie gerannt kamen. Er machte sich vom Acker.

Acht Mäuse Am alleinstehenden Haus am Waldrand war die Suche der Katzen erfolgreich verlaufen. Das Cabrio stand in der Garage neben dem Haus. Die Garagentür war offen. Alfa und Romeo begannen, Mäuse zu fangen. Das Leben in der Pension hatte sie etwas träge gemacht. Aber manche Dinge verlernte man nie.

Als Alfa und Romeo acht Mäuse zusammenhatten, brachten sie ihren Fang zu Banks, der sie darum gebeten hatte. Banks stopfte einen Nager nach dem anderen in den Auspuff. Jede Maus drückte er so weit wie möglich nach hinten. Ganz fest, bis es knackte. Genauso, wie es Bandini ihm aufgetragen hatte.

Alfa Auf den ersten Blick war Alfa eine leicht gefleckte bronzefarbene Katze. Erst wenn sie sich in Bewegung setzte, kam ihr silberweißes Unterfell zum Vorschein. Wie Rennstreifen auf einem Formel-1-Wagen. Man konnte schon an den kantigen Schultern und der ausgeprägten Muskulatur erahnen, wie sportlich Alfa war. Und verdammt schnell, weil ihre Hinterbeine länger als ihre Vorderbeine waren.

Zeit für einen Besuch Matula war wieder eingeschlafen. Doktor Katzenbeißer setzte sich an ihren Schreibtisch. Kurz hatte sie in einem Aufsatz über die neuesten Erkenntnisse beim Einsatz von Orthesen nachgelesen, die Zeitschrift aber schnell wieder aus der Hand gelegt. So weit sollte es nicht kommen. Das hatte sie den Katzen versprochen.

Sie nahm ihr Notizbuch zur Hand. Zwei Katzennamen hatte sie oben auf der Seite notiert, *Mallory* und *Matula*.

Daneben war eine abgehackte Katzenpfote skizziert, verbunden mit der Frage, wer dafür verantwortlich war. In der Mitte der Seite hatte Doktor Katzenbeißer einen Mann mit Glatze gezeichnet und daneben die Wörter *Dobermann, Bullterrier und Rottweiler* vermerkt. In die nächste Zeile hatte sie *Heinz* geschrieben, dann war sie aber von Bandini gestört worden und hatte das Notizbuch zur Seite gelegt. *Heinz.* Die Tierärztin musste kurz überlegen. Welchen Heinz hatte sie gemeint? Den Chef der Privatbank? Den Ortsvorsteher? Sie beschloss, in der Mittagspause dem Ortsvorsteher Heinz Schütze einen Besuch abzustatten.

Eine Hundeschule Heinz Schütze stand hinter seinem Schreibtisch, als Doktor Katzenbeißer in sein Büro kam. Der Ortsvorsteher betrachtete stolz ein Werbeplakat, das er gerade mit Reißnägeln an der Wand befestigt hatte. Es waren Aufnahmen des Marktplatzes zu sehen, des Bahnhofs und des Rathauses. Hochglanzdruck. Und komplett retuschiert. Die Bänke waren in freundlichem Grün gestrichen, es fehlten keine Holzlatten. Die Hausfassaden leuchteten in frischen Farben. Auch zerschlagene Fenster waren nicht zu sehen. Und dann war da noch ein anderes Motiv. Größer als die anderen. Ein sehr exklusives Hundeinternat für Rassehunde. Im Schlosspark.

Die Tierärztin betrachtete das Plakat skeptisch.

»Ich wusste gar nicht, dass so viele Hunde in Katzenstadt wohnen«, sagte sie mit einer Spur Missbilligung.

»Noch nicht«, entgegnete der Ortsvorsteher voller Begeisterung.

»Der Schlosspark gehört den Katzen. Glaubst du wirklich, dass es so eine gute Idee ist, ihnen den Park wegzunehmen?«, fragte Doktor Katzenbeißer.

»Hast du ein Problem damit?«, fragte der Ortsvorsteher zurück.

Doktor Katzenbeißer verdrehte nur verständnislos die Augen.

»Wir können es uns überhaupt nicht leisten, den Investor mit seinen Plänen abzulehnen«, erklärte der Ortsvorsteher. »Seitdem die Katzenfutterfabrik geschlossen ist, geht es abwärts mit Katzenstadt. Wir brauchen Wachstum. Wir brauchen Arbeitsplätze. Wir brauchen Einnahmen. Wenn wir endlich wieder Geld haben, können wir ein Schwimmbad bauen. Und einen Konzertsaal.«

»Für die Hunde?«, fragte Doktor Katzenbeißer. Aber der Ortsvorsteher verstand diesen Witz nicht.

Gefährliche Neugierde Tiga tigerte durch die Ballettschule. Paris und der junge Fotograf waren noch immer im Nebenzimmer. Nicht, dass Tiga die Model-Stunden genossen hatte. Im Gegenteil. Aber sie hasste nichts mehr, als überhaupt nichts tun zu können. Eigentlich war ihre Aufgabe herauszufinden, was Paris mit den Vorkommnissen in Katzenstadt zu tun hatte. Aber Paris hatte nichts anderes im Sinn, als fotografiert zu werden. Tiga entdeckte, dass die Tür, durch die der junge Fotograf den Raum betreten hatte, nur angelehnt war. Sie schlüpfte nach draußen.

Tiga stand in einem Treppenhaus. Wetzte sich die Krallen an den samtenen Treppenläufern. Die Stufen führten zu einer Wohnung im ersten Stock. Auch hier war die Tür nur angelehnt. Mit der rechten Vorderpfote schob sie die

Flügeltür ein Stückchen auf und gelangte ins Innere. Wieder einmal hatte die Neugierde gesiegt. Wieder einmal brachte die Neugierde die kleine Katze in Gefahr.

Wenn Tiga gewusst hätte, welche Folgen ihr Eigensinn haben würde, wäre sie stundenlang alleine vor der Spiegelwand in der Ballettschule sitzen geblieben. Sogar Tage.

Keine Spur von einer Katze Als der Sicherheitsbeauftragte der Bank den Transporter erreichte, war keine schwarze Katze mehr zu sehen. Der Mann schaute unter dem Wagen nach, durchsuchte den kleinen Grünstreifen gegenüber der Privatbank, überprüfte jeden Baum, ob sich in den Ästen ein Tier versteckte. Keine Spur von einer Katze. Nichts.

Er wusste nicht, dass der Reverend längst abgehauen war. Mit dem Geldschein im Maul lief er in Richtung Schlosspark.

Träume, Trost, Tricolor Matula schlief unruhig. Er hatte keine Schmerzen mehr. Das Mittel von Doktor Katzenbeißer hatte gewirkt.

Alles um ihn herum war dunkel. Die Luft war trocken. Er hatte den Geschmack von Kohle im Maul. Wie war er an diesen trostlosen Ort gekommen? Der Mann ohne Haare. Das Beil. Das Blut. Die Schmerzen. Unter sich fühlte er kalten Beton. Er war nicht allein. Mehrere Katzen waren bei ihm. Eine von ihnen schmiegte sich an ihn. Eine Glückskatze mit weichem Fell. Sie roch gut. Sie schleckte ihm über die Stirn. Zuvor hatte sie ihm schon die Wunde gesäubert. Damit er sich beruhigte. Um ihm Trost zu spenden. Sie schnurrte. Das fühlte sich gut an.

Unschuldig Die wichtigste Meldung hätten die Katzen in der Bücherei beinahe übersehen. Tagelang waren die sogenannten Killer-Katzen das beherrschende Thema in den Boulevardzeitungen gewesen. Sensationsberichte zierten jede Titelseite.

Die Boulevardzeitungen hatten sogar Babyfotos der vermeintlichen Täter abgedruckt: Bandini im Alter von vier Wochen, wie sie mit großen Augen in die Kamera blickt. Schon damals hatte sie einen durchdringenden Blick, dem man sich kaum entziehen konnte. Und ein herzzerreißendes Foto von Bonnie, wie sie sich die Milch von ihrem rosafarbenen Schnäuzchen schleckte. *»So süß, so gefährlich«*, lautete die Überschrift. Journalisten hatten einen Wissenschaftler über die ungeheuerliche Zerstörungskraft von Katzenkrallen interviewt und das Katzenfutter auf gewaltstimulierende Stoffe untersuchen lassen. Kein Thema war ihnen zu abgeschmackt gewesen. Tag für Tag. Zwei Wochen lang. Dann war das Thema von der Titelseite verschwunden. Erst wurde auf der zweiten Seite berichtet, dann auf der dritten. Seite für Seite war das Thema etwas mehr in Vergessenheit geraten, bis es kaum noch in der Zeitung zu finden war.

Die Katzen in der Bücherei wollten ihre Recherchen schon beenden. Doch dann fand Murakami in einer Ausgabe, die Monate nach dem Vorfall gedruckt worden war, einen kleinen Bericht darüber, dass die Kriminalpolizei neue Spuren zum Mordfall in der Katzenfutterfabrik gefunden hatte. Spuren, aufgrund derer die Katzen nicht mehr als Täter infrage kamen.

Katzenstadt – Nach einer Panne in der Rechtsmedizin muss die Polizei bei den Ermittlungen zum Mordfall in der Katzenfutterfabrik wieder ganz von vorn beginnen. An der Leiche des Besitzers der Katzenfutterfabrik wurden Hämatome am ganzen Körper und eine Platzwunde am Auge festgestellt. Verletzungen, die sich der Besitzer der Katzenfutterfabrik beim Sturz die Treppe hinunter zugezogen hatte, so die voreiligen Schlussfolgerungen der Rechtsmediziner. Zunächst hatten die Ermittler die Katzen verdächtigt, für den Sturz verantwortlich zu sein. Zu dieser Annahme hatte geführt, dass an der Hose des Toten jede Menge Tierhaare sichergestellt werden konnten. Nun brachte eine weitere Untersuchung des Leichnams neue Erkenntnisse. Die Mediziner stellten eine Fraktur der Augenhöhle fest. Außerdem wurden in der Wunde am Auge Rückstände von Silber entdeckt. Die Ermittler gehen nun davon aus, dass der Besitzer der Katzenfutterfabrik niedergeschlagen wurde und ohnmächtig die Treppe hinunterstürzte. »Nach heutigem Ermittlungsstand trug der Täter einen massiven Silberring«, erklärte der Polizeisprecher. Die Suche nach dem Täter konzentriert sich nun auf das geschäftliche Umfeld des Industriellen. Einem Kalendereintrag zufolge soll der Besitzer der Katzenfutterfabrik am Abend seiner Ermordung noch Besuch erwartet haben.

»Bandini wird ihn finden« Bonnie wurde wehmütig. »Und am nächsten Morgen haben wir ihn dann gefunden«, sagte sie. »Unser Herrchen. Tot.« Sie maunzte.

»Habt ihr den Besucher gesehen?«, fragte Marlowe.

»Ich bin am Abend früh schlafen gegangen. Aber Bandini hat noch mal kurz bei unserem Herrchen im Büro nach dem Rechten geschaut. Sie machte sich oft Sorgen, weil er ja bereits so gut wie blind war.«

»Hat er da noch gelebt?«, fragte Marlowe.

»Ja«, antwortete Bonnie. »Er saß an seinem Schreibtisch, ihm gegenüber hatte der Besucher Platz genommen. Bandini konnte von der Tür aus nur seinen Rücken sehen.«

»Ist Bandini irgendetwas aufgefallen?«, fragte Marlowe. »Ein besonderes Detail? Ein Merkmal?«

»Als sich der Besucher einmal kurz umwandte, konnte Bandini sehen, dass er einen dunklen Fleck auf der linken Wange hat. Er sah aus wie ein Halbmond.«

»War das alles?«, fragte Marlowe.

»Er hatte eine Baseballkappe auf dem Kopf. Und er hatte einen schweren Ring am Finger. Mit einem Totenkopf«, sagte Bonnie. »Dann hat unser Herrchen sie rausgeschickt. Wenn sie gewusst hätte, was passieren würde, hätte Bandini nicht gehorcht.«

»Der Mann wird seine Strafe bekommen«, sagte Marlowe. »Die Wahrheit wird ihn einholen.«

»Oder Bandini wird ihn finden«, sagte Bonnie.

Unheimlich Bonnie dachte an den Morgen zurück, an dem ihr Herrchen am Fuß der Kellertreppe gelegen hatte. Bandini hatte ihn gefunden.

Als Erstes war ihnen die Ruhe aufgefallen. Eine unheimliche Stille. Ihr Herrchen hatte seine festen Gewohnheiten gehabt. Er war nie davon abgewichen. Aber an diesem Morgen war überhaupt nichts zu hören gewesen. Kein Laut. Das war ihnen komisch vorgekommen. Unheimlich. Und als er sie nicht wie sonst zum Frühstück rief, waren sie sich sicher gewesen, dass etwas passiert sein musste. Etwas Schlimmes.

Sie waren ihr Herrchen suchen gegangen. Die Katzenfutterfabrik war ein riesiges Gebäude, voller dunkler Ecken und Winkel. Bonnie hatte in der Vorratskammer gesucht, aber dort war er nicht gewesen. Clash hatte den Speicher durchkämmt, aber auch hier keine Spur. Bandini hatte im Schlafzimmer nachgeschaut. Nirgends fanden sie etwas.

Für gewöhnlich hatten sie ihm geholfen, wo sie konnten, ihm wie Blindenkatzen den Weg gezeigt. Hatten ihn gestupst, wenn er nach dem falschen Futter griff. Aber in der vorangegangenen Nacht hatte er ihre Hilfe abgelehnt.

»Wichtige Verhandlungen«, hatte er gesagt und die Katzen aus dem Zimmer gebeten. Dann war ein Mann in die Katzenfutterfabrik gekommen. Ein Mann mit Baseballkappe. Mit glühender Zigarre. Und mit einem unheimlichen silbernen Ring am Finger, wie Bandini später berichtete.

Sie war es auch gewesen, die ihr Herrchen dann gefunden hatte. Der Geruch hatte sie in den Keller geführt. Es war nicht der Geruch ihres Herrchens gewesen, wie sie ihn kannte. Er war überlagert gewesen von etwas Metallischem. Etwas leicht Süßlichem.

Ihr Herrchen war unten an der Kellertreppe gelegen. Den Mund geöffnet, Schwellungen am linken Auge, die Gesichtszüge erschlafft. In einer Blutlache. Schon seit ein paar Stunden, so kalt, wie er gewesen war. Das Blut am Hinterkopf war schon angetrocknet gewesen. Der Besitzer der Katzenfutterfabrik hatte den Sturz nicht überlebt.

Warum hatten sie nicht besser auf ihn aufgepasst? Warum hatten sie den Sturz nicht verhindert? Wie hatte das geschehen können? Die Katzen hatten sich Vorwürfe gemacht. Bandini war dann auf einmal sehr still geworden. Nach einer Weile hatte sie gesagt: »Ich hatte ein komisches Gefühl bei dem Mann, der gestern zu Besuch war. Falls er etwas mit dem Tod unseres Herrchens zu tun hat, werde ich ihn finden. Und er wird dafür bezahlen.«

Totenwache Bandini war dann die Treppe hochgeschlichen und hatte den anderen die Nachricht überbracht. Gemeinsam mit Clash hatten sie Totenwache gehalten. Hatten ihrem Herrchen das Gesicht und die Wunde am Kopf sauber geleckt. Hatten sich an ihn gekuschelt, obwohl er schon ganz kalt war. Waren nicht von seiner Seite gewichen, obwohl sie der Hunger quälte. Eine Woche lang waren sie im Keller bei ihrem Herrchen geblieben.

Missverständnis ausgeschlossen Dort hatte sie dann Doktor Katzenbeißer gefunden. Der Tierärztin war es seltsam vorgekommen, dass sie den Tierfutterfabrikanten so lange nicht gesehen hatte. Und die Katzen.

Doktor Katzenbeißer war es auch gewesen, die nach dem Tod des Katzenfutterfabrikanten alles geregelt hatte. Sie hatte in den Unterlagen die Schenkungsurkunde für die Fabrik gefunden. Sie war dann mit Bandini, Bonnie und Clash ins Rathaus gegangen. »Die Fabrik gehört den Katzen«, hatte sie zum Ortsvorsteher gesagt und ihm die Schenkungsurkunde vorgelegt. »Nur damit es keine Missverständnisse gibt.« Der Ortsvorsteher hatte daraufhin eine Besitzurkunde ausgestellt. Widerwillig.

Stille Am schlimmsten war für Bonnie und Bandini die Stille gewesen. Der leere Sessel, auf dem er immer gesessen war. Das leere Bett, in dem er immer geschlafen hatte. Die leere Küche, in der er jeden Morgen auf Bonnie, Bandini und Clash gewartet hatte. Es war so einsam gewesen. So trostlos.

Katzenstadt von oben Bonnie seufzte. Die Erinnerungen an diesen Tag schmerzten sie. Sie atmete noch einmal durch. »Wir müssen jetzt weitermachen«, sagte sie. »Vielleicht könnt ihr mir noch helfen, etwas über die Geschichte von Katzenstadt zu erfahren.«

»Gute Idee«, stimmte Marlowe ihr zu. »Wer Motive für kriminelle Handlungen sucht, findet sie oft in einer Zeit weit vor dem Verbrechen.«

Der Kater machte sich gleich an die Arbeit. Er versuchte, vom Tisch auf das Regal zu springen, in dem die Bücher über Heimatgeschichte standen. Marlowe musste sich kräftig abstoßen, um das Regal zu erreichen. Es war ein guter Sprung – und doch wäre der Bildungskater beinahe

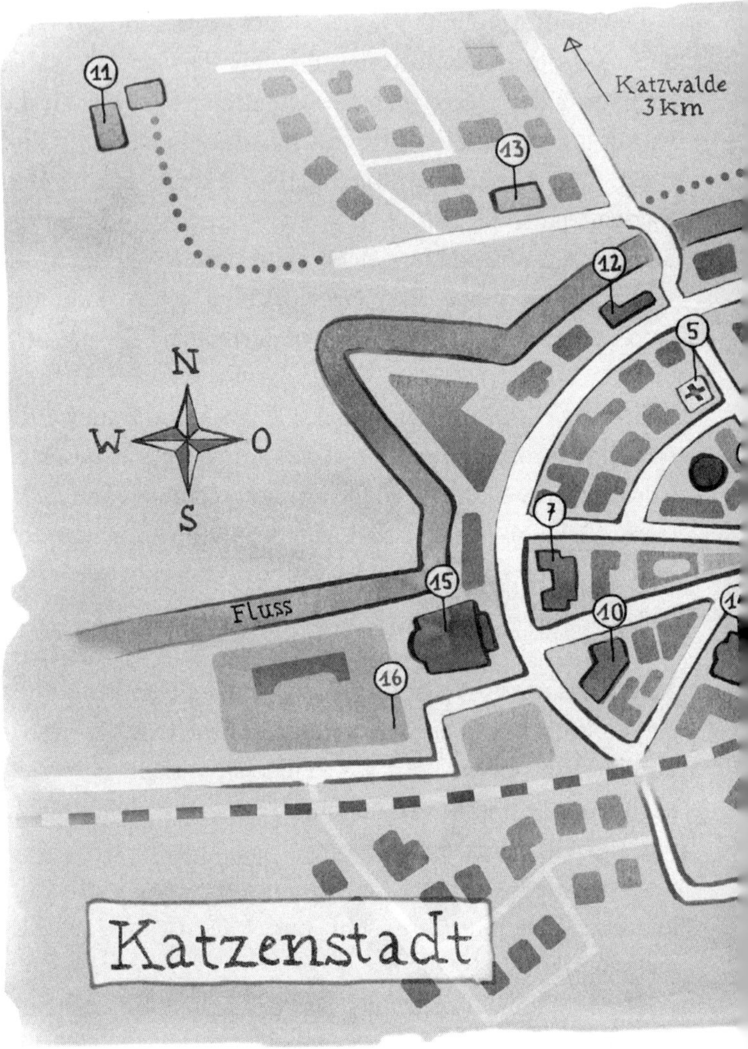
11
Katzwalde
3 km
13
12
5
N
W
O
S
7
15
Fluss
10
16
Katzenstadt

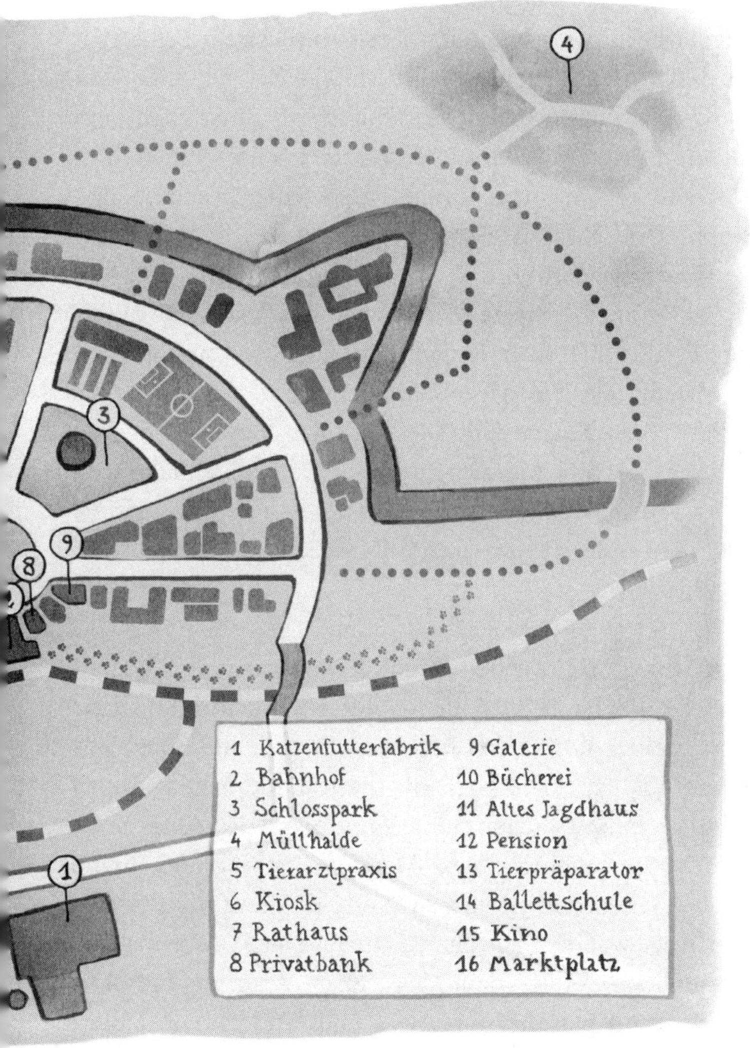

Der Fluss und die Straßen von Katzenstadt waren so angelegt worden, dass sich aus ihrem Verlauf die Silhouette eines Katzenkopfs ergab.

wieder heruntergefallen, hätte er sich nicht zur Sicherheit in das Buch »Katzenstadt im Mittelalter« gekrallt. Aber durch das Rettungsmanöver krachte ein Buch nach dem anderen nach unten. Bonnie und die anderen mussten in Deckung gehen. Auf dem Boden lagen einige Nachschlagewerke. Und einige Stadtpläne, die von den Büchern mitgerissen worden waren.

Ein Stadtplan erregte Marlowes Aufmerksamkeit. Es war ein Straßenplan von Katzenstadt. Marlowe sprang vom Regal und faltete den Plan auseinander. Der Fluss und die Straßen von Katzenstadt waren in der Vergangenheit so angelegt worden, dass sich aus ihrem Verlauf die Silhouette eines Katzenkopfs ergab. Fantastisch, dachte Marlowe. Er holte die anderen Katzen, um ihnen seine Entdeckung zu zeigen.

Marlowe Marlowe hatte besonders ausgeprägte Wangenknochen. Schaute man den Kater nur flüchtig an, hätte man meinen können, er habe eine Kapuze auf. Eine blaugraue Kapuze, dank der die bernsteinfarbenen Augen deutlich hervorstachen. Eine Kapuze, die den Kater noch kräftiger erscheinen ließ. Marlowe hatte große, breite Pfoten, einen stattlichen Brustkorb. Er war muskulös und sah wegen seiner kantigen Schnauze aus, als würde er keiner Rauferei aus dem Weg gehen. Aber das täuschte. Marlowe blieb gerne im Hintergrund. Und kam dort allerlei Rätseln auf die Spur.

Graf von Fur Marlowe sprang zurück auf das Regal. Er blätterte sich durch die Heimatgeschichte von Katzenstadt.

Nach einem Vorwort des Ortsvorstehers war der Bericht eines Heimatforschers abgedruckt.

Murakami las vor:

Erstmals urkundlich erwähnt wurde die heutige Ortschaft Katzenstadt im Mittelalter. Inmitten eines großen Laubwaldes hatte im elften Jahrhundert Graf von Fur einen Wohnturm errichten lassen – vor Angriffen geschützt durch einen Wassergraben und einen Hocheingang. Selbst im Dreißigjährigen Krieg blieb der Turm unbeschadet. Ende des 17. Jahrhunderts wurde der Turm zu einem kleinen Jagdschloss umgebaut. Später wurde ein Schlosspark angelegt. Am Turm des Schlosses hing noch Anfang des 19. Jahrhunderts das Banner mit dem Wappen der Familie von Fur. Zweifarbig. Oben eine gelbe Fläche mit drei Buchen, unten rot, im Mittelpunkt eine Katze mit spitzen Krallen. Mit Beginn der Industrialisierung wurde der Wald immer stärker gerodet, mit dem Bau einer Eisenbahnlinie entstanden rund um das Schloss einzelne Wohnhäuser. Die Ortschaft trug zu dieser Zeit den Namen Fur. 1915 wurde das kleine Jagdschloss bei einem Feuer stark beschädigt und später abgerissen. Den ersten wirtschaftlichen Aufschwung erlebte der Ort durch die Inbetriebnahme einer Katzenfutterfabrik. Nach einem Bürgerentscheid kurz vor der Jahrtausendwende wurde Fur umbenannt. Seitdem heißt der Ort Katzenstadt.

Wer war der Glatzkopf? »Das Wappen mit der Katze und den drei Bäumen habe ich schon mal irgendwo gesehen«, sagte Bonnie. »Wenn ich nur wüsste wo.« Sie versuchte, sich zu erinnern. Aber ihr wollte einfach nicht einfallen, wo sie das Wappen der von Fur schon einmal gesehen hatte.

»Können wir weitermachen?«, fragte Marlowe.

»Vielleicht könnt ihr ja etwas über den Mann ohne Haare herausfinden. Über den widerlichen Typen, der hier seit Tagen versucht, anständige Katzen einzuschüchtern. Sonnenbrille, Anzug, Turnschuhe, Glatze«, sagte Bonnie.

»In der Bücherei war schon seit Ewigkeiten kein Mensch mehr. Aber vielleicht finden wir irgendwas Brauchbares im Zeitungsarchiv«, sagte Marlowe.

Marlowe fand einige Polizeiberichte aus Nachbarorten über einen Schutzgelderpresser ohne Haare. Aber kein Zeuge konnte den Täter so genau beschreiben, dass eine Fahndung Erfolg versprochen hätte. Und auch sonst musste Marlowe feststellen: kein einziger brauchbarer Hinweis auf den Glatzkopf. Keine Hintergrundinfos, kein einziges Foto.

»Vielleicht ist er ein Profi«, sagte Marlowe. »Und Profis hinterlassen keine Spuren.«

Keine Skrupel Ein Profi also. Einer, der Menschen erpresste, damit diese machten, was er wollte. Oder was seinem Auftraggeber nutzte. Marlowe machte sich auf die Suche nach passender Fachliteratur. Vielleicht konnten sie wenigstens etwas über die übliche Vorgehensweise eines Schutzgelderpressers herausfinden. Marlowe brachte einen Sachbuch-Bestseller zu Bonnie und den Bildungs-Katzen: »Mit Druck zum Erfolg – Schulden soll man nicht dulden«.

Marlowe durchsuchte das Inhaltsverzeichnis und blätterte schließlich auf Seite 53. »Keine Skrupel« lautete die Überschrift.

Marlowe bat Murakami, das Kapitel vorzulesen.

Ich werde häufig gefragt, was man in unserer Branche können muss. Muss man Kampfsport beherrschen? Muss man gefährliche Blicke im Repertoire haben? Tödliche Argumente? Keine Sorge. Meistens brauchen Sie nichts davon. Wichtig ist hingegen, was Sie nicht haben sollten. Skrupel. Haben sie bloß kein schlechtes Gewissen, wenn Sie Menschen Geld abnehmen. Es gibt so viel Geld, das nur darauf wartet, von Ihnen eingesteckt zu werden. Oft reicht ein kurzer Satz, eine kleine Geste – und schon rücken die Menschen ihr Geld ganz freiwillig heraus. Zeigt sich eine Zielperson uneinsichtig, müssen Sie eventuell einen höheren Zeitaufwand einkalkulieren. Wichtig ist auch, dass Sie keine Angst haben. Wovor auch? Das Gesetz lässt Ihnen viel Spielraum. Sollten Sie dennoch einmal gezwungen sein, den gesetzlichen Rahmen zu verlassen, gibt es zwei wichtige Regeln, an die Sie sich halten sollten. Erstens: Bleiben Sie unerkannt. Zweitens: Arbeiten Sie niemals in Ihrer eigenen Stadt.

Gefährlicher Balanceakt Bandini saß im Garten des Glatzkopfs. Sie blickte hoch zur Schaukel. Sie musste mit einem Satz auf den Sitz springen und durfte dann nicht das Gleichgewicht verlieren.

Im zweiten Versuch schaffte es Bandini, auch wenn die

Schaukel wild hin und her schwang. Sie griff nach dem Seil, mit dem die Schaukel mit dem Metallgestell verbunden war. Stück für Stück zog sie sich nach oben. Nur mit der Kraft ihrer Vorderpfoten. Der Schwanz kringelte sich um das Seil, mit den Hinterbeinen klammerte sie sich fest. Zur Sicherheit.

Als sie oben angekommen war, balancierte sie ans Ende der Metallstange. Von dort sprang sie an den Stamm der Eiche. Oberhalb des Katzenabwehrgürtels. Bandini blickte kurz nach oben, um sich einen Eindruck zu verschaffen, wie weit sie klettern musste. Als sie endlich den oberen Teil der Baumkrone erreicht hatte, wurden die Äste dünner. Sie schob sich vorsichtig weiter hinaus. Mit jedem Millimeter bog sich der Ast weiter nach unten. Dann hatte Bandini den richtigen Punkt erreicht. Sie stellte sich auf die Hinterpfoten. Mit der linken Vorderpfote fasste sie einen Zweig. Ihre rechte Pfote nutzte sie, um die Balance zu halten.

Als sich der Ast so weit nach unten gebogen hatte, dass Bandini auf Höhe des Balkons war, sprang sie ab. Krallte sich von außen in der grün-orange-gestreiften Plane fest. Sie hoffte, dass der Glatzkopf sie nicht sehen konnte.

Bandini wusste, dass Banks, Ballhaus, Alfa und Romeo ihr Klettermanöver von ihrem Versteck im Gebüsch aus beobachteten. Jetzt stand sie mit den Hinterpfoten auf dem dünnen Vorsprung, mit den Vorderpfoten krallte sie sich in der Plane fest. Es war ein gefährlicher Balanceakt. Rutschte Bandini ab, würde sie tief fallen. Mit den Vorderpfoten griff sie ein paar Zentimeter nach rechts, mit den Hinterpfoten zog sie nach. Stück für Stück.

Bandini gelangte zu den Holzleisten, an denen entlang

vereinzelt die Rosen wuchsen. Sie musste auf die Dornen achten. An diesem Spalier wollte sie nach oben klettern und über das Rothirschgeweih an der Außenwand das Dach erreichen. Bandini hatte gesehen, dass ein Dachfenster offen stand. Das machte sie zuversichtlich.

Jetzt nur nicht loslassen Banks, Ballhaus, Alfa und Romeo stockte der Atem, als Bandini mit der Hinterpfote vom Spalier abrutschte. Aber sie konnte sich gerade noch halten. Sie kletterte weiter hinauf. Mit einer Vorderpfote krallte sie sich fest, während sie mit der anderen Pfote nach oben griff. Mit den Hinterpfoten zog sie nach. So hatte sie es in den Agentenfilmen gesehen. Damals im Wohnzimmer des Katzenfutterfabrikanten.

Pfote für Pfote näherte sich Bandini dem Dach. Geräuschlos.

Jetzt presste sie sich gegen die Hauswand. Sie hatte das Ende der hölzernen Rankhilfe erreicht. Sie stand auf der Holzleiste und krallte sich mit den Vorderpfoten in die Verschalung ein. Sie drehte sich zur Seite. Die Hinterpfoten durfte sie dabei nicht bewegen, so schmal war das Brett. Bandini streckte sich. Sie bekam mit ihrer linken Vorderpfote das Hirschgeweih zu fassen. Vorsichtig holte sie die rechte Vorderpfote nach. Dann zog sie sich langsam am Zwölfender hoch.

Banks, Ballhaus, Alfa und Romeo hielten vor Aufregung die Luft an. Plötzlich rutschte Bandini mit der linken Pfote ab. Konnte sich nur noch mit der rechten Pfote am Geweih festhalten.

Sie durfte jetzt nicht loslassen. Als Bandini mit dem

Kopf auf Höhe des Zwölfenders war, konnte sie mit der anderen Pfote nachgreifen. Jetzt konnte sie auch die Hinterpfoten heraufziehen. Banks, Ballhaus, Alfa und Romeo atmeten auf. Vom Geweih kletterte Bandini aufs Dach. Gleich würde sie das geöffnete Dachfenster erreichen.

Zotteliger, alter Kater Auf dem Weg zum Schlosspark lief der Reverend am Kiosk vorbei. Obwohl der Verkaufsstand schon seit vier Jahren nicht mehr in Betrieb war, standen auf den Schiefertafeln noch immer die Angebote vom letzten Öffnungstag. Vor dem Kiosk lag Renfield, der alte, zottelige Kater. Wie üblich schien er fest zu schlafen.

Zufrieden Renfield öffnete sein rechtes Auge ein wenig, als der Reverend am Kiosk vorbeiging. Der Reverend hatte einen Geldschein im Maul. Einen Geldschein, auf dem ein Hundekopf gedruckt war. Renfield gähnte zufrieden. Die Katzen waren auf der richtigen Spur.

Ein Internat der Extraklasse Der Reverend hatte es eilig, zum Schlosspark zu gelangen. Als der schwarze Kater mit dem weißen Kragen am Hals über den Zebrastreifen lief, hätte er vor Schreck beinahe den Geldschein fallen lassen, den er noch im Maul trug. Vor dem Schlosspark stand ein Transporter. Drei Arbeiter waren gerade dabei, eine Bautafel aufzustellen. »Ein Internat der Extraklasse«, stand auf dem Schild. Und: »Die beste Erziehung für Ihren Rassehund«.

Am Eingang zum Schlosspark hatten sich neun Katzen versammelt, die die Arbeiter misstrauisch beäugten. Der

Reverend legte den Geldschein in ein sicheres Versteck und gesellte sich zu den anderen.

Stadtplan im Maul Bonnie hatte wie erwartet viel Nützliches in der Bücherei in Erfahrung bringen können. Sie hatte neue Informationen über den Mord an ihrem Herrchen erhalten und sie wusste jetzt auch mehr über die Machenschaften des Ortsvorstehers. Sie hatte Interessantes über die Geschichte von Katzenstadt und den Grafen von Fur gelernt. Und sie konnten von nun an davon ausgehen, dass sie es mit einem skrupellosen Profi zu tun hatten. Mit einem, mit dem man nicht verhandeln konnte. Mit einem, der nicht aufhören würde, bis er seinen Auftrag erfüllt hatte. Wie auch immer dieser Auftrag lautete.

Es dauerte eine Weile, bis die Bücherei-Katzen den Stadtplan von Katzenstadt wieder zusammengefaltet hatten. Die Silhouette eines Katzenkopfs. Auch das war eine Erkenntnis, die Bonnie unbedingt Bandini und den anderen Katzen mitteilen musste. Sie bedankte sich bei den Katzen der Bücherei und machte sich auf den Weg zum Schlosspark. Es war gar nicht so einfach, mit einem Stadtplan im Maul zu laufen.

Gehorsam, wohlerzogen, treu Bonnie traf kurz nach dem Reverend bei den Katzen am Schlosspark ein. Sie brachte den Stadtplan in Sicherheit, dann lief sie zu den anderen. Die Arbeiter hatten mittlerweile die Bautafel fertig aufgestellt. Der Schlosspark war auf dem Schild abgebildet. Aber dieser Schlosspark sah seltsam aus. Statt des Sandkastens und des Fußwegs war eine große Wiese zu sehen. Mit Reifen, Röhren, Sprungständern und anderen Hindernissen. Kein herkömmlicher Spielplatz, vielmehr ein Camp für den täglichen Drill. An einem Gestell hingen brennende Autoreifen, durch die Hunde springen sollten. Etwas versetzt stand eine zwei Meter hohe Holzwand. Hatten die Hunde dieses Hindernis überwunden, mussten sie unter Stacheldraht in Knöchelhöhe hindurchkriechen. Am Platz des Pavillons war ein schickes Gebäude eingezeichnet. Ein Hundeinternat. Ein Fünf-Sterne-Haus mit Luxuszwinger und Hundekraulroboter. »Ein Traum für Elitehundebesitzer«, war auf dem Schild zu lesen.

Plötzlich drehten sich die Arbeiter zu ihnen um. Brachten sich vor dem Schild in Stellung. Einer neben dem anderen. Jeder von ihnen mit einem Werkzeug bewaffnet. Einer hatte sich eine lange Eisenkette über die Schulter gelegt. In dieser Formation näherten sie sich dem Eingang. Elf Katzen bauten sich ihnen gegenüber in einer Reihe vor dem Eingang zum Schlosspark auf. Bonnie übernahm das Kommando und positionierte sich in der vordersten Reihe. Sie knurrte die Männer an.

»**Verzieht euch!**« Bonnie spürte kalte Wut in sich aufsteigen. Anscheinend wussten die Typen nicht, für was für Leute sie da arbeiteten. Vermutlich machten sie sich auch keine Gedanken, was sie mit ihrer Arbeit anrichteten. Aber ganz sicher hatten sie nicht die geringste Ahnung, mit wem sie sich gerade anlegten.

Bonnie war eine Glückskatze. Mit einem eigentlich sehr sanften Gemüt. Manchmal sogar schreckhaft. Aber manchmal auch unberechenbar. Dies war so ein Augenblick.

Vor ihr standen drei Männer. Sie hatten ihre Werkzeuge drohend erhoben. Bereit zuzuschlagen.

»Finger weg vom Schlosspark«, zischte sie die Männer an. »Wenn ihr auch nur einen Meter näher kommt, wird es blutig für euch enden.«

Die drei Arbeiter sahen sich verwundert an. Was wollte diese Katze von ihnen?

Bonnie sträubte ihr Fell, zeigte drohend ihre Krallen, fauchte. »Wenn ihr auch nur einer Katze nur ein einziges Härchen krümmt, ziehe ich euch meine Krallen über die Schnauze, dass ihr euch nie wieder im Spiegel anschauen wollt«, schnaubte sie. »Verzieht euch!«

Die drei Arbeiter blieben irritiert stehen.

Fiese Nagelkette Bandini stand zufrieden am Dachfenster. Die erste Etappe hatte sie geschafft. Jetzt folgte der gefährliche Teil ihres Plans. Sie musste im Haus die Urkunde finden und unbemerkt mit dem Papier wieder verschwinden. Sollten der Glatzkopf oder seine drei Köter sie erwischen, wäre ihre Chance, den Einbruch zu überleben, vermutlich bei null. Bandini atmete tief durch und setzte zum Sprung in die Dachkammer an.

Kurz vor dem Absprung bremste sie ab. Es gelang ihr gerade so, das Gleichgewicht zu halten. Im letzten Augenblick hatte sie erkannt, dass der gesamte Boden mit Nagelketten ausgelegt war. Mehrere Nagelstreifen von der Art, wie man sie von Straßensperren kannte. Metallnägel, dicht an dicht, alle mit der Spitze nach oben. Fast über die ganze Breite des Zimmers.

Wie krank Bandini hielt kurz inne. Die Mission abzubrechen, kam für sie nicht infrage. Sie machte eine günstige Stelle in der Mitte des Zimmers aus. Dort war der Abstand zwischen den einzelnen Nagelstreifen etwas größer. Das müsste genügen. Hoffte Bandini. Sie sprang. Mit einem kleinen Restrisiko, aufgespießt zu werden. Auf den letzten Zentimetern schloss sie die Augen. Und zog den Bauch ein. Bandini spürte den Boden unter ihren Pfoten. Sie öffnete die Augen. Ihre Pfoten waren eingerahmt von Nägeln. An ihrem Bauch kitzelten die Nagelspitzen, als sie die Muskeln locker ließ.

Das war knapp.

Von nun an musste sie besser aufpassen. Den Fallen nach zu urteilen, verstand der Glatzkopf keinen Spaß, wenn es um den Schutz seines Hauses ging. Aber wie krank musste man sein, um einen Nagelteppich auszulegen? Was der Glatzkopf wohl mit ihr machen würde, wenn er sie beim Einbruch erwischte? Bandini konnte es sich nicht leisten, Angst zu haben. Sie musste etwas Wichtiges erledigen.

Kein Hindernis Bandini lauschte. Im Stockwerk unter ihr hörte sie eine Dusche, ansonsten war es ruhig. Die Nägel waren fast bis zum Rand des Zimmers ausgelegt. Ein schmaler Streifen Teppich war frei geblieben. Vorsichtig schlich Bandini bis zur Wand. Von dort aus konnte sie gefahrlos bis zum anderen Ende des Raums laufen. Die Tür zum Gang war geschlossen, aber nicht abgesperrt.

Bandini sprang in die Höhe und drückte die Türklinke mit der rechten Pfote nach unten. Sie lugte durch den kleinen Spalt, bevor sie den Gang betrat. Hier hatte der Glatzkopf die nächste Falle aufgebaut. Auf dem Boden waren Glasscherben verstreut. Damit der Glatzkopf es hören konnte, wenn ein Einbrecher hineintrat. Das galt für Menschen. Nicht aber für Katzen. Erst recht nicht für Bandini. Für sie stellten die Glasscherben kein Hindernis dar. Dafür lagen sie auch zu weit auseinander. Bandini erlaubte sich sogar kurz den Spaß, mit geschlossenen Augen durch den Parcours zu laufen. Bis zum Treppenabsatz. Ab da war vollste Konzentration gefordert.

Es wartete eine ernste Aufgabe auf sie. Eine todernste Aufgabe. Bandini machte sich auf den Weg in den ersten Stock. Schon die erste Treppenstufe knarzte leise. Bandini hielt inne. Ihr Herz klopfte. Sie nahm die zweite Stufe. Wieder knarzte es. Ganz leise schlich sie Stufe für Stufe nach unten. Ohne dass jemand sie bemerkte.

Im ersten Stock angekommen, schnaufte sie durch. Sie durfte jetzt keine Fehler machen. Direkt vor ihr befand sich die Tür zum Wohnzimmer. Daneben lagen das Badezimmer und ein Gästezimmer, in dem die Hunde untergebracht waren. Das konnte Bandini aufgrund des durchdringenden Geruchs erkennen.

Eingesperrt Wie lange hatte Bandini Zeit, sich umzusehen? Aus dem Badezimmer hörte sie das Plätschern der Dusche. Und den Glatzkopf, der unter dem Wasserstrahl sang, so laut und falsch, dass die Töne von der gekachelten Wand abprallten und die Hunde im Zimmer nebenan zu winseln anfingen.

Bandini robbte am Boden entlang. Jetzt nur kein Aufsehen erregen. Sie öffnete die Tür neben dem Bad einen

Spalt und sah drei Käfige. In jedem Käfig lag ein Hund. Ein Dobermann, ein Bullterrier, ein Rottweiler. Die Käfige waren mit Gittertüren versehen. Sie waren allerdings nur angelehnt. Die Hunde hatten sie nicht bemerkt. Noch nicht. Bandini schlich zu ihnen ins Zimmer, sprang in einer fließenden Bewegung von einem Käfig zum nächsten und drückte vorsichtig mit ihrer Pfote alle Bolzen ins Schloss. Käfig für Käfig. Eingesperrt.

Drei Hunde in Öl Bandini kehrte ins Wohnzimmer zurück. An der einen Wand hing ein Breitwandfernseher, daneben ein Bücherregal, das bis zum Rand mit Jagdratgebern gefüllt war. Auf der gegenüberliegenden Seite standen ein Weinregal und ein Barschrank mit Beleuchtung. Darüber hing ein Ölgemälde, auf dem drei Hunde abgebildet waren.

Wie einfallslos. Die Suche nach dem Safe hatte Bandini sich schwieriger vorgestellt. Sie sprang auf den Barschrank und schob mit ihrer Pfote das Bild zur Seite. Es war nur locker aufgehängt und fiel krachend herunter. Der Safe war in die Wand eingelassen, die Tür nur angelehnt.

Im Nebenzimmer schlugen die Hunde an. Im Badezimmer wurde die Dusche abgedreht. Bandini durfte jetzt keine Zeit verlieren. Sie schnappte sich die Papierrolle mit der Urkunde aus dem Safe, nahm die Schnüre, mit denen die Papiere zusammengebunden waren, fest zwischen die Zähne und sprang auf den Boden.

Absolut wehrlos In diesem Moment tauchte der Glatzkopf in der Tür auf. Er trug weiße Badesandalen und hatte ein grünes Frotteehandtuch um die Hüfte gewickelt.

»Wen haben wir denn da?«, fragte er mit drohendem Unterton. »Du glaubst doch nicht etwa, dass ich mich von einem Kätzchen beklauen lasse?«

Der Glatzkopf grinste Bandini fies an und versperrte ihr breitbeinig die Tür. Bandini wollte zwischen seinen Beinen hindurch ins Treppenhaus flüchten. Doch der Glatzkopf packte sie am Genick. »Habe ich dich«, sagte er. Der Glatzkopf griff in das Fell zwischen den Schulterblättern und hob die Schildpatt-Katze hoch. Bandinis Körper war starr. Sie ließ die Papiere fallen. Der Glatzkopf hielt Bandini weit genug von seinem Körper weg, um vor ihren Krallen sicher zu sein. Aber Bandini konnte sich gerade ohnehin nicht bewegen.

Sie war dem Glatzkopf ausgeliefert.

Rückwärtssalto Bandinis Puls hämmerte wie wild. Sie bekam kaum mehr Luft. Panik. Was würde der Glatzkopf jetzt mit ihr machen? Sie schloss die Augen, um sich zu beruhigen. Sie dachte an ihr Herrchen. Er hatte fast immer gewonnen, wenn er Großschach am Marktplatz gespielt hatte. »Die schwächsten Gegner sind immer die, die glauben, der Sieg sei ihnen sicher«, hatte er zu Bandini gesagt. Und genauso war es.

Bandini konzentrierte sich. Nur einen Moment lang müsste der Glatzkopf unvorsichtig sein. Unaufmerksam. Siegessicher. Dann würde sie losschlagen. Bandini senkte ihren Kopf. Bedrückt. Entmutigt. Maunzte bitterlich.

Der Glatzkopf grinste wieder. Spöttisch. Fies. War halt doch nur eine kleine, blöde Katze. Er hob seine Oberlippe an. Zeigte seine schiefen Schneidezähne. Und für einen kleinen Augenblick löste sich der Griff in ihrem Nacken.

Bandini legte los. Holte Schwung. Zerkratzte dem Glatzkopf mit ihren Hinterpfoten den Bauch. Arbeitete sich mit ausgefahrenen Krallen Zentimeter für Zentimeter nach oben. Sie stieß sich ab. Dann machte sie einen Rückwärtssalto und landete auf ihren Pfoten.

Das Duell Bandini und der Glatzkopf standen sich gegenüber. Starrten sich an. Belauerten sich. Warteten auf den Angriff des anderen. Bandini bewegte sich als Erste. Sie machte einen Satz und sprang dem Glatzkopf an die Beine. Nicht, um ihn zu kratzen, sondern um den Knoten des Handtuchs zu lösen.

Der Glatzkopf hatte ein Problem. Sollte er nun die Katze fangen? Oder sollte er sein Handtuch festhalten?

Bandini nutzte sein Zögern. Sie schnappte sich die Papierrolle mit der Besitzurkunde und flitzte am Glatzkopf vorbei. Vorbei an dem Zimmer, in dem die eingesperrten Hunde bellten und am Gitter kratzten. Bandini rannte die Treppe hinunter zur Haustüre. Sie sprang in die Höhe und drückte die Türklinke nach unten.

Die Flucht Bandini schloss die Haustür, bevor sie losspurtete. Im Maul trug sie die Schnur, mit der die Papierrolle zugebunden war, die sie aus dem Tresor geklaut hatte. Aus der Garage hörte sie ein leises Wimmern, aber zum Nachsehen fehlte ihr die Zeit. Sehr schnell würde ihr der Glatzkopf auf den Fersen sein. Bandini jagte davon.

Hinterher Banks, Ballhaus, Alfa und Romeo verließen ihre Posten und spurteten Bandini hinterher. Bandini war schnell. Kaum einzuholen, obwohl die sperrige Papierrolle immer wieder am Boden schleifte. Erst als Bandini einmal die Schnüre verlor und die Rolle neu aufnehmen musste, holte Alfa sie ein. Romeo und Banks folgten im Windschatten. Ballhaus hielt ein bisschen Abstand. Der grau getigerte Perserkater hatte am Halsband eine Kamera befestigt. Er musste sich ein wenig zurückfallen lassen. Wegen der Perspektive. Wegen der Aufnahmen.

Große Rauchwolke Der Glatzkopf hatte ein Problem. Ohne Hose konnte er die Verfolgung nicht aufnehmen. Aber viel Zeit lassen durfte er sich auch nicht, wenn er sich die wichtigen Papiere zurückholen und die Katze einfangen wollte. Schnell zog er sich einen Jogginganzug aus Ballonseide über. Dann ließ er die Hunde frei und hetzte sie der Katze hinterher.

Der Dobermann, der Bullterrier und der Rottweiler nahmen Witterung auf und sprinteten den Feldweg entlang, immer der Spur der Katze hinterher. Der Glatzkopf stieg in sein Cabrio. Er drehte den Schlüssel im Zündschloss. Gab Gas. Aber nichts regte sich. Erst beim vierten Versuch sprang das Auto an. Es gab einen lauten Knall. Acht tote Mäuse wurden an die Garagenwand katapultiert. Eine große Rauchwolke bildete sich. Der Glatzkopf konnte für Sekunden nichts sehen. Dann stieg er aufs Gas. Die Reifen drehten durch, Steine flogen durch die Luft.

Angemessener Tod Harold stand auf der Straße vor dem Tierpräparateladen. Wie ein trauriger grauer Teddybär. Der Tod war sein Leben. Dem Britisch-Kurzhaar-Kater

Harold war ein morbider Kater.

war aufgefallen, dass seit einigen Tagen regelmäßig drei Hunde an seinem Haus vorbeikamen. Ein Dobermann, ein Bullterrier, ein Rottweiler. Alle drei ausgewachsen. Alle drei ohne jede Übertreibung sehr gefährlich.

Wenn sie das nächste Mal das Haus passierten, so dachte sich Harold, könnte er ihnen doch Schimpfworte hinterherrufen, sie mit Katzenstreu bewerfen, sie provozieren und warten, bis sie ihn zerfleischten. Ja, auch das wäre eine interessante Art zu sterben, dachte Harold.

Todessehnsucht Harold hörte aus einiger Entfernung das Kläffen der Hunde. Seine Laune besserte sich. Harold war ein morbider Kater. Und wenn er es richtig anstellte, könnte schon in wenigen Minuten sein tristes Dasein ein Ende finden. Erst ein bisschen Krawall machen, die Hunde blöd anreden, den Streit eskalieren lassen. Würden dann der Dobermann, der Bullterrier und der Rottweiler auf ihn losgehen, würde nicht mehr viel von ihm übrig bleiben.

Ein tröstender Gedanke. Harold seufzte. Voller Todessehnsucht. In diesem Moment sprinteten fünf Katzen auf ihn zu.

Lautes Bellen Harold war kurz abgelenkt. Er wusste, dass in Katzenstadt jede Menge Katzen lebten. Aber die Katzen, die er bis zu diesem Tag kennengelernt hatte, waren nie in Eile gewesen. Auch die Schildpatt-Katze mit dem kurzen, dichten Fell, die gerade auf ihn zupreschte, hatte er bereits vor einiger Zeit kennengelernt. Sie war freundlich zu ihm gewesen. Hatte sich sogar einmal seinen Laden angeschaut, die Regale voller ausgestopfter Tiere.

War sogar mit ihm im Lager gewesen, wo die Einzelteile herumlagen. Ein Flügel eines Adlers, Hundepfoten in allen Größen und Farben, Hamsterohren und die Schnauze eines Bibers. Sie hatte sogar Zeit für einen Plausch gehabt. Aber heute nicht.

»Hallo«, sagte Harold.

Aber Bandini erwiderte den Gruß nicht. Sie jagte einfach an ihm vorbei. Auch die vier anderen Katzen, die Bandini folgten, achteten nicht auf ihn.

Harold konzentrierte sich auf das Kläffen der Hunde. Die Köter kamen näher. Das Bellen wurde lauter. Harold machte sich bereit. Und dann schossen schon der Dobermann, der Bullterrier und der Rottweiler an ihm vorbei. Der Rottweiler als Erstes, die beiden anderen Hunde folgten mit zwei Meter Abstand. Noch bevor sich Harold mit ihnen anlegen konnte, waren sie wieder verschwunden. Deprimiert setzte sich der Kater auf die Straße.

Schaufel versus Krallen Auch im Schlosspark spitzte sich die Situation gefährlich zu. Drei Arbeiter mit Sicherheitshelmen standen vor dem Eingang. Ihnen versperrten elf Katzen den Weg. Bonnie stand an der Spitze. Sie ließ die Arbeiter nicht näher kommen. Und sie wies die Katzen an, auch nicht eine Pfote zurückzuweichen.

Die Arbeiter drohten den Katzen mit ihren Pickeln, Schaufeln und Hämmern. Die Katzen wiederum fauchten, hoben die Pfoten und zeigten ihre Krallen, um die Männer in die Flucht zu schlagen. Keine der beiden Seiten gab nach. Eigentlich hatten die Arbeiter nur den Parkeingang mit einer Kette absperren wollen. Diese Kette würde die

Katzen keineswegs davon abhalten, in den Park zu gelangen. Aber hier ging es längst um etwas anderes. Um etwas Grundsätzliches.

Betörend Matula wachte auf, als Doktor Katzenbeißer vom Ortsvorsteher zurückkam. Der Kater hatte tief und fest geschlafen. Er fühlte sich, als wäre die ganze Zeit jemand bei ihm gewesen. Eine Katze. Er hatte von ihr geträumt. Er hatte ihren wohligen Duft noch in der Nase.

Er kannte diesen Duft. Und die Katze. Es war die Tricolor, die ihm manchmal im Schlosspark über den Weg lief. Bonnie. Wieso war ihm noch nie aufgefallen, wie wohl er sich mit ihr fühlte?

Obsession Tiga erkundete die Wohnung im Stockwerk über der Ballettschule. Schon das Vorzimmer war großzügig gestaltet. Rutschiger Marmorboden, hohe Stuckdecken, helle Flügeltüren, durch die man in die Küche, in den Salon, in das Wohnzimmer und das Schlafgemach gelangen konnte. Bei einer Zimmertür war der Glaseinsatz mit einem schwarzen Laken abgehängt, das Foto einer Katze klebte auf Höhe der Klinke.

Die Tür stand offen. Es musste das Zimmer des jungen Fotografen sein. Als Bett diente eine Matratze auf zwei Holzpaletten am Boden. Sieben Fotobücher lagen neben dem Kopfkissen. Eine Packung Salzstangen war auf der Matratze verschüttet worden. Am Boden standen eine Weinflasche und ein Teller mit den Resten eines Butterbrots. Es gab keinen Schrank in dem Zimmer. Ein Kleiderständer stand an der Wand, an dem zwei Jeans, zwei

Hemden, eine Army-Jacke und die Socken vom Vortag hingen. Auf dem Boden lagen ordentlich zusammengefaltet drei Boxershorts. Ein Ankleidespiegel lehnte an der Wand, daneben standen ein runder Glastisch und eine Stehlampe – mehr Einrichtungsgegenstände gab es nicht.

Dafür lagen überall Fotos herum. Am Boden. Auf dem Glastisch. Überall Fotos von einer schwarz-, braun- und elfenbeinfarbenen Katze. Nahaufnahmen, Ganzkörperporträts, verführerische Posen. Auch an den Wänden hingen Fotos von Paris. Eine Obsession.

Tiga zitterte Das Zimmer daneben war luxuriöser ausgestattet. Und aufgeräumt. Ein Bücherregal, voll mit Buchattrappen, eine Ledercouch, ein offener Kamin, ein Breitwandfernseher, ein Schreibtisch aus Mahagoni.

Tiga sprang auf die Tischplatte. Links vom Computer stand eine Ablage. Fünf Fächer. Im obersten Fach lagen nur langweilige Rechnungen. Die zweite Lade war voll mit Businesstipps für Topentscheider. Darunter fand sie einen Bausparvertrag und ein ganzes Fach voller Visitenkarten. Im letzten Fach stieß Tiga auf einen Stapel Polaroidfotos. Fotos von Matula. Ihr stockte der Atem. Matula, angekettet an ein Heizungsrohr. Die Pfote, auf einem Baumstumpf, festgehalten von einer Männerhand. Die Pfote mit den weißen Spitzen, die sich abhoben vom sonst so dunklen Fell. Das Beil, das die Katzenpfote abtrennte. Das Blut auf dem Baumstumpf. Tiga zitterte. Vor Wut. Und auch vor Angst. Einer Katze die Pfote abzuhacken war abscheulich und krank. Sich aber dann noch Fotos davon aufheben? Das war pervers.

Als Tiga die Fotos wieder in das Fach legen wollte, fiel krachend die Wohnungstür ins Schloss.

Weißes Einstecktuch Tiga war starr vor Angst. In der Tür zum Wohnzimmer stand Heinz Jürgen senior, der Vater des jungen Fotografen, der Chef der Privatbank. Heinz Jürgen senior trug einen schwarzen Anzug und schwarze Lederschuhe. Die äußere Brusttasche seines Sakkos zierte ein weißes Einstecktuch. Die schwarze Krawatte hatte weiße Punkte. Sein graues Haar war akkurat gescheitelt.

Heinz Jürgen senior begann zu schwitzen, als er die kleine Katze auf seinem Schreibtisch erblickte. Inmitten der Fotos. Der Fotos, die ihn ins Gefängnis bringen konnten.

Kein Risiko Er geriet in Panik. Die getigerte Katze musste die Fotos aus der Ablage gezogen haben. Es war schlimm genug, dass die schwarze Katze mit den weißen Pfoten vor zwei Tagen aus dem Kohlenkeller entkommen war. Wie immer das auch hatte geschehen können. Er konnte nicht riskieren, dass herauskam, was er mit dem Kater angestellt hatte. Die kleine getigerte Katze durfte sein Geheimnis auf keinen Fall verraten. Er schloss die Tür.

Der Chef der Privatbank war erstaunt über seinen Gedanken. Wie sollte eine Katze ihn verraten können? Konnte sie denn sprechen? So ein Blödsinn. Er versuchte, sich zu beruhigen. Dennoch blieben ihm Zweifel. Er wollte nichts riskieren. Er musste den Ortsvorsteher anrufen. Er brauchte einen Ratschlag, was zu tun war.

Telefonate im Minutentakt Es war kein ruhiger Tag im Rathaus. Das Telefon des Ortsvorstehers klingelte im Minutentakt. Zunächst meldete sich ein Arbeiter aus dem Schlosspark. Es sei nicht möglich, den Eingang mit einer Kette zu versperren, sagte er. Elf Katzen blockierten den Weg und ließen seine Männer keinen Meter näher heran an den Park. »Verjagt sie«, forderte der Ortsvorsteher am Telefon und legte auf.

Es klingelte erneut. Der Glatzkopf meldete sich. Aus seinem Cabrio. Er verfolgte gerade eine Katze. Das Biest habe Unterlagen aus seiner Wohnung geklaut, sagte er.

»Welche Unterlagen?«, fragte der Ortsvorsteher.

»Die Besitzurkunde für die Katzenfutterfabrik«, antwortete der Glatzkopf, »und vermutlich ein, zwei Baupläne.«

Der Ortsvorsteher wurde nervös. »Vermutlich?«, fragte er den Glatzkopf, »was bedeutet vermutlich?«

Der Glatzkopf musste kurz das Telefon aus der Hand legen, um einem blau-grauen Kater auszuweichen, der mitten auf der Straße saß. »*Vermutlich* bedeutet, dass ich das noch nicht überprüfen konnte«, sagte er nach einer kurzen Pause. »Ich bin sofort der Katze hinterher.«

Der Ortsvorsteher hatte bereits einen roten Kopf, so zornig war er. »Die Baupläne sind absolute Geheimsache. Keiner darf sie sehen. Schnapp dir das blöde Vieh, schnapp dir die Unterlagen«, brüllte er ins Telefon und legte auf.

Es klingelte erneut. Der Chef der Privatbank war am Apparat. Er klang verzweifelt. »Sie weiß es«, sagte der Bankier zum Ortsvorsteher.

»Was weiß sie?«, fragte der Ortsvorsteher. »Und wer ist sie überhaupt?«, blaffte er den Bankier an.

Der Chef der Privatbank war es nicht gewohnt, dass man in diesem Ton mit ihm redete. Aber er war gerade nicht in der Position, solche Dinge klarzustellen. »Sie hat die Fotos gesehen«, sagte er etwas kleinlaut.

»Wer hat die Fotos gesehen? Und von welchen Fotos redest du verdammt noch mal?«, fragte der Ortsvorsteher.

»Die Fotos von der abgehackten Pfote.«

»Und *wer* hat die Fotos gesehen?«

»Die Katze.« Der Chef der Privatbank klang verzweifelt.

»Sperr sie ein, ersäuf sie, schmeiß sie aus dem Fenster, was weiß ich«, sagte der Ortsvorsteher harsch. Dann knallte er den Telefonhörer auf die Gabel.

Der Ortsvorsteher begann hysterisch zu lachen. Was war nur los in Katzenstadt? Bauarbeiter hatten Angst vor kleinen Kätzchen. Der Problemlöser, den sie engagiert hatten, um die Katzen aus der Stadt zu vertreiben, ließ sich von einer Katze beklauen. Und der Chef der Privatbank rief ihn an, weil eine Katze seine Fotosammlung entdeckt hatte. Wovor hatte der Chef der Privatbank denn Angst? Dass die Katze eines der Fotos nehmen und zur Zeitung laufen könnte? Sein Lachen endete abrupt. Auch in ihm regten sich Zweifel. So etwas war den Katzen durchaus zuzutrauen. Zumindest den Katzen in Katzenstadt.

Getrennte Wege Die Katzen hatten schon fast die Brücke über den Fluss erreicht. Das Kläffen der Hunde wurde lauter. »Wir müssen uns aufteilen«, rief Bandini den anderen zu. »Wir müssen die Köter auf getrennte Fährten locken. Nur dann haben wir vielleicht eine Chance.«

Bandini drehte sich kurz zu Banks um. »Banks, du läufst mit Alfa bis zum Marktplatz. Dann trennt ihr euch. Alfa lenkt die Köter ab, du holst die anderen Katzen aus dem Schlosspark und bringst sie zur Tierarztpraxis.«

Bandini blickte zu Romeo. »Du nimmst den Feldweg in Richtung Müllhalde. Aber lass dich nicht erwischen«, sagte sie.

Ballhaus war für die Hunde nicht schnell genug. Er sollte sich im Gebüsch verstecken.

»Und ich werde die Unterlagen zu Doktor Katzenbeißer bringen«, sagte Bandini. »Dort treffen wir wieder zusammen.« Bandini überquerte die Brücke und spurtete die Straße geradeaus weiter, um auf dem schnellsten Weg zur Tierarztpraxis zu kommen. Die Strecke war nicht allzu lang. Und doch konnte es knapp werden, je nachdem, welcher Hund ihr folgte. Würde ihr Vorsprung reichen?

Banks und Alfa bogen nach der Überquerung der Brücke scharf nach rechts ab und liefen an der früheren Pension vorbei in Richtung Rathaus. Ballhaus kroch direkt an der Brücke tief in ein dichtes Brombeergebüsch. Und auch Romeo blieb auf der anderen Flussseite und lief so schnell er konnte den Feldweg entlang, der am Ortsrand vorbeiführte.

Die Hunde holten auf Die Hunde hielten in vollem Tempo auf die Brücke zu. Kläfften. Und mussten dann kurz innehalten. Sie schnüffelten. Die Katzen hatten sich getrennt und waren in verschiedene Richtungen abgehauen. Als Erster fand der Dobermann eine Fährte. Es war die Spur der Schildpatt-Katze. Sie musste geradeaus weitergelaufen sein. Er jagte ihr nach.

Der Bullterrier schnüffelte am Boden, bis er die andere Seite des Flusses erreichte. Zwei Katzen waren an dieser Stelle abgebogen. Er nahm die Verfolgung auf.

Der Rottweiler streifte am Gebüsch entlang. Schon bald stieg ihm ein beinahe vertrauter Geruch in die Nase. Der Geruch des fleckigen Katers, der sein Herrchen am Marktplatz angepinkelt hatte. Der Rottweiler hetzte auf dem Feldweg dem Kater hinterher. Weit konnte er noch nicht gekommen sein.

Ballhaus atmete in seinem Versteck auf. Keiner der Köter hatte ihn bemerkt. Er lief gemächlich zur Tierarztpraxis.

Model-Modus Erst als der Scheinwerfer auf sie gerichtet gewesen war, hatte Paris aufgehört zu schmollen. Es hatte sie gekränkt, dass der junge Fotograf bei Tiga ins Schwärmen geraten war. Sie hatte noch nie eine so untalentierte Schülerin gehabt. Noch nie hatte sich so ein kleiner Trampel bei ihr vorgestellt, um eine Model-Karriere einzuschlagen. Und was hatte der Fotograf gemacht? Hatte gleich zur Kamera gegriffen und Aufnahmen gemacht. Sie konnte es nicht fassen. Weil er die Katze so natürlich fand, hatte sich der Fotograf gerechtfertigt.

Paris war wütend. Aber wenn das Scheinwerferlicht Paris blendete, wechselte sie instinktiv in den Model-Modus. Immer. Paris drehte sich auf den Rücken. Paris kuschelte sich zusammen, legte den Kopf auf die rechte Vorderpfote und schloss die Augen. Paris leckte sich die Schnauze. Paris sprang auf das Fensterbrett und blickte keck zur Seite. Paris streckte sich auf dem Sofa und verdrehte ihren Kopf. Paris. Paris. Paris.

»Wo ist eigentlich Tiga?«, fragte Paris, als die Fotosession zu Ende war. Der junge Fotograf verstand nicht, was ihm die Katze sagen wollte. Paris lief aufgeregt durch die Ballettschule, der junge Fotograf folgte ihr. Aber die kleine getigerte Katze war nirgends zu finden.

In Sichtweite Am Rathaus bog Banks nach links ab. Er musste zum Schlosspark und von dort die Katzen zur Tierarztpraxis bringen. Hoffentlich gelang es Alfa, den Hund wegzulocken.

Alfa setzte sich kurz hin und wartete, bis der Bullterrier in Sichtweite war. Sie ließ den Köter ein klein wenig näher kommen, dann sprintete sie los. Alfa hatte keine Angst. Sie war die schnellste Katze von Katzenstadt.

Dann zogen sie ab Banks lief ohne Pause weiter und blickte sich immer wieder um, ob nicht doch ein Hund hinter ihm her war. Als er am Schlosspark eintraf, sah er drei Männer mit Schaufeln bewaffnet und ihnen gegenüber elf Katzen, die keine Pfotenbreite zurückwichen. Banks lief an den Arbeitern vorbei zu Bonnie, die als Anführerin vor den zehn anderen Katzen stand. Banks nahm Bonnie kurz zur Seite, um sich mit ihr zu besprechen. Der Reverend holte den Stadtplan und den Geldschein aus dem Versteck. Dann zogen sie ab. Alle zwölf Katzen. Sehr zur Verwunderung der Arbeiter.

Außer Atem Der Bullterrier hechelte bereits ein wenig. So schnell er auch lief, er kam an die leicht gefleckte bronzefarbene Katze nicht heran. Sie jagten an der Katzenfutterfabrik vorbei, an den Gleisen, um das Bahnhofsgelände herum. Aber immer, wenn der Bullterrier dachte, er hätte ein paar Meter gutgemacht, erhöhte das Vieh das Tempo und baute den Vorsprung wieder ein bisschen aus. Hinter der Eisenbahnüberführung bog die Katze auf einen Feldweg ab, der Bullterrier folgte ihr. Sie liefen in Richtung Müllhalde. Über den Fluss führte eine kleine Brücke. Am Ende der Brücke blockierten fünf ungepflegte Katzen den Weg. Das gefiel dem Bullterrier gar nicht.

Wiedersehen Romeo spürte bereits den heißen Atem des Rottweilers in seinem Nacken. Er erhöhte sein Tempo, aber der Hund war schon ganz dicht hinter ihm. Jeden Augenblick würde er zubeißen. Er würde sein Maul aufreißen. Würde zuschnappen. Würde ihm seine Fangzähne in die Gurgel stoßen. Würde sich festbeißen. Nicht mehr loslassen. Bis zum Tod. Das wusste Romeo.

Was sollte er nun machen? Sich auf den Boden werfen und auf Mitleid hoffen? Um Gnade winseln? Das, was er fühlte, war nicht nur Angst. Romeo hatte Todesangst. Büschelweise Haare fielen ihm im Laufen aus. Schwarze und weiße.

Aber der Rottweiler griff nicht an. Er lief erst gleichauf neben dem gefleckten Kater am Fluss entlang. Dann stellte er ihn. Setzte sich ihm einfach in den Weg. Romeo musste scharf abbremsen. Romeo konnte vor Panik kaum mehr atmen.

»Verlierst du immer noch deine Haare?«, fragte der Rottweiler.

Romeo war irritiert. Was faselte der Köter da.

»Und was hast du mit deinem Fell gemacht?«, fragte der Rottweiler.

Romeo war jetzt vollkommen durcheinander. Was meinte der Köter? Wie konnte er wissen, dass er früher anderes Fell gehabt hatte. Durchgehend schwarz. Bis sich die ersten Anzeichen der Weißfleckenkrankheit bemerkbar gemacht hatten.

»Hattest du früher nicht komplett schwarzes Fell?«, fragte der Rottweiler.

Woher wusste das der Köter? Was sollte der vertraute Ton? Und warum biss der Rottweiler nicht zu? Romeo blickte den Hund verwirrt an. Er kannte die heisere Stimme. Aber woher? Und auch der Geruch des Hundes erweckte in ihm ein seltsam wohliges Gefühl. Der Geruch erinnerte ihn an etwas. Es musste schon lange her sein.

Romeo schnupperte am Rottweiler.

»Murphy, bist du's?«, fragte er.

Fest und tödlich Der Glatzkopf fuhr nach seinem Telefonat mit dem Ortsvorsteher langsam auf die Brücke. Er hielt an, stieg aus und schaute sich um. Keine Katze in Sicht. Und keiner seiner Hunde. Vermutlich hatten sie die Biester in die Enge getrieben. Vermutlich warteten sie nur darauf, zubeißen zu können. Fest und tödlich. Dazu hatte er sie abgerichtet. Auf seine Hunde konnte er sich verlassen.

Die Schlossfalle Bandini war nur noch wenige Meter von der Tierarztpraxis entfernt. Allmählich wurde ihr die Rolle mit den Unterlagen, die sie an den Schnüren mit sich zog, lästig. Würde der Vorsprung reichen? Die Schildpatt-

Katze spurtete so schnell sie konnte auf den Eingang der Tierarztpraxis zu. Sie wusste, dass die Tür nie versperrt war. Dass sie nur dagegenstoßen musste, um sie zu öffnen. Der Dobermann war vielleicht noch zehn Längen hinter Bandini. Sie hörte sein Knurren. Sie hörte, wie der Sabber des Hundes auf den Gehsteig klatschte.

Mit einem Satz sprang Bandini gegen die Tür. Mehr war nicht nötig. Bandini spürte, wie der Dobermann immer näher kam. Bandini stoppte, streckte sich und verstellte die Schlossfalle. Dann fiel die Türe wieder zu. Bandini lief an Inge vorbei, die wie immer auf dem Tisch beim Empfang saß.

»Haben Sie einen Termin?«, rief Inge Bandini hinterher.

In diesem Moment krachte der Dobermann durch die Glasscheibe. Von Türschnappern hatte der Dobermann offenbar noch nie etwas gehört.

Den Kürzeren gezogen Alfa musste sich entscheiden. Vor ihr auf dem Weg saßen die verdreckten Katzen von der Müllhalde. Und von hinten näherte sich gefährlich der Bullterrier, weil Alfa ihr Tempo drosseln musste. Die letzten Male, als sie auf die Müllhalde-Katzen getroffen war, hatten die Diskussionen in einer wüsten Keilerei geendet. Und auf einen Nahkampf mit dem Köter wollte Alfa es auf keinen Fall ankommen lassen. Die Verfolgungsjagd war hier an der Brücke zu Ende. So oder so.

Alfa musste sich entscheiden. Es ging um Leben und Tod, das wusste sie. Sie konnte die Müllhalde-Katzen nicht ausstehen. Aber sie wusste, dass sie keine andere Wahl hatte. Also trabte Alfa auf die Müllhalde-Katzen zu und setzte sich neben Spinoza. Der Bullterrier bremste zwei Meter vor den Katzen scharf ab. Er hob seinen kräftigen Kopf, starrte die Katzen an und knurrte.

Spinoza ließ sich von solch einfältigen Drohgebärden offenbar nicht beeindrucken. Er ging einen Schritt auf den Bullterrier zu. »Wer Furcht verbreitet, fürchtet sich«, sagte Spinoza. »Manchmal ist es auch nur die Furcht vor dem eigenen Ende.«

Der Bullterrier wirkte irritiert. Verdutzt sah er den weißen Kater mit den abstehenden Ohren an. »Manchmal ist es auch nur die Furcht vor dem eigenen Ende.« Der Bullterrier verstand nicht, was der Kater ihm mit diesem Satz sagen wollte. Auch die anderen Katzen kamen langsam auf ihn zu. Der Bullterrier knurrte noch einmal. Aber er wusste genau, dass er schon wieder den Kürzeren gegenüber den Müllhalde-Katzen gezogen hatte. Er klemmte den kurzen Schwanz ein, drehte sich um und schlich davon.

»Du Pisser«, rief ihm Zeckie hinterher. Dann zogen die Katzen zur Müllhalde. Alfa ging mit ihnen.

So etwas verbindet Romeo und Murphy freuten sich über ihr Wiedersehen. Sie balgten sich auf dem Feldweg. Sie waren beide fast noch Babys gewesen, als sie zusammen in der Pension gewohnt hatten. Sie hatten damals viele schöne Augenblicke erlebt.

»Romeo«, sagte Murphy, »erinnerst du dich, wie ich immer wieder versucht habe, dir das Bellen beizubringen?«

»Kein einziges Mal habe ich es geschafft«, sagte Romeo und lachte. »Und weißt du noch, wie wir gemeinsam

Mäuse gejagt haben und du dabei den ganzen Vorgarten umgegraben hast?«

Murphy bellte begeistert. Es waren unbeschwerte Zeiten gewesen. Doch dann war der Besitzer der Katzenfutterfabrik gestorben. Und alles in Katzenstadt hatte sich verändert.

In der Schlinge des Hundefängers Schon kurze Zeit nachdem die Boulevardpresse damals die Jagd auf die Katzen eröffnet hatte, waren die meisten Bewohner aus Katzenstadt geflohen. Auch die Besitzer der Pension hatten bald aufgegeben. Keine Gäste, kein Umsatz, keine Zukunft. Ihre Tiere hatten sie zurückgelassen.

Von einem Tag auf den anderen war Katzenstadt beinahe menschenleer gewesen. Die Straßen verlassen, die Häuser unbewohnt. Türen und Fenster waren bei der überstürzten Flucht nicht geschlossen worden und an stürmischen Abenden hörte man das unheilvolle Klappern und Quietschen in den Straßen. Vereinzelt waren Plünderer nach Katzenstadt gekommen, hatten die Häuser ausgeräumt und waren wieder verschwunden. Auch Katzenjäger und Hundefänger hatten ihr Glück versucht. Es waren schlimme Zeiten gewesen. Gefährliche Zeiten.

Damals hatte es eine große Katzenversammlung gegeben. Am Kiosk. Renfield hatte alle Katzen eindringlich vor den neuen Gefahren gewarnt. Vor Fangnetzen. Vor falschen Versprechungen. Und davor, was geschah, wenn man in die Hände eines Katzenjägers geriet. Die Katzen hatten lange diskutiert und beschlossen, zusammen in Katzenstadt zu bleiben. Der Reverend war regelmäßig durch die Straßen von Katzenstadt patrouilliert, hatte nach gefährlichen Menschen Ausschau gehalten. Er hatte die Katzen vor düsteren Ecken gewarnt, die sie am besten meiden sollten. Bandini hatte schließlich die entscheidende Idee gehabt. Die Katzen sollten aufeinander aufpassen. Zum Beispiel gemeinsam in leer stehende Häuser ziehen. Gegen die Einsamkeit. Für die Sicherheit.

Bandini, Bonnie und Clash hatten dann auch drei Katzen eingeladen, zu ihnen in die Katzenfutterfabrik zu ziehen: Ballhaus, Spike und den Reverend. Im Schlosspark hatte Banks mehrere Katzen um sich geschart. Auch in die Bücherei war eine Gang gezogen. Und auf die Müllhalde.

Die Katzen hatten sich sehr schnell gut organisiert. Im Gegensatz zu den Hunden. Die wenigen Hunde, die es damals in Katzenstadt gegeben hatte, waren vollkommen verzweifelt gewesen. Sie waren durch die Straßen geirrt auf der Suche nach ihren Herrchen. Oder nach ein bisschen Zuneigung. Sie hatten nicht glauben wollen, dass sie einfach allein zurückgelassen worden waren. Hunde eben.

Auch Murphy war zu zutraulich gewesen, als ihn ein Mann zu sich lockte. Als Murphy dem Fremden ins Gesicht schauen und dessen miese Absicht hatte erkennen können, war es bereits zu spät gewesen. Die Fangschlinge hatte sich um Murphys Hals gelegt. Er war in einen Transporter gezerrt worden. Nach ein paar Tagen gefangen in einem stinkenden Schweinestall hatte man Murphy zu einer Hundeauktion gekarrt. In eine Lagerhalle voller zwielichtiger Gestalten.

Murphy war gemeinsam mit einem Dobermann und einem Bullterrier von einem Mann mit Glatze ersteigert worden. Der Glatzkopf hatte die Hunde in einen Zwinger gesperrt. Hatte sie trainiert für Einsätze. Hatte ihnen beigebracht zuzubeißen. Und nicht mehr loszulassen.

Romeo war fassungslos, als er das hören musste. Es schmerzte ihn, erfahren zu müssen, dass Murphy gequält, in eine Kampfhundeexistenz gezwungen und von seinem Besitzer bei dessen zweifelhaften Aufträgen auf wehrlose Opfer gehetzt worden war.

»Ich habe dich damals tagelang gesucht«, sagte Romeo. »Kein Wunder, dass ich dich nirgends finden konnte.«

Das Dilemma Murphy war bedrückt. Der Glatzkopf erwartete von ihm und den anderen beiden Hunden, dass sie die Katzen aus der Stadt jagten. Oder dass sie sie töteten, sollten die Katzen nicht freiwillig abhauen.

Murphy hatte Angst. Er musste seinem Herrchen gehorchen. Diese Gehorsamkeit hatte ihm der Glatzkopf mit den Jahren eingeprügelt. Aber er wollte seinem alten Freund Romeo nichts antun. Seinem Kindheitsfreund, den er gerade erst wiedergefunden hatte. Seinem Gefährten aus der Pension, mit dem er die bislang schönste Zeit seines Lebens verbracht hatte.

Murphy steckte in einem Dilemma.

Jämmerliches Heulen Der Glatzkopf fuhr wieder los. Er kam an der Pension vorbei, am Rathaus, am Kino. Nichts. Er fuhr an der Katzenfutterfabrik vorbei und von dort zum Bahnhof. Er stellte sein Auto vor der Privatbank ab und stieg aus. Der Glatzkopf ging ein kurzes Stück Richtung stadtauswärts. Aus einiger Entfernung hörte er ein jämmerliches Heulen. Das Geräusch kam aus Richtung der ehemaligen Müllhalde. Er erblickte seinen Bullterrier. Er traute seinen Augen nicht. Der Hund schlich ihm mit eingeklemmtem Schwanz auf dem Feldweg entgegen. Er gab ein erbärmliches Bild ab.

Überall Blut Doktor Katzenbeißer kam aus dem Behandlungszimmer gelaufen. Der Krach hatte sie aufgeschreckt. Bandini sprang auf den Tisch am Empfang und legte die Papierrolle ab. Von dort kletterte sie auf die Schultern der Tierärztin. Inge stellte sich hinter Doktor Katzenbeißer, um von ihr beschützt zu werden.

Vor ihnen lag ein Dobermann in einer Blutlache. Hechelte wie verrückt. Sein Herz raste. Und er wimmerte vor Schmerzen. Er sah gar nicht gut aus. Er hatte am ganzen Körper Schnittwunden. An der Schnauze, an der Stirn, an der Brust, an den Beinen, an den Pfoten. Vor allem die Ohren bluteten wie wild.

Der Dobermann witterte die Schildpatt-Katze. Versuchte, auf die Beine zu kommen, und ließ sich erschöpft wieder auf die Seite fallen. Der Schmerz war zu groß, um weiter im Kampfmodus zu sein. Ein Glassplitter steckte im Ballen seiner Vorderpfote und hatte sich durch das Aufstützen noch tiefer hineingebohrt. Der Dobermann brauchte Hilfe.

45 Kilogramm Doktor Katzenbeißer schickte Bandini und Inge in ihr Büro und verschloss die Tür hinter ihnen. Sie ging in das Behandlungszimmer, um Medikamente für den Dobermann zu holen. Zur gleichen Zeit betrat Ballhaus die Tierarztpraxis durch die kaputte Glastür. Er sprang an den Lichtschalter. Für Innenaufnahmen musste der Gang gut ausgeleuchtet sein.

Doktor Katzenbeißer spritzte dem Hund noch im Gang ein Betäubungsmittel. Der Dobermann sah schlimm aus. Ein Fangzahn war abgebrochen. Doktor Katzenbeißer hob ihn zwischen den Scherben vom Boden auf und steckte ihn in die Tasche ihres Tierarztkittels. Auch an der Brust und an den Pfoten des Hundes entdeckte die Tierärztin zum Teil tiefe Schnittwunden. Eine Zehe war gebrochen und musste geschient werden. Immerhin war beim Sprung durch das Glas keine Vene am Vorderbein durchtrennt worden, daran hätte das Tier sterben können.

Obwohl der Dobermann mehr als 45 Kilogramm wog, legte ihn die Tierärztin sich um den Hals und trug ihn ins Behandlungszimmer.

Die Entscheidung Romeo und Murphy legten sich ins Gras am Rand des Feldwegs, schwelgten in Erinnerungen und erzählten sich, was sie nach der Schließung der Pension erlebt hatten. Murphy staunte nicht schlecht, als er erfuhr, dass Romeo und die anderen Katzen einfach im Haus geblieben waren, als die Menschen auszogen. So unterschiedlich konnte sich das Leben entwickeln.

Romeo fühlte offenbar, dass Murphy etwas quälte. Er stupste ihn vertrauensvoll an. »Was ist los mit dir«, fragte er, »worüber machst du dir Gedanken?«

Murphy spürte, wie es ihm die Kehle zuschnürte. Er stand auf und trabte schweigend den Feldweg entlang. Romeo folgte ihm.

»Jetzt sag schon«, rief Romeo dem Hund hinterher, »und lauf vor allem nicht davon.«

Murphy blieb stehen. »Ich weiß nicht, was ich tun soll«, antwortete der Rottweiler. »Wenn ich dich und die anderen Katzen in Frieden lasse, bringt mich mein Herrchen um«, sagte er. »Und wenn ich meinem Herrchen gehorche, muss ich dich umbringen. Und die anderen Katzen auch.« Der Rottweiler senkte den Kopf. »Ich kann dich doch nicht einfach verraten«, sagte Murphy. Er jaulte.

In Romeos Blick lag Mitgefühl. Er stellte sich Murphy in den Weg. »Nimm mich und bring mich zu dem Glatzkopf. Aber lass die anderen Katzen am Leben«, sagte er.

Murphy konnte sich noch gut an den Morgen vor zwei Tagen erinnern, als sein Herrchen nach Hause gekommen war und damit geprahlt hatte, wie er und seine Auftraggeber einer schwarzen Katze mit einem Beil die Pfote abgehackt hatten. Er wusste, was sein Herrchen mit seinem Freund anstellen würde. Das konnte Murphy nicht zulassen. Er blickte dem Kater tief in die Augen. »Darf ein Hund auch bei den Katzen leben?«, fragte er dann.

Romeo kam ganz nahe an Murphy heran. »Natürlich darfst du bei uns leben, Murphy«, sagte er.

Dann trotteten sie innig nebeneinander weiter, bis zur alten Müllhalde.

Kampfmaschine Der Bullterrier lief niedergeschlagen auf den Glatzkopf zu. Der Hund zitterte. Es war ein warmer Spätsommertag. An der Temperatur konnte es also nicht liegen. Der Köter zitterte vor Angst. Der Glatzkopf konnte nicht fassen, dass sein Hund Schiss vor Katzen hatte. Er hatte ihn zu einer Kampfmaschine ausgebildet. Zu einem Killer. Und jetzt hatte der Köter es nicht einmal geschafft, eine Katze zu fangen. Der Glatzkopf drückte den Bullterrier auf den Boden und zog ihm zweimal die Lederleine über. Der Bullterrier sah sein Herrchen mit leeren Augen an. Er wagte es nicht mehr zu jaulen. Der Glatzkopf gab seinem Hund einen Tritt und stieß ihn ins Auto.

Der Glatzkopf startete das Cabrio und fuhr los. Er musste den Dobermann und den Rottweiler einsammeln. Die beiden hatten sich hoffentlich besser angestellt. Der Glatzkopf stellte sich vor, wie sie die Katzen in die Enge getrieben und zerfleischt hatten. Aber wo waren sie abgeblieben? Und was zur Hölle hatte dem Bullterrier so zugesetzt? Der Hund konnte ihm keine Antworten geben. Er hatte sich auf die Rückbank verkrochen und traute sich nicht, sein Herrchen anzusehen.

Wunden spülen Doktor Katzenbeißer rasierte dem Dobermann großflächig das Fell, spülte die Wunden aus und nähte die tieferen Schnitte. Die Wunden an der Schnauze behandelte sie mit einer Jodsalbe. Da die Wurzel des Fangzahns noch im Kieferknochen steckte, musste Doktor Katzenbeißer die Wurzel freifräsen und entfernen. Die Ballen der Vorderpfoten machten ihr die meisten Sorgen. Hier konnte sie nicht einfach mit Nadel und Faden arbeiten. Hier musste sie einen Verband anlegen, der aber vermutlich nicht lange halten würde. Zum Abschluss verabreichte Doktor Katzenbeißer dem Dobermann noch eine ordentliche Portion Schmerzmittel und Antibiotika. Und legte ihm einen rosafarbenen Halskragen-Trichter an.

Was war hier passiert? Inzwischen waren auch die Katzen aus dem Schlosspark vor der Tierarztpraxis angekommen. Durch die kaputte Glastür inspizierten sie den Eingangsbereich. Überall war Blut. Auf dem Boden. An der Wand. Was war hier passiert? Wo war Bandini? Vorsichtig schlichen sie nacheinander in die Praxis, immer darauf bedacht, nicht in eine Glasscherbe zu treten.

Die Katzen hatten interessante Dinge für Doktor Katzenbeißer mitgebracht. Einen Stadtplan von Katzenstadt, den Bonnie von den Bücherei-Katzen erhalten hatte. Und einen Geldschein, auf dem ein Hundekopf abgebildet war, den der Reverend aus dem Transporter vor der Privatbank geklaut hatte.

Willkommensparty Romeo und Murphy liefen auf die Müllhalde zu. Am Eingang stand Alfa. Zusammen mit Spinoza und seinen Katzen. Romeo konnte die verwahrlosten Tiere nicht ausstehen. Jede Katze von Katzenstadt wusste, dass sie diesen Ort wenn möglich meiden sollte. Aber wieso war Alfa hier? Romeo und Murphy gingen zu ihr und den Müllhalde-Katzen.

Spinoza stellte sich vor den Rottweiler. »Dem Gewissen kann nur folgen, wer die Schuld erkennt«, sagte er.

Dem Gewissen folgen? Murphy wunderte sich. Was wollte ihm der Kater damit sagen? Woher wusste er, dass ihn sein Gewissen plagte? Und warum waren diese Katzen so schmutzig?

Madonna ging auf Murphy zu und streifte ihm um die Beine. Sie lud ihn sowie Alfa und Romeo ein, mit ihnen auf die Müllhalde zu kommen. »Ihr könnt gerne die nächsten

Tage bei uns pennen«, sagte sie. Gurke, Krätze und Onassis nickten zustimmend.

Nur Zeckie beäugte misstrauisch den Rottweiler. »Was soll der Köter hier?«, ätzte er.

Zeckie verstummte, als er Spinozas bösen Blick spürte. »Das Dringende vermag den Geist zu öffnen«, sagte Spinoza. Dann wies er ihnen mit der Pfote den Weg zur Müllhalde.

Bevor sich Murphy Gedanken machen konnte, was der Kater hatte sagen wollen, quatschten die Katzen auf ihn ein und nahmen ihn mit. Dann bereiteten sie auf der früheren Müllhalde eine Willkommensparty vor. Gurke und Krätze brachten Essensreste, die sie auf einem ihrer Streifzüge gesammelt hatten, und legten sie auf das kaputte Sideboard aus dunkler Eiche. Den Kopf einer geräucherten Forelle, eine leicht verkohlte Schinkenkeule und zwei nur halb aufgegessene Hamburger. Auf einer Seite waren die Beine des Sideboards abgebrochen, weswegen die Keule zweimal auf den Boden kullerte, bevor sie schließlich serviert werden konnte. Madonna spielte nach dem Essen ihre Lieblingsplatten ab. Die Katzen heulten im Wind. Und Murphy jaulte.

Madonna Madonna war eine besondere Katze. Nicht unbedingt eine Schönheit, dafür war ihre Nase zu schief. Zudem hatte sie ein Mondgesicht. Aber trotzdem konnte man Madonna so schnell nicht vergessen. Sie hatte weißes Fell, aber durch den Schmutz war das nicht immer zu erkennen. Weißer Bauch, weiße Pfoten, weißer Schwanz, weiße Ohren. Nur die Augen waren schwarz umrandet.

Madonna war eine besondere Katze.

Als hätte sie sich mit einem Kajalstift angemalt. Mit einem wirklich dicken Kajalstift.

Zwei Fragen Zwei Fragen machten Doktor Katzenbeißer zu schaffen. Warum war der Hund durch die Glastür gesprungen? Und warum war der Schnapper nicht aufgegangen? Das konnte sie sich nicht erklären. Zunächst musste sie aber dem Besitzer des Dobermanns die Nachricht überbringen, dass der Hund verletzt war und bis zum nächsten Tag in der Praxis bleiben musste. Sie wollte es beim Ortsvorsteher versuchen. Der wusste vielleicht, wie dieser seltsame Glatzkopf zu erreichen war.

Dauerhupe Seit einer Stunde suchte der Glatzkopf schon seinen Dobermann und seinen Rottweiler. Er fuhr am Schlosspark vorbei. Die Bauarbeiter hatten gerade ihre Arbeit abgeschlossen. Sie hatten mit einer Kette den Zugang zum Schlosspark versperrt. Und sie hatten eine Bautafel angebracht. Im Park sollte ein Hundeinternat entstehen. Und eine Hundeschule.

Seine Auftraggeber könnten eigentlich zufrieden sein. Für sie lief fast alles nach Plan. Wenn man die Probleme mit den Katzen außer Acht ließ. Wenn man großzügig darüber hinwegsah, dass eine Katze aus seinem Haus die Besitzurkunde für die Katzenfutterfabrik geklaut und gleich noch andere vertrauliche Unterlagen mitgenommen hatte. Der Glatzkopf geriet außer sich vor Wut, dass eine Katze ihn so ausgetrickst hatte. Ihn. Eine Katze. Er schlug mit der flachen Hand auf das Lenkrad, so zornig war er. Die Hupe ging los.

Irgendwie musste sich mit dem Schlag auf das Lenkrad der Kontakt der Hupe festgesetzt haben, denn der Lärm hörte einfach nicht auf. Sein Telefon klingelte.

Er wird überleben »Geh von der Scheißhupe runter, wenn ich anrufe«, raunzte der Ortsvorsteher den Glatzkopf an.

Der Problemlöser hielt mit seinem Cabrio vor dem Kiosk an, der schon lange nicht mehr geöffnet hatte. Er drosch zehnmal mit beiden Fäusten auf das Lenkrad. Seine Hände waren danach ganz rot. Aber immerhin hatte das Hupen aufgehört. »Was gibt es?«, fragte er den Ortsvorsteher genervt.

»Ich weiß, wo dein blöder Köter ist«, antwortete der Ortsvorsteher.

»Welcher?«, fragte der Glatzkopf.

»Der Dobermann«, sagte der Ortsvorsteher.

Der Glatzkopf wunderte sich kurz. Der Dobermann war ein guter Jäger. Zu hundert Prozent erfolgreich. Zu hundert Prozent tödlich. Was wollte der Ortsvorsteher von ihm?

»Wo ist er?«, wollte der Glatzkopf wissen. »Und hat er dieses Drecksvieh von Katze erledigt? Sag schon, wie sieht die Katze aus?«

Der Glatzkopf hörte den Ortsvorsteher bitter lachen.

»Die Katze? An deiner Stelle würde ich fragen, wie der Hund aussieht«, sagte der Ortsvorsteher. »Ich schicke dir das Foto, das ich von der Tierärztin bekommen habe.«

Rosa Verband Der Glatzkopf saß in seinem Cabrio vor dem Kiosk. Das Foto vom Dobermann kam auf seinem Smartphone an. Es sah schlimm aus.

Der Glatzkopf erkannte seinen Hund nicht mehr. Wer hatte ihn nur so zugerichtet? Hatte eine Katze ihn so vermöbelt? Überall am Körper war der Dobermann genäht worden, so viele Wunden hatte er abbekommen. Beinahe am ganzen Körper war das Fell rasiert. Am schlimmsten sah der Kopf des Tieres aus. Die Schnauze war mit Wundpflastern verklebt, sogar über das linke Auge reichte ein Verband. Auch die rechte Vorderpfote war verbunden und mit einem rosafarbenen Tape festgemacht. Ein rosafarbener Verband? Und ein rosafarbener Halskragen. Bei seinem Dobermann? Bei seiner Kampfmaschine? Das konnte die Tierärztin nicht ernst gemeint haben. Der Glatzkopf donnerte erneut vor Zorn seine Faust auf das Lenkrad. Die Hupe ging los.

Im Schlaf gestört Renfield streckte sich, als die Hupe des Cabrios wieder losging. Das Geräusch kratzte in seinen Ohren. Auch wenn er nicht mehr so gut hörte und nicht mehr so gut sah, bekam er nahezu alles mit, was in Katzenstadt vor sich ging. Und jetzt störte ihn ausgerechnet der Mann im Schlaf, der den Auftrag hatte, alle Katzen im Ort zu beseitigen.

Renfield hatte schlechte Laune. Er starrte den Bullterrier an, der bedröppelt auf der Rückbank des Cabrios saß. »Wir kriegen euch«, fauchte Renfield. »Wir kriegen euch alle.« Der Bullterrier jaulte vor Angst.

Gurgelndes Miauen Als der junge Fotograf nach dem Shooting in die Wohnung zurückkehrte, schenkte sich sein Vater gerade einen Cognac ein. Das war kein gutes Zeichen.

Sein Vater trank eigentlich nie. Zumindest nicht tagsüber. Das konnte er sich als Chef der Privatbank auch nicht erlauben. Der Bankier hatte ein großes Pflaster auf der Backe. Es war zu groß, als könnte er sich beim Rasieren geschnitten haben. Als sein Sohn ihn darauf ansprach, reagierte der Chef der Privatbank ungehalten. Das gehe ihn nichts an, schimpfte er. Aus dem Badezimmer hörte der junge Fotograf ein gurgelndes Miauen. Und ein Geräusch, als würde jemand an Glas kratzen.

Wutausbrüche Der junge Fotograf wollte ins Badezimmer gehen, aber sein Vater versperrte ihm den Weg. Er fürchtete seinen Vater. Sein autoritäres Gehabe. Seine Wutausbrüche. Aber solange er sich keine eigene Wohnung leisten konnte, musste er den Alten wohl ertragen. Das ganze Geld widerte ihn an. Das Bankhaus, das ständige Gerede von Tradition und die Anspielungen, dass er eines Tages die Privatbank übernehmen müsste. Der junge Fotograf hatte keine Lust darauf. Deswegen hatte er nach seiner Ausbildung zum Bankkaufmann, zu der ihn sein Vater gezwungen hatte, noch einen Fotokurs gemacht. Und ein Praktikum bei der Tierärztin. Fotos und Katzen waren ihm wichtiger als Tagesgeld oder Kreditwürdigkeit.

Schonwaschgang Aus dem Badezimmer war jetzt deutlich das verzweifelte Schreien einer Katze zu hören. Der junge Fotograf stieß seinen Vater zur Seite und stürmte ins Bad. Die Waschmaschine war eingeschaltet, Wasser lief in die Trommel. Wolle kalt. Schonwaschgang. Das Miauen erstickte. Jetzt war nur noch das Kratzen einer Katze an einer Glasscheibe zu hören. Die Trommel drehte sich. Durch das Bullauge der Waschmaschine sah der junge Fotograf eine kleine, nasse Katze. Mit jeder Drehung wurde das Kätzchen nach oben geschleudert und tauchte kurz aus dem Wasser auf. Schnappte nach Luft. Und wurde von der Waschtrommel wieder unter Wasser gedrückt. Die Waschtrommel stoppte kurz. Die Katze musste husten. Sie hatte sich verschluckt. Der Fotograf kannte die Katze. Tiga.

Ein ernstes Wort Doktor Katzenbeißer sperrte den Dobermann in einen Käfig. Nur zur Sicherheit. Jetzt wäre wieder Zeit für Matulas Bewegungstherapie gewesen. Aber die musste warten. Doktor Katzenbeißer musste erst ein ernstes Wort mit Bandini reden.

Große dunkle Augen Bandini saß auf dem Schreibtisch. Sie hatte der Tierärztin die Papierrolle gebracht. Aber Doktor Katzenbeißer interessierte sich nicht dafür. Nicht jetzt. Die Tierärztin war sichtlich aufgebracht.

»Bandini, hast du was mit der Glastür gemacht?«, fragte sie.

Bandini schaute Doktor Katzenbeißer mit ihren großen, dunklen Augen an.

»Bandini«, fragte Doktor Katzenbeißer erneut, »hast du irgendwas mit der Tür gemacht?«

Bandini schaute Doktor Katzenbeißer mit großen Augen an.

»Bandini, hast du den Dobermann durch die Glasscheibe gejagt?«

Bandini schaute Doktor Katzenbeißer an.

»Hast du etwa den Schnapper an der Türe verstellt?«, fragte Doktor Katzenbeißer.

Bandini regte sich nicht. Bandinis Hals war gestreckt, sodass man den kleinen weißen Fleck in ihrem Fell sehen konnte. Die Katze gab keinen Ton von sich. Aber nach der letzten Frage schloss sie ganz kurz ihre Augen. Und wer Bandini näher kannte, bemerkte, dass sie leicht lächelte. Sie war mit sich zufrieden.

»Ich bleibe bei ihm« Alfa und Romeo hatten ganz die Zeit vergessen. Die Willkommensparty, das Essen, die Musik. Schon lange hatten die beiden Katzen, die unzertrennlich Zimmer an Zimmer in der Pension aufgewachsen waren, keine Langspielplatten mehr gehört. Früher, als die Besitzer noch in der Pension gelebt hatten, hatten sie am Wochenende manchmal Jazz-Scheiben aufgelegt.

Aber die Musik, die Madonna jetzt abspielte, war anders. Lauter. Wilder. Rebellischer. Und als sie die Schinkenkeule und den Kopf der Forelle verputzt hatten, sprangen sie alle zur Musik im Müll herum. Rempelten sich an. Stießen sich in den Dreck. Aber nur aus Spaß. Alfa und Romeo ruhten sich im Kofferraum des ausgeschlachteten Polizeiautos vom Tanzen aus.

»Sollten wir nicht langsam zu den anderen Katzen zurück?«, fragte Alfa Romeo. »Die machen sich bestimmt schon Sorgen.«

Romeo schaute bekümmert zum Rottweiler, der immer noch mit den Müllhalde-Katzen herumsprang. »Ich mache mir Sorgen um Murphy«, sagte er. »Murphy kann sich da draußen nicht sehen lassen. Noch nicht. Ich bleibe bei ihm. Er braucht doch jemanden, der auf ihn aufpasst.«

Romeo wollte bei Murphy bleiben. Und auch Alfa wusste, wo ihr Platz war. Alfa gehörte zu Romeo. Die Party konnte weitergehen.

Beweisstücke Doktor Katzenbeißer wunderte sich, als Bonnie und der Reverend neben Bandini auf dem Schreibtisch Platz nahmen. Auch sie hatten etwas mitgebracht. Sie legten alles, was sie zuvor bei ihren Ermittlungen gefunden hatten, vor die Tierärztin auf die Tischplatte. Dann stupste Bandini Doktor Katzenbeißer an und drängte sie, die Beweisstücke unter die Lupe zu nehmen. Auf dem Schreibtisch lagen ein Geldschein, ein zusammengefalteter Stadtplan von Katzenstadt. Und die Papierrolle, die ihr zuvor Bandini gebracht hatte. Doktor Katzenbeißer schnürte die Papierrolle auf. Es handelte sich dabei um die Besitzurkunde für die Katzenfutterfabrik. Und ganz offensichtlich um einen Bauantrag. Gerade, als sich Doktor Katzenbeißer die Papiere näher anschauen wollte, klingelte das Telefon.

»Die Katze sieht gut aus« Doktor Katzenbeißer nahm den Hörer ab. Noch bevor sie ein Wort sagen konnte, schrie ihr der Glatzkopf ins Ohr: »Was haben Sie mit meinem Dobermann gemacht?«

Doktor Katzenbeißer blieb sachlich. »Ich habe ihm Glassplitter aus dem ganzen Körper gezogen. Die Wunden ausgespült. Die tiefen Schnitte genäht. Eine Zehe war gebrochen. Und die Ballen sahen übel aus, da musste ich einen Verband anlegen. Zur Sicherheit habe ich ihm Antibiotika gegeben. Ach ja, und ein Fangzahn war abgebrochen. Der war nicht mehr zu retten.«

»Der Fangzahn?« Der Glatzkopf schlug vor Wut auf sein Lenkrad. »Verdammt.«

»Ja, der Fangzahn«, sagte Doktor Katzenbeißer. »Ich habe ihn aufgehoben.«

Der Glatzkopf schnaufte nervös. »Und warum Glassplitter?«, fragte er.

»Weil Ihr Hund durch die Glastür meiner Praxis gesprungen ist«, antwortete Doktor Katzenbeißer.

Der Glatzkopf schnappte nach Luft. »Durch die Glastür«, wiederholte er kurzatmig.

Der Glatzkopf hyperventilierte. »Und was ist mit der Katze?«

Die Tierärztin blieb ruhig. »Die Katze sieht gut aus«, sagte sie dann, »die Katze ist ja auch nicht durch die Glastür gesprungen.«

Noch bevor der Glatzkopf wieder losschreien konnte, teilte ihm Doktor Katzenbeißer mit, dass der Dobermann bis zum nächsten Tag in der Tierarztpraxis bleiben müsse und frühestens am Morgen abgeholt werden könne.

Obduktion Doktor Katzenbeißer schickte die drei Katzen aus ihrem Büro. Sie musste nachdenken. Warum hatte sich der Glatzkopf nach dem Zustand der Katze erkundigt? Hatte er damit zugegeben, den Dobermann auf Bandini gehetzt zu haben? Hatte er so etwas schon einmal getan?

Die Tierärztin holte den Fangzahn aus der Brusttasche ihres Tierarztkittels. Der Fangzahn des Dobermanns. Abgebrochen, als der Hund mit dem Kopf voran durch die Glastür gesprungen war.

Doktor Katzenbeißer ging zum Kühlschrank im Behandlungszimmer. Im Eisfach lag noch immer Mallory, die silberfarbene Kurzhaarkatze mit schwarzen Tupfen. Mallory hatte viel Blut verloren. Ein Hund hatte ihr die Kehle zerfetzt. Hatte sich festgebissen in ihrem Hals, bis tief ins Fleisch hatte sich der Fangzahn gebohrt.

Doktor Katzenbeißer legte die steife Katze auf den Behandlungstisch. Jetzt konnte sie die Obduktion vielleicht abschließen. Sie hielt den Fangzahn neben die Bisswunde. Das könnte passen. Die Tierärztin glich noch die weiteren Wunden mit dem Foto des Dobermann-Gebisses ab, das sie nach der Behandlung gemacht hatte. Auch der Abstand der Schneidezähne stimmte überein. Kein Zweifel, sie hatte den Hund gefunden, der Mallory totgebissen hatte. Und sie wusste jetzt, wer den Dobermann auf Mallory gehetzt hatte.

Versteinert Im Zimmer nebenan schliefen in ihren Käfigen Matula und der Dobermann. Matula träumte. Er schlich durch einen Wald. Es war dunkel. Auf einer Lichtung sah er sie. Eine Tricolor. Bonnie. Der Mond schien auf ihr Gesicht. Auf ihre weiße Schnauze mit dem kleinen orangefarbenen Fleck neben der Nase. Sie schleckte ihr Fell. Erst die Pfoten. Dann den Bauch. Er schlich näher heran. So nah, dass er sie leise schnurren hörte. So nah, dass er ihren Duft wahrnehmen konnte. Dass er das Grün ihrer Augen erkennen konnte. Ein dunkler Schatten näherte sich. Der Schatten eines Mannes. Bonnie bemerkte ihn nicht. Der Schatten beugte sich über sie. Er lachte. Höhnisch. Matula wollte springen. Sich im Arm des Glatzkopfs festkrallen. Aber er konnte sich nicht bewegen. Wie gelähmt saß er da. War wie versteinert. Er konnte sie nicht retten. Bonnie.

Platt Der Glatzkopf stieg wütend aufs Gas. Er konnte es nicht fassen. Drei Hunde, drei abgerichtete Kampfmaschinen – und was war herausgekommen? Der Bullterrier hatte aus Angst vor ein paar Katzen den Schwanz eingeklemmt. Der Dobermann war durch eine Glasscheibe gesprungen. Und der Rottweiler? Verschwunden. Was für eine Blamage.

Wo steckte dieses verdammte Vieh? Ganz Katzenstadt war er abgefahren, ohne eine Spur von seinem Hund zu finden. Warum hatten die drei Köter nicht zusammen Jagd auf die Katzen gemacht? Wo konnte der Rottweiler nur sein? Der Glatzkopf raste über die Brücke und bog ab. Er musste nach Hause.

Auf der Straße hockte schon wieder dieser graue Kater. Reflexhaft riss der Glatzkopf das Lenkrad herum. Beinahe hätte er das Tier voll erwischt. Schade eigentlich. Aber der Wagen war so gut wie neu und noch nicht ganz abbezahlt. Das Cabrio donnerte mit dem linken Vorderreifen über den scharfkantigen Bordstein. Es gab einen lauten Knall. Der Glatzkopf fuhr trotzdem weiter. Die Straße ging in den Feldweg über, noch zweihundert Meter bis zum Haus. Als der Glatzkopf auf dem Weg einem Schlagloch ausweichen wollte, konnte er den Wagen kaum mehr lenken. Der Reifen war platt.

So ein Unglück Harold konnte es nicht fassen. Innerhalb kürzester Zeit wäre er zwei Mal beinahe von einem Auto überfahren worden. Zwei Mal von demselben Auto. Harold war zwei Mal einfach sitzen geblieben. Aber zwei Mal war der Fahrer ausgewichen. Harold konnte sein Unglück nicht fassen. Er war ein morbider Kater. Und irgendwie blieb er doch immer am Leben.

Weitere Hinweise Wieder in ihrem Büro, faltete Doktor Katzenbeißer den Stadtplan auseinander. Der Bahnhof war darauf eingezeichnet, das Rathaus, der Marktplatz, der Fluss, der sich weiter oben um den Ort schlängelte. Warum hatte Bonnie ihr diesen Plan auf den Schreibtisch gelegt? Doktor Katzenbeißer wusste, dass Katzenstadt der Form eines Katzenkopfs entsprechend angelegt worden war. Der Flussverlauf, der zwei spitze Ohren bildete. Die Straßen, die wie Schnurrhaare vom Bahnhofsplatz an den Rand der Stadt führten.

Die Tierärztin holte das jüngste Amtsblatt aus der Schublade. Hatte sie nicht in dieser Veröffentlichung von einer geplanten Flussbegradigung gelesen. Und von Plänen für einen künstlichen See und ein Freibad in Katzenstadt. Doktor Katzenbeißer deckte auf dem Stadtplan die zwei spitzen Ohren ab, die der Fluss auf dem Stadtplan zeichnete. Stattdessen dachte sie sich zwei Schlappohren dazu, einen See und ein Freibad. Man bräuchte gar nicht viele Veränderungen, um aus Katzenstadt Hundestadt werden zu lassen, dachte sich Doktor Katzenbeißer. Und zu einer Hundestadt passte auch das Hundeinternat. Von dieser bescheuerten Idee hatte sie im Büro des Ortsvorstehers erfahren.

Dann nahm sie den Geldschein in die Hand. Ein Hundekopf war darauf abgebildet, darunter die Unterschrift des Chefs der Privatbank. Langsam dämmerte der Tierärztin, was in Katzenstadt vor sich ging.

»Sie weiß zu viel« Der junge Fotograf stoppte die Waschmaschine. Das Wasser wurde abgepumpt. Die Luke sprang auf. Tiga sah furchtbar aus. Nass und zerrupft. Die kleine Katze schnappte nach Luft. Sie schüttelte sich, um ihr Fell zu trocknen. Für einen Moment sah es aus, als wäre Tiga von einer Wolke umgeben. Wassertropfen wurden durch das Badezimmer geschleudert. Tiga sah den jungen Fotografen, sprang an seinen Oberschenkeln hoch und kletterte auf seine Schulter.

Als der Chef der Privatbank kam und Tiga an sich reißen wollte, krallte sie sich in der Jacke des jungen Fotografen fest. Der Bankier drückte ihr die Luft ab. Tiga musste loslassen.

»Ich muss die Katze einsperren«, sagte der Chef der Privatbank zu seinem Sohn. »Sie weiß zu viel.«

Durch und durch böse Der junge Fotograf musste schmunzeln. »Wer weiß zu viel? Das Kätzchen?«, fragte er.

»Ja, die Katze«, antwortete sein Vater.

»Was soll das Kätzchen denn wissen?«, fragte der junge Fotograf. »Und selbst, wenn sie etwas wüsste: Wem sollte sie es verraten?«

Sein Vater kratzte sich am Kinn. Er schien nachzudenken. »Die Katze hat hier herumgeschnüffelt. Auf dem Schreibtisch. Hier liegen überall Notizen über geheime Bankgeschäfte«, sagte er schließlich.

»Herumgeschnüffelt? Die kleine Katze?« Der junge Fotograf hatte seinen Vater so noch nie erlebt. »Arbeitet sie für die Steuerfahndung?« Er musste lachen.

»Das ist nicht lustig«, schimpfte sein Vater. »Alle Katzen sind durchtrieben. Durch und durch böse.«

Der junge Fotograf schaute seinen Vater ungläubig an. »Durch und durch böse«, wiederholte er höhnisch. Dann sagte er ruhig: »Das kleine Kätzchen habe ich unten in der Ballettschule gesehen. Vermutlich will sie eine Model-Katze werden. Sie kann gar nicht herumschnüffeln. Das Einzige, was sie bislang gelernt hat, sind ein paar Tricks für den Laufsteg.«

Der Chef der Privatbank dachte kurz nach. »Ein Nachwuchsmodel also«, sagte er schließlich, »dann beweis es mir.« Er setzte Tiga unsanft auf dem Schreibtisch ab.

Nachschauen Bandini schlüpfte durch die Tür ins Büro. Sie wollte nachschauen, ob Doktor Katzenbeißer etwas herausgefunden hatte. Die Tierärztin war gerade dabei, den Bauantrag zu studieren, der sich mit der Besitzurkunde in der Papierrolle befunden hatte. Bandini sprang auf den Schreibtisch.

Das Katzengefängnis Die Tierärztin staunte nicht schlecht. Jemand wollte das Gelände der früheren Müllhalde bebauen. Es sollte ein monströses Gebäude errichtet werden. Ein grauer Klotz. Das geplante Bauwerk hatte kleine vergitterte Fenster. Und einen Wachturm mit Suchscheinwerfern. Eine Mauer umgab das Gebäude. Auch ein Zaun mit Stacheldraht war rund um das Grundstück befestigt. Grundrisse, Schnitte, Ansichten, alles im Maßstab 1 zu 1000. Bei der Baubeschreibung fand Doktor Katzenbeißer einen Vermerk, was hier gebaut werden sollte. Ein Katzengefängnis. Da wollte jemand keine Kompromisse machen.

So etwas durfte der Ortsvorsteher nicht genehmigen.

So ein Schwachsinn Doktor Katzenbeißer rief im Rathaus an. Aber der Ortsvorsteher ging nicht ans Telefon. Doktor Katzenbeißer konnte ihm nur auf den Anrufbeantworter sprechen.

»Seid ihr jetzt alle verrückt geworden?«, fragte Doktor Katzenbeißer aufgebracht. »Auf dem Gelände der früheren Müllhalde will jemand ein Katzengefängnis bauen? Das darfst du nicht zulassen«, brüllte sie. »Oder steckst du da mit drin?«

Dann knallte sie zornig den Hörer auf die Gabel.

»Nimm die Fotos und verschwinde« Tiga stand auf dem glattpolierten Tisch aus Mahagoniholz. Was sollte sie jetzt nur tun? »Mehr Anmut, weniger Elefant«, das hatte Paris zu ihr gesagt. Tiga versuchte, sich zu konzentrieren. Worauf kam es beim Catwalk an? Was brauchte man? Rampenlicht. Tiga knipste die Schreibtischlampe an. Musik. Tiga stieg auf die Fernbedienung des CD-Players. »Bolero« von Joseph-Maurice Ravel erklang.

Was hatte Paris ihr beizubringen versucht? Tiga sammelte ihre Gedanken. »Große Augen, immer große Augen.« Tiga machte einen Schritt nach vorne. Zaghaft. »Aufrecht gehen.« Rechte Pfote, linke Pfote. »Schnauze hoch.« Tiga schritt im Rhythmus der Musik über den Schreibtisch.

»Lehne dich leicht zurück. Erst die Beine, dann der Rest.« Rechte Pfote, linke Pfote. Bevor sie am Ende des Schreibtisches umdrehte, blickte Tiga über die Schulter den Chef der Privatbank an. Augenaufschlag. Rechte Pfote, linke Pfote, Drehung. »Nicht so stark mit den Hüften wackeln.« Nach neun Minuten nahm das Musikstück ein bisschen Fahrt auf. »Balanciere auf dem Ballen deiner Pfote.« Rechte Pfote, linke Pfote. »Sei eine stolze Katze. Schaue immer geradeaus.« Rechte Pfote, linke Pfote. »Kinn nach oben.«

Nach elf Minuten wurde es dramatisch. Tiga stand am Ende des Tisches, sie blickte sich um. Augenaufschlag. »Schaue nie nach unten.« Rechte Pfote, linke Pfote. Nach 13 Minuten war eine Spur Triumph zu hören. »Du musst selbstbewusst sein und kokett. Bei jedem Schritt.« Tiga trampelte diesmal nicht. Sie stolzierte. Rechte Pfote, linke Pfote, Drehung. 14 Minuten und 30 Sekunden, das Ende des Boleros nahte. Paukenschläge. Drama. Tiga ließ sich auf die Tischplatte gleiten. Räkelte sich. Streckte die Beine nach oben. Strampelte. Und stieß die Ablage herunter. Rechnungen fielen auf den Boden. Und Fotos.

»Nimm die Fotos und lauf«, miaute Tiga den jungen Fotografen an.

Das Miauen klang dramatisch, aber der junge Fotograf verstand nicht, was Tiga ihm sagen wollte.

»Nimm die verdammten Fotos und verschwinde«, wiederholte Tiga.

Das Miauen klang noch entschiedener als vorher. Aber der junge Fotograf schaute die kleine Katze nur ahnungslos an.

»So was von begriffsstutzig«, schimpfte Tiga leise vor sich hin.

Wenn ihr der Fotograf jetzt helfen würde, könnten sie dem verrückten Bankdirektor entkommen. Dem Mann, der sie in die Waschmaschine gesteckt hatte. Dem Mann, der Matula die Pfote abgehackt hatte. So schnell wollte Tiga nicht aufgegeben. Sie schnappte sich ein Foto, sprang vom Tisch und flitzte in Richtung Wohnungstür. Erst jetzt begriff der junge Fotograf, was er tun sollte.

Keine Zeit zu verlieren Der junge Fotograf stieß den Bürostuhl seinem Vater in den Weg, der gerade Tiga hinterherrennen wollte. Der Chef der Privatbank stürzte. Der Fotograf griff sich die übrigen Fotos, rannte der getigerten Katze hinterher in die Diele und öffnete die Wohnungstür. Bevor er die Treppe hinunterstürmte, hob er Tiga hoch und verbarg sie in seiner Jacke. In der Ballettschule angekommen, rief er Paris kurz zu, dass sie verschwinden mussten. Er lief los. Paris folgte ihm. Keine Zeit zu verlieren.

Das mussten sie verhindern Bandini sprang vom Schreibtisch und stürmte aus dem Büro der Tierärztin. Ein Katzengefängnis? Auf der Müllhalde? Das musste sie Bonnie erzählen. Sie mussten etwas unternehmen.

Bandini suchte im ganzen Haus nach Bonnie. In allen Zimmern lagen Katzen. In der Küche. Im Schlafzimmer. Im Wintergarten. Aber Bonnie war nicht zu finden. Bandini lief am Empfang vorbei. »Hast du Bonnie gesehen?«, fragte sie Inge, die wie immer auf dem Empfangstisch saß.

»Bonnie?«, fragte Inge. »Ein schöner Name.«

Bandini lief aus dem Haus und suchte auf der Veranda weiter. Bonnie und Banks saßen auf der alten Hollywoodschaukel. Auch Ballhaus war bei ihnen. Er wetzte seine Krallen an der ausgeblichenen Armlehne. Auf dem Apfelbaum neben der Schaukel saß der Reverend. Einer musste ja aufpassen. Als er Bandini sah, wusste er sofort, dass etwas nicht stimmte.

Bandini sprang auf den verrosteten Gartentisch. »Sie wollen ein Katzengefängnis bauen«, rief sie erregt.

Ballhaus setzte sich aufrecht hin und leckte die Linse seiner Kamera frei. »Kannst du das bitte noch einmal sagen?«, fragte er.

»Sie wollen ein Katzengefängnis bauen. Sie wollen uns alle einsperren«, sagte Bandini empört.

»Das ist doch Irrsinn«, sagte Banks. »Wir müssen diesen Leuten das Handwerk legen.«

Der Reverend blickte nachdenklich zu den anderen Katzen. »Sie wollen, dass in Katzenstadt keine Katze mehr frei herumläuft«, sagte er.

Bonnie seufzte. »Keine Katzen, keine Katzenstadt.«

»Wir müssen diese Leute aufhalten. Um jeden Preis«, sagte Banks.

»Banks hat recht«, stimmte Bandini zu. »Aber dafür brauchen wir einen ausgefeilten Plan. Und jede Menge Glück.«

»Wir müssen jetzt sehr wachsam sein«, sagte der Reverend ernst.

»Wir können das nicht alleine durchziehen« »Wir können das nicht alleine durchziehen«, sagte Bandini schließlich im Garten der Tierarztpraxis zu den anderen. »Renfield muss die Katzenversammlung am Kiosk einberufen.« Sie brauchten die Hilfe des zotteligen alten Katers.

»Und wir müssen Spinoza und die Katzen von der Müllhalde informieren«, ergänzte Bonnie. »Die werden eine üble Laune bekommen, wenn sie von den Plänen erfahren«, sagte sie.

»Und was ist mit den Katzen aus Katzwalde?«, fragte Ballhaus.

»Diese Snobs können wir jetzt wirklich nicht brauchen«, sagte Bandini.

Verwöhnte Rassekatzen Die Katzen aus Katzwalde waren seit einigen Monaten nicht mehr in Katzenstadt aufgetaucht. Katzwalde lag etwa 15 Gehminuten nördlich des Flusses. Bungalows, kleine Stadthäuser. Und je weiter man in Richtung Forst kam, desto größer wurden die Villen. Alle Katzen in Katzwalde lebten noch bei Menschen. Sie waren auf eine unangenehme Art und Weise selbstbewusst. Sie hatten dichtes glänzendes Fell dank des Premiumfutters. Und kein Gramm Fett zu viel wegen der täglichen Übungen mit ihrem Personal-Katzentrainer. Verwöhnte Rassekatzen. Sie standen unter ständiger Aufsicht. Aber immer mal wieder rückten sie aus und tauchten in Katzenstadt auf. Dann zettelten sie eine mächtige Keilerei an. Wie Halbstarke. Aber einmal im Jahr durfte man sich ja so richtig wild fühlen.

Hunter Den ersten Streit hatte es damals mit Hunter gegeben. Damals, als die Welt in Katzenstadt noch in Ordnung gewesen war. Damals, als der Besitzer der Katzenfutterfabrik noch gelebt hatte. Damals, als in Katzenstadt noch regelmäßig Katzen-Boule gespielt worden war.

Und damals, so konnte sich Bonnie jetzt erinnern, hatte sie auch zum ersten Mal das Wappen der Familie von Fur gesehen. Von der Tribüne aus. Aber das hatte ihr an diesem Morgen in der Bücherei nicht einfallen wollen. Als Marlowe ihr das Heimatbuch über Katzenstadt gezeigt hatte. Aber jetzt war sich Bonnie ganz sicher. Sie hatte das Wappen auf einem Leibchen gesehen, das Hunter bei der Stadtmeisterschaft im Katzen-Boule getragen hatte.

Hunter war der größte Angeber aus Katzwalde. Ein Maine-Coon-Kater mit kantigem Kopf und markantem Kinn. Mit weißem, flauschigem Fell. Ein überheblicher Schönling. Ein furchtbarer Poser. Und ein unfairer Sportler, Hauptsache, er konnte am Ende gewinnen. Aber im Duell mit Bandini hatten Hunter alle miesen Tricks nicht geholfen. Die Meisterschaft war für ihn verloren gegangen. Das hatte Hunter und seinen Kumpanen aus Katzwalde nicht gefallen. Schon am nächsten Tag waren sie nach Katzenstadt gekommen. Nur um sich zu prügeln.

Ganz still und nachdenklich »Keine Katzen aus Katzwalde«, wiederholte Bandini bestimmt.

»Und was ist mit Paris?«, fragte Bonnie.

Banks bekam eine bleiche Nase, als Bonnie Paris erwähnte. Er wurde ganz still und nachdenklich. Er dachte an Tiga. Er hatte die kleine, gestreifte Katze einfach vergessen. Und jetzt war sie völlig auf sich allein gestellt.

Egoman wie egozentrisch Die Katzen saßen im Garten und machten sich Vorwürfe. Wie hatten sie Tiga vergessen können? Die kleine Katze war schon viel zu lange

Tiga hatte großes Talent, sich in gefährliche Situationen zu bringen.

weg. Und sie wussten, dass Tiga großes Talent hatte, sich in gefährliche Situationen zu bringen. Seit Stunden war sie nun alleine unterwegs. Hatte Paris sie überhaupt aufgenommen? Die verwöhnte Model-Katze verschwendete in der Regel keine Gedanken an andere Katzen, sie war genauso egoman wie egozentrisch. Konnte man ihr überhaupt trauen? Banks sprang über die Gartentüre und machte sich auf den Weg. Der Anführer der Schlosspark-Katzen wollte die kleine Tiga suchen.

Noch nicht zurückgekehrt In Katzenstadt hatten sich so viele Dinge in kürzester Zeit ereignet, dass sie an das Wichtigste nicht gedacht hatten. An das Wohlergehen ihrer Freunde. Auch Alfa und Romeo waren nicht zurückgekehrt. Als Bandini sie das letzte Mal gesehen hatte, waren sie von den Hunden des Glatzkopfs gejagt worden. An der Brücke über den Fluss hatten sich die Katzen getrennt, um die Köter aus dem Konzept zu bringen. Drei Hunde, vier Fluchtwege. Alfa war die schnellste Katze von Katzenstadt, ihr war der Bullterrier auf den Fersen gewesen. Leicht war die bronzefarbene Katze nicht zu fassen. Aber hätte der brutale Köter sie erwischt, dann wäre sie erledigt gewesen. Romeo hingegen war nicht ganz so athletisch, dafür aber sehr clever. Er war zu klug, um als Hundefutter zu enden. Dem schwarz-weiß gefleckten Kater war der Rottweiler hinterhergejagt. Vielleicht klammerte sich Romeo gerade in einer Baumkrone fest und unten kläffte sich der Rottweiler den Rotz aus der Schnauze. Trotzdem mussten sie Romeo suchen. Und Alfa.

Aftersausen Bandini, Ballhaus, Bonnie und der Reverend machten sich auf den Weg. Zuerst schauten sie bei Renfield vorbei, damit er die Katzenversammlung einberief. Dann liefen sie zusammen bis zur großen Ringstraße. Von dort zogen Bonnie und der Reverend zum Fluss weiter. Bandini und Ballhaus bogen links ab in Richtung Rathaus und Marktplatz. Diese Strecke musste Alfa auf der Flucht vor dem Bullterrier genommen haben. Bandini lief die Straße entlang und versuchte, eine Spur von Alfa oder zumindest von dem Hund zu erschnuppern. Auf Höhe des früheren Kinos konnte sie die Fährte des Köters aufnehmen. Als die beiden Katzen an der Bücherei vorbeikamen, entdeckten sie auf der Straße mehrere Abdrücke von Alfas Pfoten. Eine Milchtüte war auf den Boden gefallen und aufgeplatzt. Und Alfa war mit vollem Tempo durch den Milchsee gelaufen. Alfa hatte sechs Pfotenabdrücke hinterlassen. Danach waren die Pfoten wieder trocken gewesen. Auch die Spuren von Hundepfoten waren zu erkennen. Im Gegenzug zum Abdruck einer Katzenpfote waren hier auch Krallenabdrücke zu sehen. Der Bullterrier war also wirklich hinter Alfa her gewesen.

Bandini und Ballhaus liefen ein Stück weiter. An der Katzenfutterfabrik blieben sie einen Augenblick stehen und schauten wehmütig auf ihr besetztes Zuhause. Das alte Firmenschild war entfernt und durch ein neues ersetzt worden: »BRUTUS – REAL DOGFOOD«. Bandini fauchte. Dann setzten Bandini und Ballhaus die Suche nach Alfa fort. Sie folgten weiter ihrer Spur. Vorbei an den Gleisen, um das Bahnhofsgelände herum. Dann bogen sie hinter der Eisenbahnüberführung auf den Feldweg ab, der zur Müllhalde führte.

An der Brücke über den Fluss blieben sie stehen. Hier stimmte etwas nicht. Es roch nach Angst. Es roch nach der Angst einer Katze. Es roch aber noch viel stärker nach der Angst eines Hundes. Und noch etwas war sonderbar. Alfa, das konnte Bandini aus den Fährten lesen, war den Feldweg entlanggelaufen, verfolgt von dem Bullterrier. In Richtung Müllhalde. Bis zum Fluss. Dann musste etwas passiert sein. Bandini konnte nicht herausfinden, was dann genau geschehen war. Der Hund jedenfalls war alleine den Feldweg wieder zurückgelaufen. Schleppend, ja ängstlich, so nah aneinander lagen die Abdrücke der Pfoten. Der Köter musste richtig Schiss gehabt haben. Und Aftersausen.

Keine Zeit für Harold Bonnie und der Reverend folgten der Spur von Romeo. Kurz hinter der Brücke, die über den Fluss führte, zweigte ein Weg ab. An dieser Stelle hatten Bandini, Banks, Ballhaus und Alfa bei der Flucht vor den Kötern Romeo zum letzten Mal gesehen.

Mitten im Wasser stand Harold, der verzweifelte British-Blue-Kater. Wie so oft war er von dem Wunsch getrieben zu sterben. Er wollte sich vom Fluss fortreißen lassen. Aber der Fluss hatte wie immer in diesen Monaten nicht sonderlich viel Wasser.

»Harold«, sagte Bonnie, »das wird nicht funktionieren. Du holst dir höchstens einen Schnupfen.«

Das sah Harold ein. Er schlich ans Ufer.

»Geh lieber zu Doktor Katzenbeißer und warte dort auf uns«, forderte ihn der Reverend auf, »vielleicht kannst du ja versuchen, am Leben zu bleiben. Nur bis wir wieder zurück sind.«

Harold blickte trübsinnig zu Boden. Aber immerhin nickte er zustimmend. Bonnie und der Reverend mussten weiter. Sie hatten keine Zeit, sich um den morbiden Kater zu kümmern. Sie mussten Romeo finden.

Überhastete Flucht Als Banks zur Ballettschule kam, stand die Tür zum Gebäude offen. Banks schlich vorsichtig in den Raum mit den wandhohen Spiegeln. Keine Tiga. Keine Paris. Der Kater machte sich Sorgen. Seine weit auseinanderstehenden Ohren waren gespitzt. Er schnupperte. Er witterte Anstrengung. Vermutlich von der letzten Trainingseinheit. Er bemerkte aber keine Spur von Angst. Auch keine Spur von Verwüstung konnte Banks ausmachen, keine Spur eines Kampfes. In dieser Sache war er sicher.

Trotzdem: keine Tiga. Keine Paris. Sie hatten den Raum verlassen. In Eile. Ohne die Tür zu verschließen. Einen Stock über der Ballettschule wurde eine Wohnungstür zugeschlagen. Banks nahm Gepolter im Treppenhaus wahr und ging in Deckung.

Er war geliefert Der Chef der Privatbank verließ das Gebäude. Vor dem Haus stand sein Sportwagen. Er stieg ein und raste davon. Wie hatte er das blöde Vieh nur entkommen lassen können? Und seinen Sohn, diesen nichtsnutzigen Katzenfreund? Der hatte dem Vieh auch noch geholfen. Und alle Beweisfotos mitgenommen. Dieser Blödmann würde auf direktem Weg zur Polizei rennen. Er war geliefert. Das wusste er. Der Chef der Privatbank hatte in der Eile nur eine kleine Reisetasche packen können. Zwei Paar Schuhe, einen Anzug, zwei Hemden, zwei Unterhosen. Socken hatte er nicht gefunden. Er war überstürzt aus der Wohnung gerannt. Ins Auto gestiegen. Losgefahren. Aber wo sollte er jetzt nur hin? Auf jeden Fall raus aus Katzenstadt.

Außer sich vor Wut Der junge Fotograf rannte. Er musste die beiden Katzen in Sicherheit bringen. Vor seinem Vater. Der war außer sich vor Wut. Als der junge Fotograf um die Straßenecke bog, hörte er, wie ein Sportwagen gestartet wurde und losraste. Er erkannte das Motorengeräusch sofort. Es war der Sportwagen seines Vaters.

Reißverschluss Der junge Fotograf spürte, wie Tiga in seiner Jacke herumturnte. Sie versuchte, ihren Kopf herauszustrecken. Aber das war zu gefährlich. Sein Vater durfte sie nicht entdecken. Auch auf Paris musste er achtgeben. Er nahm sie auf den Arm und steckte sie zu Tiga in seine Jacke. Dann zog er den Reißverschluss zu, damit sie nicht herausspringen konnten.

Fehlzündung So schnell er konnte, lief er mit den beiden Katzen in seiner Jacke weiter. Bis zum alten Kiosk. Er versteckte sich auf der Rückseite des Verkaufsstandes und spähte immer wieder um die Ecke. Schaute, ob der Wagen seines Vaters auftauchte. Der Chef der Privatbank kam nicht. Das Motorengeräusch wurde leiser. Das Auto heulte noch einmal auf, als der Chef der Privatbank in einen zu niedrigen Gang schaltete. Es folgte eine Fehlzündung. Kurze Zeit später war es still.

Erleichtert trat der junge Fotograf hinter dem Kiosk hervor. Er sah den alten, zotteligen Kater im Verkaufsfenster liegen. Der Kater raunzte ihn unfreundlich an. Und fauchte sogar kurz.

»Warum hast du Katzen in deiner Jacke?«, fragte Renfield. »Hast du auch ein Beil dabei, wie dein Vater?«

Der junge Fotograf verstand nicht, was der Kater ihm sagen wollte. Er war irritiert. Er beschloss, das Tier zu ignorieren. Er wollte einfach weitergehen, als Tiga plötzlich in seiner Jacke zu toben begann. Er musste den Reißverschluss öffnen. Tiga.

Ein böser Mann Tiga hatte gehört, wie Renfield den jungen Fotografen angepöbelt hatte. Das war ungerecht, fand sie. Sie musste die Sache klarstellen.

»Er hat mir das Leben gerettet«, sagte Tiga. »Er ist auf unserer Seite, Renfield.«

Der alte Kater schnaubte verächtlich.

»Aber er ist doch der Sohn des Bankiers«, entgegnete Renfield. »Der Chef der Privatbank ist ein böser Mann.«

Renfield sprang vom Verkaufsfenster und schnupperte an der Hose des Fotografen. Er konnte nichts Böses riechen. Nichts Niederträchtiges. Vielleicht hatte Tiga recht. Renfield stellte sich vor den jungen Fotografen und fixierte ihn mit seinem Blick.

»Katzenstadt ist in Gefahr«, sagte Renfield. »Und dein Vater ist mit schuld daran.«

Entscheidungen treffen Während auf der Müllhalde alle anderen Party machten, stand Spinoza an seinem Bücherregal. Er konzentrierte sich auf die philosophischen Schriften. Einzig an den Ohren, die sich immer mal wieder spitzten, konnte man erkennen, dass Spinoza auch darauf achtete, was in seinem Rücken vor sich ging. Deswegen wusste er auch, dass Alfa, Romeo und Murphy auf dem Weg zu ihm waren. Spinoza drehte sich nicht zu ihnen um.

»Nur wer entschlossen ist, kann eine Entscheidung treffen«, sagte er.

Alfa, Romeo und Murphy sahen sich an. Wen meinte der Anführer der Müllhalde-Katzen? »Wir haben uns schon entschieden. Wir wollen zusammenbleiben«, antwortete Alfa. »Aber Murphy ist in Katzenstadt in Gefahr. Wir brauchen einen sicheren Ort für ihn.«

Spinoza blätterte eine Seite weiter. »Ihr sucht eine Zuflucht?«, fragte er. »Ihr müsst nicht nach einem Ort suchen, an dem ihr bereits seid.«

Alfa, Romeo und Murphy sahen sich fragend an. Mehr Zustimmung konnten sie von Spinoza nicht erwarten. Sie gingen zurück zur Party.

Immerhin keine Blutspuren Bandini hatte noch den strengen Angstgeruch in der Nase. Der Köter hatte also an der Brücke Schiss bekommen und war umgekehrt. Warum auch immer. Aber was war mit Alfa passiert? Immerhin waren keine Blutspuren zu entdecken. Das stimmte Bandini zuversichtlich. Aber warum war dann Alfa nicht schon längst wieder zur Tierarztpraxis zurückgekehrt?

Bandini und Ballhaus folgten vorsichtig dem Feldweg in Richtung Müllhalde. Warum hatte Alfa ausgerechnet diesen Fluchtweg wählen müssen? Bandini wollte nicht schon wieder auf die Müllhalde-Katzen treffen. Bandini und Ballhaus blies ein streng riechender Wind entgegen. Immerhin konnten sie so ihr Kommen noch ein bisschen geheim halten. Bandini hörte Musik. Und Katzen, die dazu miauten.

Wie an einer Schnur Auf der Suche nach Romeo überprüfte der Reverend jeden Anhaltspunkt, den er finden konnte. Er hatte schon früh in seiner Kindheit gelernt, Fährten zu lesen. Der schwarze Kater mit dem weißen Fleck am Hals erklärte Bonnie, was die einzelnen Abdrücke auf dem Feldweg zu bedeuten hatten. Die Spur von Romeo konnte der Reverend deutlich zuordnen. Am Boden waren keine Abdrücke der Krallen zu sehen, denn jede Katze zog ihre Krallen beim Laufen ein. Der Abdruck der Pfote war rund und wies stark abgegrenzte Ballen auf.

Katzen waren nicht für die lange Strecke geboren, und das galt auch für Romeo. Anfangs hatte er noch einen ordentlichen Spurt hingelegt, war mit großen Galoppsprüngen unterwegs gewesen. Dann hatte er in den Trab gewechselt, das erkannte der Reverend sofort. Romeo war aber immer noch schnell unterwegs gewesen, die Abdrücke seiner Pfoten waren immer noch weit auseinander. Sie sahen aus wie an einer Schnur aufgefädelt, die Hinterpfote trat bei der Flucht genau in den Abdruck der jeweils diagonalen Vorderpfote. Der Abdruck der Hundepfote war fast doppelt so groß. Und bei einem Gewicht von etwa 50 Kilogramm auch sehr deutlich auf dem Boden zu erkennen. Der Rottweiler war im vollen Galopp unterwegs gewesen.

Aber mit der Zeit wurde auch bei seiner Spur der Abstand der Pfoten geringer. Und aus dem Galopp wurde Trab. Und aus dem Trab wurde Schritt. Bei beiden Tieren. Was hatte das zu bedeuten? Der Reverend wusste es nicht.

Schlechtes Katzengedächtnis »Die Pfoten bitte vor der Tür abtreten!« Inge saß wie jeden Tag am Empfangstisch der Tierarztpraxis. Vor ihr stand Harold. Er war, wie ihn der Reverend gebeten hatte, direkt vom Fluss zur Tierarztpraxis gekommen. Seine Pfoten waren dreckig. Harold blickte zur Tür am Eingang. Das Glas fehlte. An der Wand entdeckte Harold einige Blutspitzer, Glasscherben lagen herum, aber ansonsten gab es keine Hinweise darauf, was hier geschehen war. Harold stieg durch den Türrahmen zurück nach draußen, kratzte ein bisschen am Pfotenabstreifer und kehrte wieder zum Empfang zurück.

»Haben Sie einen Termin? Wie ist Ihr Name«, fragte Inge.

»Harold«, seufzte er.

»Und was fehlt Ihnen?«, fragte Inge.

Harold ließ traurig seinen runden Kopf hängen. Erst als die weiße Birmakatze mit der dunklen Schnauze, dem dunklen Schwanz und den schwarz umrandeten Ohren mit sanfter, aber drängender Stimme ihre Frage wiederholte, nahm Harold auf dem Stuhl vor dem Empfangstisch Platz. Und fing an zu reden.

»Was mir fehlt? Die Freude am Leben. Ich wünsche mir nichts sehnlicher als den Tod. Aber ich schaffe es ja nicht einmal zu sterben. Niemand will mich überfahren. Kein Mensch scheint mich zu bemerken. Und auch die Katzen nehmen mich nicht wahr. Sie schenken mir keine Aufmerksamkeit.«

Inge hatte dem Kater nicht in Gänze zugehört. Sie war kurz eingeschlafen. Vor ihr saß ein gedrungener, muskulöser Kater, British Blue. Inge hatte ein ausgesprochen schlechtes Katzengedächtnis.

Inge hatte ein ausgesprochen schlechtes Katzengedächtnis.

»Wie ist Ihr Name?«, fragte sie Harold. »Haben Sie einen Termin?«

Ein weiteres Beweismittel Der junge Fotograf schlenderte demonstrativ gelangweilt die Straße entlang. Auf keinen Fall wollte er den Eindruck erwecken, als wäre er in Eile. Oder in Panik. Schließlich hatte er zwei Katzen in seiner Jacke. Und höchst brisante Fotos. Nach 50 Metern erreichte er die Tierarztpraxis. In der Eingangstür fehlte das Glas, aber darüber dachte er nicht weiter nach. Er hatte andere Sorgen.

Der junge Fotograf ging am Empfang vorbei, begrüßte Inge, die gerade mit einem grau-blauen Kater beschäftigt war. Er klopfte an das Büro von Doktor Katzenbeißer, betrat das Arbeitszimmer, holte Tiga und Paris aus seiner Jacke und setzte sie auf einen Stuhl ab. Doktor Katzenbeißer stand vor dem Schreibtisch. Vor ihr lag eine Straßenkarte von Katzenstadt. Ein Bauantrag. Eine Besitzurkunde. Ein Geldschein. Ein Notizbuch. Der junge Fotograf begrüßte die Tierärztin und legte Fotos zu den Beweismitteln. Fotos von Matula, angekettet an ein Heizungsrohr. Fotos von Matulas Pfote auf einem Baumstumpf, festgehalten von einer Männerhand. Fotos von dem Beil, das die Katzenpfote abtrennte. Fotos von einer Blutlache auf einem Baumstumpf. Fotos von einem Mann mit einem Beil in der Hand. Der Mann lachte.

Im Gleichschritt Bonnie und der Reverend gingen auf dem Feldweg weiter. Sie erreichten eine Abzweigung. Der Weg, der nach rechts abging, führte in die Stadt. Geradeaus ging es zur Müllhalde. Die Spuren am Boden waren eindeutig. Romeo war nicht abgebogen, sondern weiter geradeaus gelaufen. Und direkt neben ihm war ein Hund unterwegs gewesen. Seite an Seite. Schritt für Schritt. Bonnie und der Reverend gingen weiter. Von der Müllhalde war lautes Gegröle zu hören. Dort schien eine Party in Gang zu sein. Aus der Ferne konnten Bonnie und der Reverend sehen, wie sich von der anderen Seite zwei Katzen dem Eingang der Müllhalde näherten. Ballhaus und Bandini.

Das Jaulen eines Hundes Bandini und Ballhaus blieben am Eingang zur Müllhalde stehen. War Alfa hier? Auf der Müllhalde wurde eine Party gefeiert. Das Gegröle wurde lauter. Sie hörten ein Jaulen. Das Jaulen eines Hundes.

Sie betraten die Müllhalde.

Voller Dreck Bonnie und der Reverend liefen zu Bandini, die mitten auf der Müllhalde stand. Bandini betrachtete die Essensreste auf dem ausrangierten Sideboard. Eine abgenagte Schinkenkeule, der skelettierte Kopf einer Forelle, bei dem sogar die Augen herausgekratzt und vermutlich gefressen worden waren. Ballhaus untersuchte ein mit Senf und Ketchup verschmiertes Brötchen, auf dem noch einzelne Krümel Hackfleisch lagen. Das große Fressen war bereits abgeschlossen. Madonna stand hinter einem Plattenspieler und legte ihre Lieblingsscheiben auf. Zeckie, Gurke, Krätze und Onassis sprangen im Rhythmus umher, schmissen sich in den Dreck und lachten dabei. Bandini war überrascht, dass sie in der Gruppe auch Alfa und Romeo entdeckte. Voller Dreck. Voller Begeisterung. Und mitten unter den Katzen den Rottweiler. Er tanzte ebenfalls. Und jaulte im Wind.

Die Frage nach dem Sinn Spinoza stand wie immer vor seinem Bücherregal. Vor ihm aufgeschlagen lag ein philosophisches Standardwerk. »Wir müssen Fragen stellen, wenn die Zeiten fragwürdig sind«, las er vor. Bandini, Ballhaus, Bonnie und der Reverend grüßten ihn. Spinoza drehte sich nicht um. Der Kater blätterte einfach weiter in seinem Buch.

»Was macht der Rottweiler auf eurer Party?«, fragte Bandini.

»Unerträglichen Lärm, würde ich sagen«, antwortete Spinoza ausnahmsweise vollkommen verständlich. Dann zitierte er wieder aus dem vor ihm liegenden Buch: »Wir müssen Antworten finden, wenn die Zeit uns Fragen stellt.«

Verdammte Hundepimmelkacke »Spinoza«, wandte sich Bandini an den Anführer der Müllhalde-Katzen, »wir müssen mit dir reden.«

Spinoza blickte nicht von seinem Buch auf.

»Die Lage ist ernst. Sehr ernst.«

Spinoza las weiter.

»Sie wollen uns aus Katzenstadt jagen«, sagte Bandini. »Uns alle. Die alleinstehenden Katzen. Die Katzen aus dem Schlosspark. Die Katzen aus der Bücherei. Die Katzen aus der Pension. Uns Katzen aus der Katzenfutterfabrik. Und auch die Müllhalde soll platt gemacht werden.«

Spinoza drehte sich langsam um. Er sagte nichts, forderte Bandini aber mit einer ungeduldigen Geste auf, etwas zügiger zu berichten. Bandini erzählte Spinoza alles, was sie zu den schlimmen Ereignissen in Katzenstadt herausgefunden hatten. Und was die mächtigen Männer mit Katzenstadt vorhatten.

»Auf dem Gelände der Müllhalde wollen sie ein Katzengefängnis errichten. Mit Wachturm. Und Suchscheinwerfern«, sagte Bandini.

Spinoza schwieg. Er drehte sich um und blätterte wieder in seinem Buch. Seite für Seite, ohne darin zu lesen. Einen langen Moment hielt er inne. »Verdammte Hundepimmelkacke«, fluchte er. Dann schlug er voller Zorn das Buch zu. Er wandte sich zu Bandini und den anderen um. »Wir müssen was tun.«

»Wir haben nicht mehr viel Zeit«, sagte Bandini. »Renfield hält gleich eine Katzenversammlung ab. Da müsst ihr dabei sein. Am besten ihr kommt jetzt gleich mit uns mit. Wir müssen vorher nur die anderen von der Tierarztpraxis holen.«

Damit kriegen wir ihn Doktor Katzenbeißer sah sich die Fotos genauer an, die ihr der junge Fotograf auf den Schreibtisch gelegt hatte. »Ich muss deinen Vater wegen Tierquälerei anzeigen. Ich hoffe, du nimmst mir das nicht übel«, sagte sie zu ihrem früheren Praktikanten.

Der junge Fotograf musste kurz schlucken. »Ich bin dir sogar dankbar, dass ich es nicht selbst tun muss«, sagte er dann. Sein Vater musste aufgehalten werden, bevor er noch mehr Unheil anrichtete.

»*Verdammte Hundepimmelkacke*«, *fluchte Spinoza.*

Die Tierärztin zog ihren Mantel an und verließ die Praxis, um auf direktem Weg zur Polizeistation zu gehen. Auch der junge Fotograf musste noch einmal los. Er musste nach Hause, seine Kamera holen. Er konnte das Verbrechen seines Vaters nicht ungeschehen machen. Aber er konnte Fotos von Matula machen. Schöne Fotos.

Die Fahndung läuft »Die Fahndung läuft«, sagte der Kommissar, der die Anzeige aufgenommen hatte. »Aus der Nummer mit der Tierquälerei wird der Herr Privatbankier nicht herauskommen. Bis zu drei Jahre Haft wird man ihm dafür aufbrummen.« Die Tierärztin nickte kurz. Freuen konnte sie sich nicht. Dafür war die ganze Angelegenheit zu ernst. Es war nicht immer leicht, sich für Gerechtigkeit einzusetzen. Aber wichtig.

Doktor Katzenbeißer überlegte kurz. »Können Sie etwas dagegen tun, dass ein Mann seine Hunde auf die Katzen hetzt?«, fragte sie.

»Haben Sie dafür Beweise?«, fragte der Kommissar zurück. »Eine solche Anschuldigung ist keine Kleinigkeit.«

Unangenehmer Geruch Es roch streng, seit Spinoza, Gurke, Zeckie, Krätze, Madonna und Onassis die Tierarztpraxis betreten hatten.

Inge räusperte sich empört. »Das hier ist keine Trinkhalle«, sagte sie bestimmt.

Zeckie rülpste. Krätze, die nach dem Tanz auf der Müllhalde besonders verdreckt war, kratzte sich mit der Hinterpfote am Hals und verteilte kleine Lehmklumpen im ganzen Raum. Nach den Müllhalde-Katzen kam auch noch ein Rottweiler in die Tierarztpraxis, Seite an Seite mit Romeo. Inge rang um Fassung. Irgendwas stimmte hier nicht. Sie musste alleine mit der Situation zurechtkommen, Doktor Katzenbeißer hatte vor wenigen Minuten die Praxis verlassen.

In diesem Moment betrat Bandini die Tierarztpraxis. »Nur mit der Ruhe, Inge«, sagte Bandini. »Sie gehören alle zu uns.«

Inge schaute irritiert die Katze an, die gerade hereingekommen war.

»Kennen wir uns?«, fragte sie.

»Inge, ich bin es, Bandini«, antwortete die Schildpatt-Katze.

»Bandini? Ein schöner Name«, sagte Inge.

Auf der richtigen Seite Tiga trampelte vom Büro aus in den Gang, als sie Bandini im Gespräch mit Inge hörte. »Mehr Anmut, weniger Elefant«, rief Paris der kleinen Katze hinterher. Bandini war ein Stück weit erleichtert. Wie hatte sie nur denken können, Paris stünde auf der Seite des Bösen? Paris war einfach mit jeder Faser ihres Katzenkörpers Model. Mehr nicht.

Wie frisch gewaschen Banks war verzweifelt. Er hatte nicht gut aufgepasst auf die kleine getigerte Katze. Tiga stand unter seinem Schutz. Er konnte den Schweiß ihrer Pfoten in der Ballettschule riechen. Aber hier war sie nicht. Banks suchte im Treppenhaus. Auch hier konnte er eine Spur von Tiga aufnehmen. Allerdings nur schwach. Und etwas war seltsam. Der Schweißgeruch war verschwunden.

Stattdessen nahm Banks einen intensiven Geruch nach frisch gewaschener Wäsche wahr. Mit einer Duftnote aus Rose, Maiglöckchen, Schwertlilie – und Tiga.

Banks folgte dem Blumenaroma. Er kam am Kiosk vorbei, Renfield lag wie immer vor dem ehemaligen Verkaufsfenster.

»Hast du Tiga gesehen?«, fragte Banks den zotteligen Kater.

»Sie steckte in der Jacke«, antwortete Renfield.

»Warum steckte sie in einer Jacke?«, fragte Banks.

Aber Renfield antwortete nicht. Er war eingeschlafen.

»Wir haben uns schon Sorgen gemacht« Niedergeschlagen schlich Banks zur Tierarztpraxis zurück. Vor dem Eingang saß Bonnie, die Banks zur Eile mahnte.

»Mach schnell«, sagte sie. »Es sind schon alle da.«

Banks lief schneller. »Alle?«, fragte er aufgeregt und sprang durch den Türrahmen. Als Tiga Banks sah, marschierte sie mit vorwurfsvollem Blick auf ihn zu.

»Da bist du ja endlich«, sagte Tiga zu ihm. »Wir haben uns schon Sorgen gemacht.«

Abmarsch Bandini mahnte zum Aufbruch. »Wir müssen los zur großen Katzenversammlung«, sagte sie. »Renfield wartet nicht gerne.«

Nur Matula und der Dobermann Als Doktor Katzenbeißer in die Praxis zurückkehrte, war alles still. Ein beißender Geruch lag in der Luft. Alle Katzen waren verschwunden. Selbst Inge. Nur Matula und der Dobermann dösten noch in ihren Käfigen. Doktor Katzenbeißer nahm Matula vorsichtig auf den Arm, legte ihn auf den Behandlungstisch und wickelte sanft die dicke Bandage von seiner Vorderpfote. Zeit für die Bewegungstherapie. Zeit für die Massage.

Glatter Schnitt Doktor Katzenbeißer streichelte Matula beruhigend, kraulte ihm den Nacken. Der junge Fotograf kam ins Behandlungszimmer. Er hatte seine Kamera um den Hals hängen. Als er Matulas angenähte Pfote sah, wurde ihm ganz flau im Magen. Wieder sah er die Bilder vor sich, die er vor nicht einmal einer Stunde entdeckt hatte. Der Kater, angekettet an ein Heizungsrohr. Das Beil. Der Baumstumpf. Die abgeschlagene Pfote. Die Blutlache. Der Blick seines Vaters. Den Ausdruck in seinen Augen würde er wohl nie vergessen können. Der junge Fotograf schämte sich für seinen Vater.

»Wird Matula wieder gesund?«, fragte er die Tierärztin.

»Ich hoffe«, antwortete Doktor Katzenbeißer, »ich habe es den Katzen versprochen. Ich habe darüber nachgedacht, ob eine Orthese vielleicht die bessere Lösung gewesen wäre. Aber der Schnitt war glatt, die Chancen stehen also gut.«

Erleichtert atmete der junge Fotograf auf. »Was hat die Polizei gesagt?«, fragte er die Tierärztin.

»Dein Vater ist zur Fahndung ausgeschrieben«, antwortete Doktor Katzenbeißer.

31 Katzen und 1 Rottweiler Nur einen Katzensprung von der Tierarztpraxis entfernt lag Renfield vor dem Verkaufsfenster des alten Kiosks. 31 Katzen saßen am Boden vor dem Kiosk und starrten ihn an. 31 Katzen und ein Rottweiler. Alle warteten gespannt auf seine Ansprache. Renfield war aufgeregt, das merkten die Katzen. Er herrschte eine gespannte Stille. Der zottelige alte Kater hatte noch mehr Falten als sonst in seinem Knautschgesicht. Dann richtete Renfield sich auf. Trotz seines hohen Alters. Er stellte sich auf seine Hinterbeine.

Revier markieren? Renfield räusperte sich kurz, dann begann er, heiser zu sprechen. »Katzenstadt ist in großer Gefahr«, sagte er. »Es geschehen schlimme Dinge. Im Park. In der Fabrik. Auf der Müllhalde. In der Bank.«

Die Katzen und der Rottweiler rückten näher an den Kiosk heran, um den alten Kater besser verstehen zu können.

»Was haben diese Leute vor?«, fragte Renfield. Er musste tief Luft holen, bevor er weitersprechen konnte. »Warum bauen sie in unserem Park ein Hundeinternat?« Renfield machte eine Kunstpause. Dann gab er selbst die Antwort. »Weil sie schlecht sind!«, sagte er.

31 Katzen nickten eifrig. Murphy rutschte unruhig hin und her. Der Rottweiler fühlte sich nicht wohl in dieser Situation.

Renfield sprach weiter. »Warum stehlen sie uns unsere Katzenfutterfabrik?« Renfield wartete wieder einen Augenblick, bevor er weitersprach. »Weil sie schlecht sind!«

Unter den Katzen keimte Wut auf. Einige Katzen fauchten und stellten ihr Rückenfell auf. Renfield musste sich setzen und einen Schluck Regenwasser trinken, das sich im Geldteller gesammelt hatte. Einem Werbegeschenk der Privatbank.

Renfield richtete sich wieder auf. »Warum drucken sie

Geldscheine mit einem Hundekopf?« Renfield schaute die Katzen eindringlich an. »Weil sie nicht einmal wissen, wie man anständig ein Revier markiert!«, empörte er sich.

Nicht mal ein Revier markieren können sie? Die Katzen tuschelten.

Renfield mahnte zur Ruhe. Er ballte seine rechte Vorderpfote zu einer Faust. »Warum wollen sie ein Katzengefängnis bauen?«, fragte er.

31 Katzen maunzten erschrocken auf.

Renfield rang nach Luft. »Weil sie uns um unsere Freiheit beneiden«, sagte er mit aufgebrachter Stimme. »Sie wollen uns vertreiben. Sie wollen uns einsperren. Weil sie unsere Freiheit nicht ertragen.«

Renfield musste eine kurze Pause machen. Er war erschöpft. Er war in Sorge. Und er spürte unfassbaren Zorn in sich. Sein Puls raste, so groß war seine Entrüstung. Renfield war die älteste Katze in Katzenstadt. Er musste auf sein Herz achten. Der alte Kater setzte sich erneut und nahm einen Schluck Wasser aus dem Geldteller.

Er erhob sich wieder, musste sich aber am Verkaufsfenster abstützen. »Sie wollen eine Hundestadt. Weil Hunde mehr Geld bringen. Weil Hunde das tun, was sie von ihnen verlangen«, sagte er mit letzter Kraft. »Unsere Freiheit ist in Gefahr. Katzenstadt ist in Gefahr.« Renfield musste sich setzen.

»Du gehörst zu uns« Murphy lauschte aufmerksam Renfields Rede. Er konnte verstehen, was den alten Kater antrieb. Was die Katzen aufwühlte. Dennoch fühlte er sich nicht wohl in seiner Hundehaut. Er schaute betroffen und strich sich verschämt mit der Pfote über die Nase. Romeo stupste den Rottweiler aufmunternd an. »Murphy, du gehörst zu uns.«

Vielleicht Renfield schaute in die Menge. Er blickte in erschrockene Katzengesichter. 31 Augenpaare starrten ihn entsetzt an. Nur der Hund wendete sich betroffen ab. »Das Ende von Katzenstadt ist nah«, raunte Renfield schließlich mit gesenkter Stimme und alle rutschen noch ein bisschen näher an den Kater heran. »Aber vielleicht«, sagte Renfield etwas lauter, »vielleicht ist es noch nicht zu spät.«

Renfield sah zu Bandini hinunter, die offenbar etwas Wichtiges mit Bonnie zu besprechen hatte. Die Schildpatt-Katze und ihre Schwester, so hoffte Renfield, könnten mit ihrer Waghalsigkeit und ihrer Schläue Katzenstadt noch retten. Vielleicht.

»Was können wir nur tun?« Die Katzen waren aufgebracht. Sie murrten. Sie raunzten. Einige Katzen liefen fahrig hin und her. Es wurde getuschelt unter den Katzen. Renfield konnte einzelne Kommentare aufschnappen.

»Das lassen wir uns nicht gefallen.«

»Das ist unsere Stadt.«

»Wir lassen uns nicht vertreiben.«

»Denen werden wir es zeigen.«

»Wir müssen uns wehren, bevor es zu spät ist.«

Als sich die Katzen ein wenig beruhigt hatten, setzte sich Alfa an den Rand des Kiosks. Besorgt blickte sie zu dem zotteligen Kater hinauf. »Aber Renfield, was können wir nur tun?«, fragte sie.

Ungehalten und erbost »Das ist in der Tat die Frage, die wir uns alle stellen müssen«, erwiderte Renfield. »Doch zunächst müssen wir die Situation im Ganzen betrachten. Wen müssen wir fürchten? Es sind vier Männer und drei …« – Renfield blickte auf Murphy – »… nein, zwei Hunde. Aber vor den Hunden brauchen wir im Moment keine Angst mehr haben.«

Murphy suchte die Fläche vor dem Kiosk nach einem Versteck ab, in dem er sich verkriechen konnte.

»Bleiben noch die Männer«, sagte Renfield. »Es gibt einen Investor. Der steckt vermutlich hinter all den niederträchtigen Plänen. Aber verdammt, wir kommen nicht an ihn ran. Wir wissen weder, wie er heißt, noch, wie er aussieht und wo wir ihn finden können.«

Renfield schlug ungehalten mit der Pfote gegen das Verkaufsfenster. Die Katzen fauchten.

»Einer, der uns allen bekannt ist, ist der Chef der Privatbank, ein gefährlicher Mann«, sagte Renfield. »Er tut alles, was der Investor von ihm verlangt. Er ist zu allem bereit, nur um seine Bank zu retten.«

Renfield stampfte erbost auf. Die Katzen fauchten.

Einer weniger »Der Mann von der Bank ist weg«, rief Tiga erregt. Sie kam nach vorne gestürmt, um zu Renfield ins Verkaufsfenster zu springen. Aber sie hatte ihre Sprungkraft überschätzt. Mit eingekrallten Vorderpfoten baumelte sie am Tresen und ruderte mit dem Schwanz. Banks wollte ihr zu Hilfe eilen. Aber Tiga schaffte es, sich mit der Hinterpfote auf dem alten Abfalleimer abzustützen. Sie zog sich hoch und setzte sich zu Renfield. Sie musste kurz durchschnaufen. »Doktor Katzenbeißer war bei der Polizei«, sagte sie dann. »Der Chef der Privatbank hat Matula die Pfote abgehackt. Jetzt ist er auf der Flucht. Er wird wegen Tierquälerei gesucht.«

Schlichter Verstand »Das sind sehr gute Nachrichten, Tiga«, sagte Renfield. »Um den Chef der Privatbank kümmert sich jetzt also die Polizei.« Renfield holte Luft. »Bleiben noch zwei. Da wäre noch der Ortsvorsteher. Er ist auch übel in die Sache verstrickt. Ein beispielloser Opportunist.«

Die Katzen fauchten.

»Kommen wir zum vierten Mann. Der Glatzkopf ist der Handlanger der drei anderen. Ein widerliches Subjekt. Der Chef der Privatbank hat ihn engagiert, um uns alle aus Katzenstadt zu jagen. Weil der Glatzkopf so brutal ist.«

Renfield machte eine kurze Pause.

»Aber eines hat der Chef der Privatbank nicht bedacht.«

Die Katzen blickten den alten Kater erwartungsvoll an.

»Der Glatzkopf verfügt nur über einen äußerst schlichten Verstand.«

Ratlos Renfield gähnte, bevor er weitersprach. »Kommen wir zurück zu der alles entscheidenden Frage: Was können wir tun?«

31 Katzen und ein Hund blickten Renfield erwartungsvoll an.

»Ich weiß es nicht«, sagte der alte Kater erschöpft.

Erschrocken Renfield musste sich hinlegen. Er schloss kurz die Augen. Die Rede hatte ihn angestrengt. 31 Katzen und ein Hund sahen entsetzt zu Renfield hoch. Wenn Renfield nicht wusste, was zu tun war, wer konnte ihnen dann noch helfen? Renfield gähnte. Dann sah er in die Menge. »Aber eine von uns weiß, was wir zu tun haben«, sagte Renfield, »Bandini.«

Es ist wahr Bandini sprang zu Renfield und Tiga auf den Tresen. Sie stellte sich auf die Hinterpfoten. Dann sprach sie zu den Katzen.

»Wir müssen den Glatzkopf loswerden«, sagte Bandini. »Heute noch. Die Gelegenheit ist gut.«

Alle Blicke wandten sich ihr zu.

»Der Glatzkopf ist gewalttätig. Roh. Skrupellos.«

Sorgenvolle Stille machte sich breit.

»Und es ist wahr«, sagte Bandini, »der Glatzkopf ist grottendoof.«

Die Katzen lachten.

»Wir haben etwas, das ihm gehört« Bandini wartete, bis sich die Katzen wieder beruhigt hatten. Erst dann sprach sie weiter. »Es gibt etwas, das der Glatzkopf gar nicht leiden kann«, sagte Bandini. »Wenn er etwas nicht bekommen kann! Noch weniger mag er es, wenn man ihm etwas wegnimmt!«

Die Katzen blickten Bandini fragend an.

»Wir haben etwas, das ihm gehört«, sagte Bandini und drehte ihren Kopf langsam in Richtung Murphy. »Wir haben seinen Hund.«

Der Rottweiler erstarrte vor Angst. Romeo leckte ihm beruhigend das Ohr ab. Auch Bandini zwinkerte Murphy aufmunternd zu. Die Schildpatt-Katze lenkte die Aufmerksamkeit wieder auf sich.

»Bonnie und ich haben einen Plan«, erklärte sie. »Wir können den Glatzkopf mit seinen eigenen Mitteln schlagen.«

Die Katzen miauten begeistert.

Nichts zu verlieren Die Katzen hatten großes Vertrauen in Bandini und ihre Schwester Bonnie. Sie waren scharfsinnig. Schlau. Und verlässlich. Das hatten sie schon mehrmals bewiesen. Die meisten Katzen waren zuversichtlich. Sie würden es mit dem Glatzkopf aufnehmen können. Nur Spike hatte Zweifel.

»Sollen wir uns wirklich mit dem Glatzkopf anlegen?«, fragte er skeptisch. »Stacheln wir ihn damit nicht erst an, noch grausamer zu sein?«

Bandini sah Spike an. »Du hast recht, Spike. Wir müssen vorsichtig sein«, sagte Bandini. »Aber wir haben nichts zu verlieren. Du musst eines beachten: Der Glatzkopf hat den Auftrag, uns zu vertreiben, ob wir uns wehren oder nicht. Wenn wir uns wehren, haben wir wenigstens eine Chance.«

Zusammenhalten »Renfield, was meinst du?«, fragte Spike. »Sollen wir es auf einen Kampf mit dem Glatzkopf ankommen lassen?«

Renfield setzte sich auf und räusperte sich. »Ich bin zu alt für ein solches Unterfangen«, sprach der zottelige, alte Kater zu den Katzen. »Aber ihr alle könnt Katzenstadt retten, wenn ihr zusammenhaltet.«

Die Katzen nickten zustimmend.

Das Versprechen »Wir müssen uns beeilen, damit wir noch alles vorbereiten können«, sagte Bandini. »Und ich verspreche euch: Wenn wir uns gemeinsam gegen ihn stellen, hat der Glatzkopf keine Chance. Dann wird er den heutigen Abend niemals vergessen.«

Paris für alle Als Erstes rief Bandini Paris zu sich.

»Paris, du bist häufig alleine unterwegs. Aber heute braucht dich die Gemeinschaft. Bitte lauf los und suche den jungen Fotografen«, forderte Bandini sie auf. »Und wenn du ihn gefunden hast, bring ihn zur Müllhalde. Aber achte darauf, dass er seine Kamera dabeihat. Das ist sehr wichtig.«

Wichtigster Helfer »Harold!«, rief Bandini.

Ungläubig trat der gedrungene British-Blue-Kater nach vorne.

»Harold, du kommst mit mir. Du bist mein wichtigster Helfer«, sagte Bandini. »Alles Weitere wirst du später erfahren.«

Wichtigster Helfer? Harold konnte nicht glauben, was er gerade gehört hatte. Schon lange war er nicht mehr für irgendjemanden wichtig gewesen.

Unbemerkt »Spike!«, rief Bandini. »Ich weiß, du hast noch Zweifel. Aber ohne dich werden wir es nicht schaffen.«

Spike sah Bandini neugierig an.

»Auch du wirst zunächst mit mir kommen«, sagte Bandini. »Du musst etwas sehr Wichtiges zur Müllhalde bringen. Niemand darf dich dabei sehen.«

Bandini wusste, dass Spike der richtige Kater für diese Aufgabe war. Er war von allen Katzen die vorsichtigste. Und trotzdem fehlte es ihm keineswegs an Wagemut.

Aufpasser »Reverend! Ballhaus!«, rief Bandini. Ihr seid auch bei mir im Team. Die beiden Kater setzten sich aufrecht hin. »Ihr müsst darauf achten, dass am Anfang alles glatt läuft. Der Anfang wird entscheidend sein.«

Der Plan war nicht ungefährlich, dass wusste die Schildpatt-Katze. Dennoch war Bandini zuversichtlich. Sie hatte den besten Aufpasser an ihrer Seite.

Aufbegehren Bandini war mit der Verteilung der Aufgaben noch nicht am Ende. Die Katzen, die noch nicht wussten, was sie beitragen sollten, miauten aufgeregt in die Menge.

Bandini bat um Aufmerksamkeit. »Murphy«, sagte sie dann.

Der Rottweiler blickte Bandini fragend an.

»Alles steht und fällt mit dir«, sagte Bandini. »Bist du bereit, dich gegen dein ehemaliges Herrchen zu erheben? Du musst dich entscheiden. Jetzt. Noch können wir zurück.«

Murphy suchte Romeos Blick. Der Kater nickte dem Rottweiler aufmunternd zu. »Ich helfe euch«, sagte Murphy schließlich. »Ihr seid meine Freunde.«

Bandini atmete durch. Ohne Murphy wäre ihr Plan gescheitert. Schon bevor sie überhaupt angefangen hätten. »Danke Murphy, das werden wir dir nie vergessen«, sagte sie. »Du wirst mit Bonnie zur Müllhalde gehen.«

Alle anderen »Alle anderen«, entschied Bandini, »werden Bonnie und Murphy zur Müllhalde begleiten.« Wieder keimte Unruhe unter den Katzen auf. Bandini spürte die Anspannung. »Wir brauchen euch alle«, versprach sie, »jede Katze hat eine wichtige Aufgabe. Bonnie wird euch weitere Instruktionen geben, sobald ihr vor Ort seid.«

Harold wird gebraucht Harold war außer sich vor Freude. Es war lange her, dass ihn jemand gebraucht hatte. Zuletzt vor vier Jahren, um genau zu sein. Bevor sein Herrchen Katzenstadt verlassen hatte. Deswegen hatte Harold seinen Ohren nicht getraut, als Bandini während der Versammlung am Kiosk sagte, ihn brauche sie am dringendsten.

Was konnte er schon beitragen bei einer so wichtigen Mission? In einer so schwierigen Lage? Aber als Bandini ihn nach ihrer Rede zu sich rief, waren seine Zweifel verschwunden. Er wurde wirklich gebraucht. Auch wenn Bandini ihm immer noch nicht verraten hatte, was er tun sollte.

Tomatenketchup. Und ein Spiegel Renfield blieb beim Kiosk. Paris war schon unterwegs, um den jungen Fotografen zu holen. Bonnie, 24 Katzen und ein Rottweiler zogen in Richtung Müllhalde. Sie würden dem Glatzkopf, so viel hatte sich mittlerweile herumgesprochen, einen Empfang bereiten, den er nie wieder vergessen würde. Und dafür mussten sie noch ein paar Dinge auf der Müllhalde zusammensuchen. Tomatenketchup zum Beispiel. Und einen möglichst großen Spiegel. Auch das ausrangierte Polizeiauto musste einsatzfähig werden. Darum sollte sich Madonna kümmern.

Harolds Schätze Bandini ging in ihren Gedanken noch einmal den ganzen Plan durch. Konnte das wirklich gut gehen? Sie überprüfte jedes Detail. Konzentrierte sich, um mögliche Fehler zu vermeiden. Sie sprach den ganzen Weg bis zum Laden des Tierpräparators kein Wort. Auch Spike, der Reverend und Ballhaus sagten nichts. Selbst Harold blieb still, auch wenn er die Spannung kaum ertragen konnte. Was hatte Bandini vor? Warum hatte sie ihn ausgewählt? Und warum gingen sie jetzt auf seinen Laden zu? Als sie auf Höhe des Schaufensters des Tierpräparators waren, hielt Bandini an.

»Harold, führe uns bitte in dein Lager«, sagte sie.

Harold bat die Katzen in seinen Laden. Stolz lief er vor ihnen die Kellertreppe hinunter. Um ihnen dort seine Schätze zu zeigen.

Ein Doberdackel. Eine Schäferdogge. Ein Pinschinese Harold hätte den Katzen gerne Regal für Regal erklärt, was er gelagert hatte. Aber Bandini lief einfach an den Exponaten im vorderen Bereich des Kellers vorbei. Hamsterohren, Biberschnauzen, der Schweif eines Eichhörnchens. All das brauchten sie nicht. Bandini suchte etwas anderes. Erst bei dem Regal mit Hundepfoten blieb Bandini stehen. Pinscher, Windhund, Golden Retriever, Schäferhund, Dobermann. Alles vorrätig. Und Rottweiler war auch noch genügend da.

Auch das ausrangierte Polizeiauto musste einsatzfähig werden.

»Warum lagerst du eigentlich all die Hundepfoten separat«, fragte der Reverend.

»Ein Spleen von Hundebesitzern«, antwortete Harold knapp.

»Ein Spleen?«, hakte der Reverend nach.

»Es gab Zeiten, da war die Nachfrage gewaltig«, sagte Harold.

»Nach Hundepfoten?« Der Reverend konnte mit den bisherigen Antworten nichts anfangen.

»Nicht nach einzelnen Hundepfoten«, antwortete Harold ungeduldig. »Hast du noch nie etwas von Wolpertingern gehört? Ein Fabelwesen, ein Feldhase mit Entenflügeln und Hirschgeweih etwa. Oder ein Wolf mit Rehbeinen und Flügeln des Adlers.«

Erst bei dem Regal mit den Hundepfoten blieb Bandini stehen.

Der Reverend schaute irritiert. »Und was hat das jetzt mit den Hundepfoten zu tun?«, fragte er.

»Hundefreunde aus aller Welt bestellten häufig eine spezielle Form des Wolpertingers, einen Hundinger«, antwortete Harold. »Einen Doberdackel etwa, einen Dobermann mit Dackelpfoten. Oder einen Bullspitzsetter mit spitzer Schnauze, Schlappohren und Stummelschwänzchen. Eine Schäferdogge. Einen Windhardiner. Einen Pinschinesen.«

Der Reverend verdrehte die Augen.

»Damit haben wir das meiste Geld verdient«, sagte Harold.

Schwarzes Fell, nach unten leicht rötlich »Zeig mir bitte alle Rottweiler-Pfoten, die du hast«, forderte Bandini

Harold auf. In einer Stunde war Sonnenuntergang. Sie mussten sich beeilen. »Wir brauchen zwei rechte Vorderpfoten«, sagte sie. »Schwarzes Fell, das nach unten leicht rötlich wird.«

Fehlende Beachtung Paris hatte den jungen Fotografen schnell gefunden. In der Tierarztpraxis. Im Behandlungszimmer. Sie strich um seine Beine, stupste ihn an. Aber der Fotograf beachtete sie nicht. Das war die Model-Katze nicht gewohnt. Mit einem Satz sprang Paris auf den Behandlungstisch. Und begriff, warum der junge Fotograf nicht auf ihre Annäherungsversuche reagierte. Er assistierte Doktor Katzenbeißer bei Matulas Bewegungstherapie. Er hielt Matulas Vorderlauf, während Doktor Katzenbeißer dem Kater half, vorsichtig die Pfote zu bewegen. Eine wichtige Aufgabe. Matula sollte schließlich wieder laufen können. Aber Paris hatte den Eindruck, dass die Tierärztin auch ohne die Mithilfe des jungen Fotografen zurechtkäme. Paris ging zu Doktor Katzenbeißer und stupste sie leicht in die Seite. Dann blickte sie zum Fotografen.

»Ich glaube, du musst dich um deine Katze kümmern«, sagte Doktor Katzenbeißer. »Ich bekomme das hier schon hin.«

Paris nickte zustimmend. Sie sprang auf den Stuhl, auf dem der junge Fotograf seine Kamera abgelegt hatte. Sie nahm den Trägerriemen ins Maul. Zerrte daran. Der junge Fotograf verstand. Er schnappte sich seinen Fotoapparat und folgte Paris, die eilig aus der Praxis in Richtung Müllhalde lief.

Liegeübungen Bonnie gab den Katzen auf der Müllhalde Instruktionen. Sie gab die Anweisungen so weiter, wie sie es mit Bandini besprochen hatte. Madonna inspizierte den ausgeschlachteten Polizeiwagen und überprüfte die Technik. Dolly, Hingsen und Harmony suchten auf dem Müllplatz nach Tomatenketchup. Sie fanden eine halb volle Zehn-Liter-Dose aus dem Diner und zusätzlich ein paar Tuben, die noch nicht ganz eingetrocknet waren. Hingsen sollte das Ketchup zu Alfa und Romeo bringen. Er rollte die Dose mit den Vorderpfoten über die alte Müllhalde. Dolly und Harmony folgten mit den Tuben im Maul.

Alfa und Romeo waren unweit des Eingangs zur Müllhalde, in der Nähe von Spinozas Bücherregal, dem Sofa und dem Polizeiauto beschäftigt. Sie mussten Murphy auf seinen großen Auftritt vorbereiten.

»Murphy, man sieht noch deine rechte Vorderpfote«, sagte Romeo.

Murphy stand auf und legte sich ein weiteres Mal auf den Boden. Er achtete diesmal noch genauer auf seine Beinhaltung.

»Sehr gut, Murphy«, sagte Alfa. »Aber du musst mehr leiden. Du bist halb tot, vergiss das nicht.«

Murphy schloss die Augen. Er senkte die Schnauze. Konzentrierte sich auf den Schmerz, den der spitze Stein verursachte, der in seinen Bauch drückte.

»Grandios, Murphy!«, lobte Romeo den leidenden Blick des Rottweilers. »Aber nicht übertreiben.«

Sturzflug Spike blickte die Straße entlang, bevor er den Laden des Tierpräparators verließ. Erst als er sicher war,

„Murphy hatte nicht gedacht, dass es so schwierig sein könnte, eine längere Zeit auf der rechten Vorderpfote zu liegen."

dass niemand unterwegs war, trat er aus der Tür. Er sollte auf schnellstem Weg zur Müllhalde laufen. Ohne dass ihn jemand sah. So lautete Bandinis Auftrag. Und natürlich musste er die ausgewählte Rottweiler-Pfote unbeschadet bei Bonnie abliefern. Spike lief die Meter bis zur Brücke versteckt im Gebüsch. Er blieb geradeaus auf dem Feldweg. Hier war die Gefahr, entdeckt zu werden, am geringsten.

Spike beeilte sich. Er hatte die Befürchtung, dass doch noch etwas schiefgehen könnte. Von Weitem sah er schon die Müllhalde, als er sie plötzlich hörte. Raben. Sechs oder sieben. Die Raben kreischten aufgeregt. Über ihnen kreiste ein Habicht. Dann stürzte sich der Vogel in die Tiefe. Beschleunigte mit kräftigen Flügelschlägen. Hielt auf Spike zu. Wollte ihm die Hundepfote entreißen. Aber Spike war vorbereitet. Hielt die Pfote fest im Maul. Verpasste dem Habicht einen kurzen, aber schmerzhaften Hieb. Spike achtete nicht darauf, ob der Habicht einen zweiten Versuch wagen würde. Der Kater spurtete zur Müllhalde.

Trauerweide Am anderen Ende der Müllkippe hatten Mücke und Onassis einen Ankleidespiegel auf Rollen gefunden. Sie schoben ihn über den Schotter, um ihn Bonnie zu zeigen. Der Spiegel hatte einen Holzrahmen und bis auf einen kleinen Sprung im Glas keinen Makel. Bonnie begutachtete zufrieden ihren Fund. Sie beauftragte Mücke und Onassis, den Spiegel zur Trauerweide zu bringen und den Rahmen mit Blattwerk zu bedecken.

Schlechter Moment für Philosophen In der Zwischenzeit war Spike mit der Rottweiler-Pfote auf der Müllhalde eingetroffen. Er brachte sie zu Bonnie. Spinoza verfolgte das rege Treiben von seinem Bücherregal aus. Er blätterte in einem Buch, ohne zu lesen. Ihm fehlte die Muße, sich in eine philosophische Schrift zu vertiefen.

Das Spiel konnte beginnen Noch eine halbe Stunde bis Sonnenuntergang. Bandini stand auf dem Feldweg, 50 Meter vom Haus des Glatzkopfs entfernt. Sie versteckte sich hinter dem Cabrio, das mitten auf dem Weg abgestellt worden war. Der Glatzkopf hatte wohl einen platten Vorderreifen gefahren. Bandini hatte mit dem Reverend, Ballhaus und Harold den Fluchtweg besprochen. Die drei Katzen sollten von drei unterschiedlichen Positionen aus den Beginn der Verfolgung überwachen. Harold sollte, falls der Glatzkopf den Köder schluckte, zur Müllhalde laufen und den anderen Katzen Bescheid geben, dass sie sich bereit machen konnten. Der Reverend wiederum sollte die Tierärztin holen und sie zur Müllhalde führen, sobald Bandini seinen Posten passiert hätte. Nur Ballhaus würde Bandini mit einigem Abstand folgen und alles im Auge behalten. Bandini war nervös. Das Spiel konnte beginnen.

Großes Kino Alfa und Romeo hatten einen ganzen See aus Tomatenketchup angelegt. Vielleicht waren sie etwas zu großzügig gewesen. Aber es sollte ja auch ganz großes Kino werden. Sie baten Murphy, darin Platz zu nehmen. Der Rottweiler rümpfte angewidert die Schnauze, als er an der Tomatensauce schnupperte. Er hatte keine Lust auf ein Bad in dieser klebrigen Pampe.

»Muss das wirklich sein?«, fragte Murphy vorsichtig.

»Unbedingt«, antworte Alfa knapp.

Murphy schluckte. Romeo schaute seinen Hundefreund mitleidig an.

»Ich weiß, dass das eklig ist, Murphy. Aber es ist die einzige Chance, die wir gegen den Glatzkopf haben.«

Murphy bekam eine Gänsehaut, als er an den Glatzkopf dachte. Er hatte große Angst vor ihm. Aber er konnte seine Katzenfreunde auf keinen Fall im Stich lassen. Sie brauchten ihn. Vorsichtig stieg Murphy mit einer Pfote in die rote Sauce. Immerhin war sie nicht kalt. Er holte noch einmal tief Luft. Dann ließ er sich langsam in der stinkenden Pfütze nieder. Auf ihn würde es später ankommen. Zwei Mal.

Kraftlos Bandini legte die Hundepfote am Mauersockel des zweistöckigen Hauses am Waldrand ab. Sie war schon fast an der Haustür angekommen, als sie ein klägliches Wimmern von Katzen vernahm. Bandini hatte dieses Geräusch schon einmal gehört. Genau an dieser Stelle. Als sie vor ein paar Stunden mit den Unterlagen im Maul aus dem Haus des Glatzkopfs gestürmt war. Bandini sollte sich eigentlich an den Zeitplan halten, aber hier brauchte jemand Hilfe. Sie schlich zur Garage. Von dort kam das kraftlose Miauen. So leise. Fast ohne Leben.

Ausgehungert Ballhaus saß wie abgesprochen hinter dem Cabrio. Bandini gab dem Perserkater ein kurzes Zeichen, dass sich die Aktion etwas verzögern würde. Zunächst konnte sie nichts Auffallendes im Halbdunkel der Garage erkennen. Sie sah leer aus. In den Boden waren Holzbretter eingelassen. Unter sich hörte Bandini das leise Schluchzen von Katzen. Es mussten einige sein. Bandini krallte sich in das erste Brett ein und zog es zur Seite. Eine Treppe wurde sichtbar. Die Schildpatt-Katze stieg die Stufen hinunter. Am Ende des Schachts entdeckte sie einen Zwinger. Dort waren auf engstem Raum 15 Katzen eingesperrt. Schon mehrere Tage, vermutete Bandini. Es roch furchtbar.

Die Katzen sahen jämmerlich aus. Abgemagert bis auf die Knochen. Das Fell verfilzt und verklebt. Einige von ihnen hatten sich die Krallen blutig gekratzt beim Versuch, aus dem Zwinger zu entkommen. Ein verzweifelter Perserkater maunzte stumm vor sich hin. Er hatte keine Stimme mehr.

Mit letzter Kraft Der Zwinger war von außen mit einem Riegel versperrt. Für Bandini war es ein Leichtes, den Käfig zu öffnen. Die Katzen konnten sich kaum mehr auf den Beinen halten.

Erst als er ihn ansprach, erkannte Bandini einen alten Freund wieder. »Danke Bandini«, sagte Ajax, »das war Rettung in letzter Sekunde.« Ajax, ein Siam-Kater, war früher einer der stärksten Kater aus der Wohnsiedlung gewesen, aber jetzt war auch er nur mehr Fell und Knochen. »Schafft ihr es zu fliehen?«, fragte Bandini ihn.

»Wir müssen es schaffen, Bandini. Wir wollen überleben«, sagte der Kater.

Auf der Flucht Der Glatzkopf sah aus dem Küchenfenster. Er traute seinen Augen nicht. Er musste mit ansehen, wie mehr als zehn räudige Katzen den Feldweg entlangkrochen. Er kannte diese Tiere. Er hatte sie in der Garage eingesperrt. Wie hatten sie nur entkommen können? Der Glatzkopf fluchte. Wenn auch noch diese Viecher entkamen, hatte er kaum mehr etwas vorzuweisen. Er ging ins Nachbarzimmer, zu den Hundezwingern. Er wollte den Bullterrier holen und ihn auf die Katzen hetzen. Aber der Hund winselte. Klemmte seinen Schwanz ein. Und verkroch sich ängstlich im hintersten Eck seines Käfigs.

»Nutzloser Köter«, raunzte der Glatzkopf und trat gegen das Gitter.

Sturmläuten Bandini hörte im Inneren des Hauses einen Hund jaulen. Sie stand jetzt beim Glatzkopf vor der Eingangstür. Sie stellte sich auf die Hinterpfoten und drückte mit der rechten Vorderpfote auf die Klingel. Ohne Pause.

»Wer ist da?«, fragte der Glatzkopf genervt über die Videosprechanlage. Da klingelte jemand wie verrückt, aber vor der Tür war niemand.

Bandini nahm nach einer Weile ihre Pfote von der Klingel. Sie holte die Hundepfote, die sie zuvor an der Mauer um die Ecke abgelegt hatte. Sie setzte sich so in den Eingangsbereich, dass die Kamera sie erfassen konnte. Sie legte die Pfote direkt vor sich ab. Hielt ihren Kopf schräg. Starrte mit stechendem Blick in die Kamera.

Verdammt Es bewegte sich etwas. Der Glatzkopf ging näher an den Monitor heran. »Verdammt«, fluchte er, »die Bestie.« Vor der Haustür saß eine Katze. Eine Schildpattkatze.

Nach unten leicht rötlich Der Glatzkopf konnte seinen Blick nicht vom Bildschirm lösen. Das war doch nicht zu fassen. Vor der Tür saß dieselbe Katze, die nur ein paar Stunden zuvor bei ihm eingebrochen war, ihm böse den Bauch zerkratzt und die Unterlagen aus seinem Safe geklaut hatte. Das Tier war doch lebensmüde. Setzte sich einfach kackfrech bei ihm vor die Tür und glotzte ihn an. Irgendwas hatte sie ihm mitgebracht. Er zoomte die Kamera heran. Am Boden lag eine Pfote. Eine Hundepfote. Die rechte Vorderpfote eines Rottweilers. Sauberer Schnitt, glatt abgetrennt. Schwarzes Fell, nach unten leicht rötlich. »Murphy«, schoss es dem Glatzkopf durch den Kopf. Er wurde bleich. Nur kurz, dann änderte sich seine Gesichtsfarbe schlagartig. Vor Zorn. Er wurde nach oben hin leicht rötlich.

»Du verdammtes Drecksvieh«, schrie er. »Dich knall ich ab!«

Entscheidende Augenblicke Als der Glatzkopf losbrüllte, nahm Bandini die Hundepfote ins Maul und hechtete los. Bis jetzt lief alles nach Plan. Sie hatten den richtigen Köder ausgewählt. Der Glatzkopf hatte angebissen. Sein Hund hatte Schiss, sein Auto einen platten Reifen. Der Glatzkopf war auf sich allein gestellt. Und er wollte Bandini abknallen. Sie musste sich in Acht nehmen.

Abgefeuert Der Glatzkopf zog seine Turnschuhe an. Er entsicherte seine Pistole und nahm die Verfolgung auf. Er lief aus dem Haus. Er blickte in alle Richtungen. Auf dem Feldweg ein paar Meter hinter dem Cabrio sah er die Schildpatt-Katze laufen. Er zielte. Und schoss.

Ein riskantes Spiel Der Schuss verfehlte Bandini deutlich. Das Projektil landete im Cabrio, jetzt war auch der Hinterreifen platt. Aber mit dem Glatzkopf war nicht zu spaßen. Das wusste Bandini. Und wenn die Schildpatt-Katze ehrlich war, musste sie sich eingestehen, dass der Glatzkopf die Verfolgung schneller aufgenommen hatte, als sie gedacht hatte. Näher durfte sie ihn nicht an sich heranlassen. Es war ein riskantes Spiel.

»Bandini schafft das« Harold hatte sich gerade hinter einem Abfalleimer vor seinem Laden für Tierpräparate versteckt, da hörte er den Schuss. Es war seine erste Verfolgungsjagd. Er musste den Reverend unterrichten, der vor der Brücke in einem Gebüsch saß.

»Hast du den Schuss gehört?«, fragte er. »Läuft die Sache außer Kontrolle? Müssen wir Bandini retten?«

Der Reverend beruhigte den morbiden Kater. »Keine Sorge, Harold«, sagte er, »Bandini schafft das.« Er stupste Harold aufmunternd mit der Schnauze an. »Lauf los zur Müllhalde und gib Bescheid, dass sie loslegen können.«

Als kurze Zeit später Bandini mit dem Glatzkopf im Schlepptau am Gebüsch vorbeijagte, machte sich der Reverend auf den Weg zur Tierarztpraxis. Er musste Doktor Katzenbeißer abholen und zur Müllhalde führen. Die Tierärztin sollte vor Ort sein. Zur Sicherheit. Falls eine von ihnen verletzt wurde. Und Ballhaus verfolgte aus guter Perspektive, wie der Glatzkopf Bandini hinterherlief.

Siebter Sinn Matula wirkte nervös. Hatte die Schwanzspitze abgeknickt. Sein Herzschlag war deutlich erhöht.

Doktor Katzenbeißer versuchte, den Kater zu beruhigen. Sie überprüfte, ob der Verband richtig angelegt war, streichelte Matula noch einmal über den Rücken, dann legte sie ihn zurück in seinen Käfig. Auch der Dobermann im Zwinger daneben wirkte unruhig, hatte die Ohren angelegt, atmete gepresst. Irgendetwas musste gerade in Katzenstadt vor sich gehen. Tiere spürten so etwas. Doktor Katzenbeißer hatte alle Forschungsberichte über die telepathischen Fähigkeiten von Tieren gelesen. Die Tierärztin stand noch einige Sekunden vor den Käfigen und dachte über den siebten Sinn von Katzen nach. Vielleicht verstanden sie noch weit mehr, als die Menschen glaubten. Dann hörte sie den Schuss.

Nicht aus den Augen verlieren Solange ihr Vorsprung groß genug war, konnte Bandini mitten auf dem Weg laufen. Sie jagte in Richtung Marktplatz. Sie musste sich nicht umdrehen, um zu wissen, dass der Glatzkopf hinter ihr her war. Sie hörte sein Schnaufen. Sein Fluchen. Das Wichtigste war, dass er ihr weiter folgte. Bis zur Müllhalde. Bandini sah jetzt schon den Bahnhofsplatz.

Knapp außer Reichweite Der Glatzkopf schwitzte vor Anstrengung. Er musste die Katze erwischen. Er musste sie abknallen. Aber das Drecksvieh blieb immer knapp außer Reichweite. Als ob das Tier ganz genau wüsste, wie weit es ihn auf Abstand halten musste, damit er es nicht treffen konnte. Holte er auf, lief die Schildpatt-Katze schneller. Fiel er zurück, blieb sie stehen und wartete auf ihn. Sie setzte sich vor dem Rathaus mitten auf die Straße und ließ ihn näher kommen. Als der Glatzkopf bis auf vielleicht 30 Schritte aufgeschlossen hatte, lief sie wieder los. Was hatte sie vor?

Kein Gedanke an den Tod Harold beeilte sich, zu den Katzen auf der Müllhalde zu kommen. Bald würde der Glatzkopf dort eintreffen. Hoffentlich waren sie mit ihren Vorbereitungen schon fertig. Harold dachte zum ersten Mal seit Langem nicht ans Sterben. Dafür war die ganze Sache auch zu spannend. Und zu gefährlich.

Ein Abend wie jeder andere Doktor Katzenbeißer wollte herausfinden, was es mit dem Schuss auf sich hatte. Sie verließ gerade die Tierarztpraxis, als der Reverend dort ankam. Im Gegensatz zu Matula und dem Dobermann erweckte der schwarze Kater mit dem weißen Kragen den Eindruck, als wäre es für ihn ein Abend wie jeder andere. Der Reverend schmiegte sich kurz zur Begrüßung an die Beine der Tierärztin. Dann marschierte er zielstrebig die Straße entlang Richtung Bahnhof. Als er bemerkte, dass ihm die Tierärztin nicht folgte, drehte sich der Reverend kurz um und maunzte streng. Doktor Katzenbeißer verstand das Signal und ging dem Kater hinterher.

Kreisverkehr Von seinem Verkaufsfenster aus beobachtete Renfield, wie Bandini schnittig in den Kreisverkehr vor dem Bahnhof einbog. Ein gutes Stück hinter ihr rannte der Glatzkopf. Er hatte sichtlich Probleme, mit der Katze mitzuhalten. Bandini drosselte nach einer halben Runde das Tempo, damit der Glatzkopf aufschließen konnte. Der

Glatzkopf fuchtelte ungeschickt mit seiner Pistole vor seinem Gesicht herum. Es gelang ihm offenbar nicht, die Schildpatt-Katze ins Visier zu nehmen. Als Bandini am Kiosk vorbeikam, nickte sie Renfield kurz zu und startete in die zweite Runde. Der Glatzkopf folgte ihr. Er schnappte nach Luft. Als Bandini ein weiteres Mal an Renfield vorbeilief, sah sie den Reverend mit Doktor Katzenbeißer in der Seitenstraße in Richtung Bahnhofsplatz eilen. Jetzt konnte sie endlich den Weg in Richtung Müllhalde fortsetzen. Mit vollem Tempo spurtete sie Richtung Diner. Der Glatzkopf rannte ihr hinterher. So schnell er konnte.

»Der Kerl ist ja noch blöder, als ich dachte«, sagte Renfield.

Fast schon arrogant Der Reverend und die Tierärztin waren also auf dem Weg. Bandini musste keine Umwege mehr machen. Sie lief die Straße parallel zu den Eisenbahnschienen entlang und nahm dann den Feldweg in Richtung Müllhalde. Es dämmerte bereits. Auf der Brücke über den Fluss setzte sie sich kurz hin. Sie blickte sich mit einer fast schon arroganten Siegessicherheit um, um zu sehen, wie weit der Glatzkopf hinter ihr war.

Einfach abknallen Warum bremste die Katze jetzt schon wieder ab? Warum setzte sie sich mitten auf die Brücke? Das Biest wollte ihn doch an der Nase herumführen. Er musste dieses Vieh abknallen. Jetzt. Er musste nur noch ein bisschen näher an die Katze herankommen, dann würde er sie erwischen. Er war ja schließlich kein Anfänger. Der Glatzkopf lief weiter und visierte im Laufschritt die Schildpatt-Katze an. Jetzt war er nahe genug. Er konzentrierte sich. Zielte. Und übersah den Ziegelstein, der mitten auf dem Feldweg lag. Er stolperte. Der Schuss verfehlte sein Ziel deutlich.

Tolle Aufnahmen Ballhaus folgte dem Glatzkopf in einiger Entfernung. Das Dämmerlicht fand er ansprechend. Noch mehr gefiel es ihm, als der Glatzkopf über einen Stein stolperte. Er lief ein paar Meter näher heran. Diese Aufnahmen musste er einfach machen.

Erhöhte Nervosität Als sie den Schuss hörten, machten sich die Katzen auf der Müllhalde bereit. Der Glatzkopf musste jetzt schon ganz nah sein. Er konnte jederzeit auftauchen. Alle Katzen überprüften ihre Verstecke. Selbst Spinoza, der im Kofferraum des ausgeschlachteten Polizeiautos saß, versicherte sich, dass er genügend Sichtschutz hatte. Murphy suchte sich eine bequeme Liegehaltung. Und Bonnie hoffte, dass der Spiegel an der richtigen Stelle stand.

Noch ein Schuss Der Reverend lief voraus, Doktor Katzenbeißer folgte ihm. Keine einzige Katze war auf den Straßen zu sehen, nur der alte, zottelige Kiosk-Kater lag wie immer in seinem Verkaufsfenster. Ungewöhnlich, dachte sich die Tierärztin kurz. Dann hörten sie den zweiten Schuss. Der Knall kam von der Müllhalde.

Ab in den Kofferraum Bandini wartete am Eingang der Müllhalde. Erst als der Glatzkopf die Brücke über den Fluss überquert hatte und mit der Pistole in der Hand auf die Müllhalde zu rannte, lief Bandini auf das Gelände. Sie preschte zum Polizeiauto und sprang zu Spinoza in den Kofferraum.

Unentdeckt bleiben Der junge Fotograf und Paris hatten es sich hinter dem Polizeiauto auf einer löchrigen Matratze gemütlich gemacht. Als der Fotograf sah, wie Bandini in den Kofferraum sprang, schnappte er sich seine Kamera und versuchte aufzustehen. Paris hatte Einwände. Sie schlug ihre Krallen in seinen Rücken und hängte sich fest.

»Was soll das, Paris?«, ärgerte sich der junge Fotograf.

»Versteck dich wieder. Wir müssen unentdeckt bleiben«, antwortete Paris.

Der junge Fotograf verstand wieder einmal kein Wort. Also zeigte Paris ihm, was er tun sollte. Sie legte sich so flach es ging auf den Bauch, krallte sich mit den Vorderpfoten am Kopfende der Matratze fest und legte den Kopf auf ihre Pfoten. Sie machte sich so klein, dass sie unter dem Polizeiauto, dem die Räder fehlten, hindurchschauen konnte. Der junge Fotograf nickte. Er hatte verstanden.

Verdächtig leise Wo zur Hölle war er hier gelandet? Der Glatzkopf schlich über die Müllhalde. Keine Spur von der Schildpatt-Katze. Es war schon so dunkel, dass er das Vieh nicht mehr so leicht finden konnte. Der Glatzkopf ging an einem alten Bücherregal vorbei, schaute hinter das schiefe Sideboard, lief weiter in Richtung Sofa. Vielleicht hatte sich das Drecksvieh dort verkrochen. Er ging in die Knie und sah unter der verschlissenen Couch nach. Hatte sich die Katze dort versteckt? Da lag nur eine abgenagte Schinkenkeule. Er blickte sich weiter um, nach allen Seiten, die Pistole entsichert, immer schussbereit. Kein Laut war zu hören. Fast schon eine Spur zu leise, dachte sich der Glatzkopf. Verdächtig leise.

Killerinstinkt Der Glatzkopf suchte seine Umgebung ab. Killerinstinkt. Lauerte irgendwo eine Gefahr, würde er es merken und schonungslos reagieren. Langsam gewöhnte er sich an die Dunkelheit. Von der Seite hörte er ein Geräusch. Er drehte sich um. Aus dem Augenwinkel heraus erkannte er eine Trauerweide. Jetzt hörte er es noch einmal. Diesmal lauter. Beharrlich. Das Miauen einer Katze. Im Licht des Halbmondes erblickte er das Tier. Aber es war keine Schildpatt-Katze. Es war eine dreifarbige Katze mit gepflegtem langem Fell. Sie saß regungslos da und schien ihn direkt anzusehen. Und sie hatte die Pfote seines Rottweilers im Maul.

Zwei Katzen, eine Pfote Was war hier eigentlich los? Vor ihm saß eine Katze mit der Hundepfote im Maul. Mit Murphys Pfote. Aber es war eine andere Katze als die, die er durch ganz Katzenstadt verfolgt hatte. Es war eine andere Katze als die, die direkt vor ihm mit ebendieser Hundepfote im Maul auf die Müllhalde gelaufen war. Wohin war die Schildpatt-Bestie nur verschwunden? Wollten ihn die Biester verarschen? Und warum saß dieses Vieh einfach nur da und starrte ihn seelenruhig an? Der Glatzkopf wurde nervös.

»Hör auf zu glotzen«, sagte er angespannt.

Anstarren Bonnie reagierte nicht auf die Aufforderung des Glatzkopfs. Sie saß einfach nur da und starrte ihn an.

»Dich knall ich auch ab« Der Glatzkopf richtete seine Pistole auf die dreifarbige Katze, die vor ihm saß. Er machte einen Schritt auf Bonnie zu.

»Dir wird das Glotzen schon noch vergehen. Dich knall ich auch ab«, schrie er.

Eindringlich Bonnie reagierte nicht auf die Aufforderung des Glatzkopfs. Sie sah ihn nur an. Eindringlich.

Dunkles Fell in einer roten Pfütze Von der Seite hörte der Glatzkopf ein klägliches Wimmern. Das Wimmern eines Hundes. Er drehte sich um. Ein paar Meter weiter lag ein großes Tier am Boden. Er ging ganz nah heran. Er erkannte dunkles Fell in einer roten Pfütze. Sein Rottweiler. In einer Blutlache. Sein Hund. Der Glatzkopf begann, hysterisch zu kreischen.

»Ich knall euch alle ab!«, schrie er. »Euch alle!« Dann drehte er durch. Zielte auf Bonnie. Und feuerte. Drei Mal.

Blaulicht Die Katze zerfiel in tausend Stücke, als die Kugel das Glas des Spiegels traf. Nur das Klirren der Glassplitter war zu hören. Bis die Sirene einsetzte. Blaulicht erleuchtete das Gelände.

Drei Schüsse Als der Reverend und die Tierärztin die Brücke über den Fluss erreichten, hörten sie drei Schüsse. Dann ertönte eine Polizeisirene. Sie rannten los.

Weiße Turnschuhe Wo war die verdammte Katze hin? Und wer hatte die Polizei gerufen? Was war hier los? Der Glatzkopf geriet in Panik. Er musste verschwinden. Und zwar schnell. Er stieg über den Rottweiler. Vorsichtig. Um sich seine weißen Turnschuhe nicht mit dem Blut zu versauen.

Zu Fall gebracht Murphy hielt still, als der Glatzkopf über ihn hinwegstieg. Wie über einen schmutzigen Fußabstreifer, dachte sich der Rottweiler. Und diesem Widerling hatte er jahrelang die Treue gehalten. Nie wieder. Er stand auf. Schüttelte das Tomatenketchup aus dem Fell. Stürzte sich auf den Glatzkopf. Brachte ihn mit voller Wucht zu Boden. Der Glatzkopf fiel der Länge nach. Er landete mit dem Gesicht in einer Pfütze aus altem Motorenöl.

»Du Ratte« Der Glatzkopf drehte seinen Kopf zur Seite. Blickte nach oben. Sah seinen Rottweiler über sich. Er war irritiert. Warum konnte der Köter wieder laufen? Was war mit seiner Pfote? Der Rottweiler knurrte. Fletschte die Zähne.

»Du Verräter«, stieß der Glatzkopf hervor. »Du Ratte.« Er fischte seine Pistole aus der Öllache und richtete sie auf Murphy.

Keiner hörte ihn Durch die verschmutzte Scheibe konnte Romeo alles sehen. Murphy. Den Glatzkopf. Die Pistole. Romeo war außer sich vor Angst. Er musste Murphy helfen. Aber die verdammte Ofentür klemmte. Sosehr er sich auch dagegenstemmte, die Tür ging nicht auf. Warum hatte er sich auch in dem verrosteten Backofen verstecken müssen?

»Murphy«, rief er verzweifelt.

Keiner hörte ihn.

»Drück doch ab« Murphy setzte sich hin. »Drück doch ab«, kläffte er den Glatzkopf an.

Aber der Widerling hatte noch nie verstanden, was seine Hunde zu ihm gesagt hatten. Der Glatzkopf visierte den Rottweiler an. Seine Finger zitterten. Und seine Fingerknöchel knackten, als ihm Doktor Katzenbeißer die Pistole mit dem Fuß aus der Hand schlug.

Hackfleisch Madonna beobachtete vom Polizeiauto aus, wie Doktor Katzenbeißer den Glatzkopf außer Gefecht setzte. Der Glatzkopf hatte keine Waffe mehr. Jetzt hatte der Rottweiler ihn unter Kontrolle. Der Rottweiler würde den Glatzkopf beim kleinsten Aufmucken zu Hackfleisch verarbeiten. Sie hatten es tatsächlich geschafft. Sie hatten den Widerling tatsächlich zur Strecke gebracht. Madonna gab den anderen Katzen Entwarnung. Sie schaltete wie vereinbart die Polizeisirene aus.

Zur Sicherheit »Das war knapp«, sagte der Reverend, als er bei Murphy ankam. Er blickte auf den Glatzkopf. Der Widerling lag noch immer am Boden und wagte nicht, sich zu bewegen. »Lass ihn nicht aus den Augen«, sagte der Reverend und setzte sich neben Murphy. Zur Sicherheit.

Schulterklopfen Im Kofferraum des Polizeiautos klopfte Spinoza Bandini anerkennend auf die Schulter. Jetzt bitte keine Ansprache, hoffte Bandini. Aber Spinoza war nicht in der Stimmung. Er kletterte aus dem Auto und ging denken.

Zwei Schwestern Nach und nach trauten sich die Katzen aus ihren Verstecken. Auch Bandini stieg aus dem Kofferraum. Sofort kamen einige Katzen auf sie zu, um ihr zu danken. Aber Bandini hatte noch etwas Wichtiges zu tun. Sie ging zu Bonnie, die immer noch am Kiesboden gegenüber der Trauerweide und dem zerschossenen Spiegel saß. Sie hatten den Glatzkopf in die Verzweiflung getrieben. Zwei Katzen, zwei Hundepfoten, das war zu viel für seinen schlichten Verstand gewesen. Die Rottweiler-Pfote hatte Bonnie neben sich auf den Boden gelegt. Die Scherben des Spiegels reflektierten das blinkende Licht. Blaue Punkte tanzten über Bonnies Fell. Bandini stupste ihre Schwester mit der Nase an, schmiegte sich an sie.

Bandini hatte Angst um Bonnie gehabt. Sie hatte sie einer großen Gefahr ausgesetzt.

Bandini dachte an ihren letzten Tag auf dem Bauernhof zurück. Damals waren sie gerade einmal acht Wochen alt gewesen. Sie dachte an den Abschied von ihrer Mutter. Bevor sie zum Besitzer der Katzenfutterfabrik in den Transporter gestiegen waren, hatte Bandini ihrer Mutter versprechen müssen, immer auf Bonnie aufzupassen. Ihre kleine Schwester keinen Moment aus den Augen zu lassen. Jede Gefahr von ihr fernzuhalten.

Die Situation auf der Müllhalde war zu riskant gewesen.

Das wusste Bandini. So etwas durfte sie nie wieder zulassen.

»Gute Arbeit, Bonnie«, sagte sie.

Bonnie schnurrte Bandini dankbar an. Dann gingen sie zusammen zu Murphy und dem Glatzkopf.

Nicht immer einfach Banks wartete hinter der Trauerweide auf Tiga. Er zitterte immer noch. Das tat er seit dem Moment, als der Glatzkopf auf Bonnie gefeuert hatte. Also auf Bonnies Spiegelbild. Oder auf die Trauerweide, in der der Spiegel versteckt war. Und Tiga. Irgendwie hatte Banks sich Tigas Aufgabe, zur richtigen Zeit zu miauen, einfacher vorgestellt. Zumindest ungefährlicher. Irgendwie hatte er sich auch die Aufgabe, auf Tiga aufzupassen, einfacher vorgestellt. Drei Kugeln hatte der Glatzkopf in Richtung Tiga abgefeuert. Eine war im Spiegel gelandet. Zwei Projektile steckten nun im Baumstamm. Kaum auszudenken, was passiert wäre, wenn der Glatzkopf nur ein bisschen höher gezielt hätte.

Tiga kam aufgedreht den Baumstamm heruntergeklettert. »Wie war ich?«, fragte sie Banks.

Einer fehlte Die Katzen liefen auf der Müllhalde umher. Gratulierten sich. Miauten triumphierend. Aber einer fehlte. Sie hatten nicht bemerkt, dass Romeo nicht aus seinem Versteck gekommen war. Und sie hörten auch nicht sein Kratzen an der Ofentür. Einzig Doktor Katzenbeißer nahm das Geräusch wahr. Sie bekam Gänsehaut vom Scharren der Krallen an der Scheibe. Sie öffnete den Backofen. Romeo kletterte heraus und lief aufgeregt zu Murphy.

Begriffsstutzig Der junge Fotograf lag noch immer hinter dem Polizeiauto auf dem Bauch. So flach wie möglich. So wie Paris es vorgemacht hatte. Aber der Model-Katze passte schon wieder etwas nicht. Sie hatte sich direkt neben sein Gesicht gesetzt. Und stupste ihm ständig mit der Pfote ins Gesicht. Anfänglich ganz vorsichtig. Irgendwann fuhr sie dann die Krallen aus. Als er nicht reagierte, lief sie zu seiner Kamera, nahm den Gurt ins Maul und zerrte daran. Das verstand der Fotograf. Er sprang auf die Beine und nahm die Kamera an sich. Paris lief zu den anderen. Der Fotograf folgte ihr.

Keine Fluchtmöglichkeit Murphy fletschte seine Zähne, wenn es der Glatzkopf wagte, auch nur einen Finger zu bewegen. Murphy knurrte, wenn er bemerkte, dass sich der Glatzkopf nach einer Fluchtmöglichkeit umschaute. Murphy machte alles so, wie es ihm der Glatzkopf beigebracht hatte. Und sollte es nötig sein, würde er auch zubeißen, wie er es gelernt hatte. Fest und tödlich.

Bandini nickte Murphy anerkennend zu, als sie und Bonnie bei ihm eintrafen. Romeo kam angerannt und leckte Murphy die Schnauze ab, so froh war er, dass dem Rottweiler nichts passiert war. Dann erreichte Paris zusammen mit dem jungen Fotografen den Schauplatz.

Halbkreis Madonna ließ das Blaulicht noch eine Weile blinken. Für die Atmosphäre. Nach und nach kamen alle Katzen nach vorne. Selbst Spinoza. 31 Katzen setzten sich im Halbkreis um den Glatzkopf. Sie schauten grimmig. Die Pupillen verengt, das Fell am Rücken gesträubt, die

Schnurrhaare aufgestellt. Sie fauchten. Sie meinten es ernst. Das spürte auch der Glatzkopf. Er wollte abhauen. Murphy knurrte. Und fletschte die Zähne.

Handlanger des Bösen Noch war es nicht an der Zeit, den Glatzkopf gehen zu lassen. Der Widerling sollte sich nie wieder nach Katzenstadt trauen. Dafür würde Bandini sorgen. Bandini sprang auf den Rücken des Glatzkopfs.

»Schaut ihn euch an«, rief Bandini. »Er ist der Handlanger des Bösen. Er wollte uns vertreiben. Töten. Jede Katze, jeden Kater. Und warum?«, fragte Bandini und machte eine kurze Pause. »Weil wir Katzen sind.«

Die Katzen fauchten.

»Und weil wir Katzen sind, werden wir dafür sorgen, dass er uns in Erinnerung behält. Uns alle.« Bandini stellte sich auf die Hinterpfoten und streckte die Faust triumphierend nach oben.

Paris stupste den jungen Fotografen an. Zeit, Fotos zu machen.

Nasser Nacken Jeden Tritt der kleinen Bestie spürte der Glatzkopf auf dem Rücken. Nicht, weil die Schildpatt-Katze so schwer war. Es waren die Krallen. Das machte das Drecksvieh absichtlich. Das wusste der Glatzkopf. Wenn er sich nur bewegen könnte. Er würde sich dieses Biest greifen und der Katze auf der Stelle den Hals umdrehen. Aber alleine der Gedanke daran war verboten. Der Rottweiler verzog sein Maul. Knurrte. Sabber tropfte dem Glatzkopf in den Nacken.

Auf dem Rücken des Killers Bandini hielt ihre Pose, bis es geblitzt hatte. Dann machte sie die Bühne frei für die nächste Katze. Alle durften sich auf dem Rücken des Killers präsentieren. Alle zeigten sich von ihrer besten Seite. Bonnie blickte eindringlich in die Kamera. Paris schenkte dem Fotografen ihren schönsten Augenaufschlag. Spinoza stützte seinen Kopf mit der rechten Pfote ab und ging in Denkerpose. Harold bemühte sich, ein bedeutungsvolles Gesicht zu machen. Banks bestand darauf, dass er gemeinsam mit Tiga fotografiert wurde. Nie wieder wollte er sie aus den Augen lassen. Und Mücke stellte sich auf seine Hinterpfoten und übte sich im Schattenboxen.

Knallrot angelaufen Der Glatzkopf musste alles über sich ergehen lassen. Sein Gesicht war vor Wut knallrot angelaufen. Aber sobald er versuchte, sich umzudrehen, um eine Katze zu packen, knurrte Murphy mit gesträubtem Fell. Der Rottweiler fixierte den Glatzkopf. Er war nicht zum Spaß hier. Ganz sicher nicht.

Ein letztes Mal Als alle Katzen fotografiert waren, näherte sich Murphy vorsichtig dem Glatzkopf. Er ging ganz dicht an seinen Kopf heran. Öffnete sein Maul. Dem Glatzkopf stockte der Atem. Der Rottweiler leckte ihm das linke Ohr ab. Ein letztes Mal.

Aufrappeln Der Rottweiler ging zwei Schritte zurück. Er deutete mit seiner Schnauze kurz in Richtung Feldweg. Nickte kurz. Machte dem Glatzkopf klar, dass er sich jetzt verziehen durfte. Dass er abhauen und sich nie wieder in

Katzenstadt blicken lassen sollte. Der Glatzkopf rappelte sich auf. Er wischte sich das Öl aus dem Gesicht. Sein Jogginganzug aus Ballonseide musste dringend in die Waschmaschine. Überall Ketchup, überall Dreck. Und überall Abdrücke von Katzenpfoten. Der Glatzkopf machte sich davon.

Hau ab, du Pisser Der Glatzkopf drehte sich kein einziges Mal um. Er versuchte, so schnell es ging zu verschwinden.

»Hau ab, du Pisser«, schrie Zeckie ihm hinterher. Und spuckte auf den Boden.

DIE TAGE DANACH

Zeit für ein klärendes Gespräch Erst am frühen Morgen kam Doktor Katzenbeißer in die Tierarztpraxis zurück. Nachdem die Katzen den Glatzkopf in die Flucht geschlagen hatten, hatten sie Schallplatten auf einem alten Plattenspieler aufgelegt und waren im Rhythmus der Musik im Dreck herumgesprungen. So etwas hatte Doktor Katzenbeißer noch nie gesehen. Dann waren alle Katzen gemeinsam mit Murphy und der Tierärztin zum Kiosk gegangen. Dort hatte sie der zottelige, alte Kater bereits erwartet. Renfield hatte sich vor das Verkaufsfenster gestellt und triumphierend die rechte Pfote zu einer Faust geballt. Doktor Katzenbeißer konnte sich täuschen. Aber es war ihr so vorgekommen, als hätte der alte Kater eine Ansprache gehalten. Als Doktor Katzenbeißer dann müde gewesen war, hatte sie sich von allen Tieren verabschiedet und war schließlich nach Hause gegangen.

Im Bett dachte sie noch einmal über die Geschehnisse des Abends nach. Konnte es sein, dass Bandini dem Glatzkopf eine Falle auf der Müllhalde gestellt hatte? Und was hatten die zwei präparierten Hundepfoten zu bedeuten, die die Tierärztin dort gefunden hatte?

Zwei Hunde für Doktor Katzenbeißer Doktor Katzenbeißer war gerade eingeschlafen, als es an der Tierarztpraxis klingelte. Wer wollte so früh etwas von ihr? Sie ging in den Vorraum. Vor der kaputten Glastür stand Bandini. Hinter ihr standen 30 Katzen. Und ein Hund. Einzig Renfield war bei seinem Kiosk geblieben.

Hatte Bandini geklingelt? Doktor Katzenbeißer war verblüfft von dieser Katze. Sie zog ihren Mantel an und folgte Bandini auf die Straße. Die Katzen führten sie zur Brücke über den Fluss und von dort zum Haus am Waldrand, in dem früher der Jäger gewohnt hatte. Und in dem zuletzt der Glatzkopf gehaust hatte. Die Eingangstür stand offen. Es sah so aus, als hätte der Glatzkopf hastig seine wichtigsten Sachen gepackt und wäre dann abgehauen.

Aus dem ersten Stock hörte Doktor Katzenbeißer das Winseln eines Hundes. In einen Zwinger eingesperrt fand sie dort einen Bullterrier. Ängstlich kauerte der Hund in seinem Käfig. Als Doktor Katzenbeißer die Tür öffnete, wollte er nicht herauskommen. Doktor Katzenbeißer kraulte so lange seinen Nacken, bis der Bullterrier Vertrauen fasste und sich vorsichtig ins Freie traute.

Doktor Katzenbeißer war schon wieder erstaunt. Hatten Bandini und die anderen sie wegen des Hundes zu diesem Haus geführt?

Überfordert Als der Bullterrier befreit war, teilten sich die Katzen auf der Straße auf. Die Müllhalde-Katzen und die Katzen aus der Bücherei kehrten in ihr Zuhause zurück. Paris ging in die Ballettschule. Und die Katzen aus der Pension, dem Schlosspark und der Katzenfutterfabrik begleiteten Doktor Katzenbeißer, die den Bullterrier mitgenommen hatte. Noch waren die Katzen heimatlos. Aber das würden sie in den kommenden Tagen ändern. Murphy begleitete Romeo. Auch Harold ging mit ihnen mit. Er hatte keine Lust, alleine in seinen Laden zurückzukehren. Die Arztpraxis glich wieder einmal einer Tierpension. Zu den beiden Patienten kamen 19 weitere Katzen. Und Murphy, der Rottweiler. Und ein verängstigter Bullterrier. Inge, die Empfangskatze, wirkte überfordert.

Keine Antwort Bandini begleitete Doktor Katzenbeißer in ihr Büro. Bandini setzte sich auf ihren Schreibtisch.

»Bandini, was hast du mit der ganzen Sache zu tun?«, fragte Doktor Katzenbeißer.

Bandini schaute Doktor Katzenbeißer mit ihren großen, dunklen Augen an.

»Bandini«, fragte Doktor Katzenbeißer, »hast du die beiden Rottweiler-Pfoten auf die Müllhalde gebracht?«

Bandini schaute Doktor Katzenbeißer mit großen Augen an.

»Bandini, hast du den Glatzkopf ausgetrickst?«

Bandini gab keine Antwort. Sie miaute kein einziges Mal. Aber nach der letzten Frage schloss sie ganz kurz ihre Augen. Und wer Bandini näher kannte, konnte sehen, dass sie lächelte.

Anarchie in Katzenstadt Bandini schlief noch auf dem Wäschekorb, als Doktor Katzenbeißer am Frühstückstisch den *Katzenstadt-Boten* las. Ihre gesamte Aufmerksamkeit gehörte dem Foto auf der Titelseite. Das Bild hatte der junge

Fotograf gemacht. Auf der Müllhalde. Er hatte wohl noch gleich am Abend in der Redaktion vorbeigeschaut. Deswegen war er so schnell verschwunden. Auf dem Bild lag ein Mann mit Glatze auf dem Bauch im Dreck. Seine Trainingsjacke aus Ballonseide war mächtig verschmiert. Mit Ketchup, mit Erde. Der Glatzkopf blickte wütend in die Kamera. Auf seinem Rücken saß eine Nacktkatze mit abstehenden Ohren. In die linke Flanke der Katze war ein Anarchie-Zeichen geritzt. Die Katze streckte dem Fotografen die rechte Pfote entgegen. Die mittlere Kralle war gestreckt, alle anderen eingezogen. Als würde die Katze dem Betrachter eine Stinkepfote zeigen.

Fahndungsfotos Das Bild mit dem Glatzkopf auf der Müllhalde hatte viele Leser erreicht. Es häuften sich die Zuschriften aus der ganzen Region. Wer der Mann auf dem Foto sei, wurde die Zeitungsredaktion gefragt. Der Mann, so die Leserhinweise, sei bereits in einigen Ortschaften gesehen und dort mit Straftaten in Verbindung gebracht worden: Körperverletzung, Erpressung, auch ein, zwei Morde gingen womöglich auf sein Konto. Der *Katzenstadt-Bote* veröffentlichte daraufhin zwei Fahndungsfotos der Polizei. Die Polizei bat die Bevölkerung um Mithilfe und lobte für Hinweise, die zur Ermittlung und Ergreifung des Täters führten, eine hohe Belohnung aus.

Kaminfeuer Der Ortsvorsteher stand in seinem Büro im Rathaus. Er war wütend. Und besorgt. Um sich. Er pfefferte die Ausgabe des *Katzenstadt-Boten* in den Kamin. Der große Problemlöser zu Fall gebracht von ein paar Katzen.

War ja eine riesige Hilfe. Jetzt war der Glatzkopf aufgeflogen. Und es war nur noch eine Frage von Tagen, bis sie den Glatzkopf schnappen würden. Und wenn der Glatzkopf erst einmal von der Polizei verhört würde, dann wäre ihm jedes Mittel recht, um seine Haut zu retten. Dann würde er seine Auftraggeber verpfeifen.

Der Ortsvorsteher durchsuchte sein Büro. Jede einzelne Schublade. Seine politische Karriere stand auf dem Spiel. Es durfte niemand herausfinden, wie tief er in die ganze Angelegenheit verstrickt war. Er durfte kein einziges Beweismittel in seinem Büro zu finden sein. Baupläne, Bauanträge, Briefe, Verträge – alles landete im Kaminfeuer.

Abtauchen Der Abend auf der Müllhalde war desaströs für den Glatzkopf verlaufen. Die Kätzchen hatten ihn ausgetrickst. Er hatte mitten in der Nacht zu Fuß aus Katzenstadt fliehen müssen, hatte nur die allernötigsten Sachen aus dem Jagdhaus mitnehmen können. Mehr als vier Stunden war er unterwegs gewesen, bis er endlich wieder in seiner Wohnung in seinem Heimatdorf war. Als der Glatzkopf ein paar Tage später am Frühstückstisch die Fahndungsfotos der Polizei in der Zeitung sah, wurde er zunächst bleich. Dann änderte sich die Farbe in seinem Gesicht. Er wurde rot vor Zorn.

»Ihr Drecksviecher«, fluchte er. »Wenn ich euch das nächste Mal zu Gesicht bekomme, mache ich euch fertig.«

Wieder einmal verfluchte er sich dafür, den Auftrag überhaupt angenommen zu haben. Aber was sollte er jetzt machen? Er war enttarnt. Er musste abtauchen. Ganz schnell.

An seiner Wohnungstür klingelte es. War es schon wieder dieses Schildpatt-Biest? Wie hatte sie ihn so schnell gefunden? Hatte er Spuren hinterlassen? Der Glatzkopf konnte es nicht fassen. Was wollte diese Bestie jetzt schon wieder? Der Glatzkopf griff sich ein Tranchiermesser und öffnete die Wohnungstür. Dann wurde er von zwei Polizisten festgenommen.

Identifizierung Je mehr Doktor Katzenbeißer über die Geschehnisse am Abend auf der Müllhalde nachdachte, umso mehr kam sie zu der Überzeugung, dass die Ereignisse kein Zufall gewesen sein konnten. Ihr Telefon klingelte. Am Telefon war ein Polizeibeamter. Er teilte Doktor Katzenbeißer mit, dass man den Chef der Privatbank festgenommen hatte. Doktor Katzenbeißer wurde gebeten, im Revier für ihre Zeugenaussage vorbeizuschauen.

Wieder zu Hause Nach ein paar Tagen verschwanden der Vorfall auf der Müllhalde und die damit verbundenen Vorkommnisse wieder von der Titelseite des *Katzenstadt-Boten*. Auf einer der hinteren Seiten war ein Bild von der Katzenfutterfabrik abgedruckt. Der Bauzaun war wieder abgebaut, auch das Firmenschild »BRUTUS – REAL DOGFOOD«, das zwischenzeitlich angebracht worden war, lag abgeschraubt auf dem Boden. Der Ortsvorsteher war gemeinsam mit Doktor Katzenbeißer und den Katzen auf dem Foto zu sehen. *»Bandini, Bonnie und ihre Freunde freuen sich, endlich wieder in ihr Zuhause einziehen zu können«*, hieß es im Bildtext.

Rückkehr Die Bauarbeiten in Katzenstadt wurden gestoppt. Die Kette vor dem Schlosspark wurde entfernt, auch die Werbetafel für die Elitehundeschule wurde abgebaut. Banks, Tiga und die anderen konnten zurück in ihr Zuhause. Auch die Arbeiter hatten nichts mehr zu tun und verließen Katzenstadt. Über Nacht zogen die Männer aus der Pension aus. Alfa und Romeo mussten das Haus erst mal ausmisten, leere Bierflaschen aus den Zimmern rollen, schmutzige Socken vom Balkon auf die Straße schmeißen. Und sie mussten ein Zimmer für einen neuen Mitbewohner freimachen. Murphy war außer sich vor Freude, als er nach Jahren wieder in die Pension zurückkehren durfte.

Laufband Nach ihrem Morgenspaziergang mit den beiden Hunden galt die ganze Aufmerksamkeit von Doktor Katzenbeißer Matula. Nach der Massage war das erste Training angesetzt. Doktor Katzenbeißer hatte dem Kater einen kleinen Katzenrollstuhl gebaut. Als Stütze. Damit er seine Pfote noch nicht belasten musste. Sobald die Tierärztin Matula das Geschirr festgezogen hatte, stellte sie den Kater auf das Laufband. Niedrigste Stufe. Spaziertempo. Matula kam dennoch mächtig ins Schwitzen.

32 Eine Woche nach der ereignisreichen Nacht auf der Müllhalde war der junge Fotograf den ganzen Tag in der Galerie. Er musste die Fotos von den Wänden nehmen. Paris privat. Paris intim. Eine Reihe von sehenswerten Nahaufnahmen. Aber jetzt, eine Woche nachdem sein Foto von der Müllhalde auf der Titelseite des *Katzenstadt-Boten* zu sehen gewesen war, war Zeit für eine neue Ausstellung.

»32«, so hatte er seine Fotoreihe genannt. Zu sehen waren 32 Momentaufnahmen. Auf allen Fotos lag ein Glatzkopf im Dreck auf der Müllhalde. Auf 31 Fotos saßen verschiedene Katzen auf seinem Rücken. Bandini. Bonnie. Tiga. Romeo, wie er so tat, als würde er weiteres Mal den Glatzkopf anpinkeln. Harold, wie er sich theatralisch hinfallen ließ, als wäre er tot. Paris, wie sie wie beim Catwalk über den Rücken stolzierte. Auf dem letzten Bild der Reihe saß Murphy neben dem Glatzkopf. Der Rottweiler leckte dem Glatzkopf das linke Ohr ab. Ein letztes Mal.

Spannende Entdeckung Alle Katzen waren zur Vernissage gekommen. Bis auf Matula. Er war noch nicht so weit. Auch Doktor Katzenbeißer durfte als Ehrengast nicht fehlen. Sie hatte auch ihre beiden neuen Hunde dabei. Zur Sicherheit hatte sie die Hunde aber vor der Galerie festgebunden und ihnen Maulkörbe angelegt. Die Hunde mussten noch resozialisiert werden. Und sich an Katzen gewöhnen. Mit Murphy gab es in dieser Hinsicht keine Probleme. Er freute sich auf einen spannenden Nachmittag gemeinsam mit Romeo. Und auf ein reichhaltiges Büfett.

Aber erst mussten er und die anderen den Vortrag des Galeristen überstehen. Der Mann lobte den jungen Fotografen für seine spielerische Mischung aus Schwere und Leichtigkeit. Er rühmte die erdgebundene Wurzelhaftigkeit, die der Fotograf mit der Wahl der Müllhalde als Kulisse wieder einmal deutlich unter Beweis gestellt habe. Der Galerist nannte den Fotografen einen sensiblen jungen Menschen, der es geschafft habe, die Sehnsucht der Katzen einzufangen. Gleichzeitig sehe man die

Wut und den Wahn in den Augen des im Dreck liegenden Mannes.

»Ein Wechselspiel der Gefühle«, sagte der Galerist.

Da der Mann einfach nicht aufhören wollte zu reden, sprang Tiga auf den Tisch mit den aufgebauten Leckerlis und eröffnete das Büfett. Der junge Fotograf musste lachen. Alle Katzen drängten sich um den Esstisch. Einzig Ballhaus hielt sich zurück. Er hatte sich einen Platz auf dem Fensterbrett gegenüber gesucht. Hier hatte er den besten Überblick. Der junge Fotograf wurde auf die Kamera aufmerksam, die Ballhaus um den Hals trug. Hatte der Kater diese Katzenkamera schon auf der Müllhalde gehabt? Hatte er die ganze Zeit gefilmt? Dem jungen Fotografen kam eine Idee.

Abspann

Ein ganz normaler Tag Das Leben in Katzenstadt ging wieder seinen Gang. Bandini saß mit Bonnie zusammen im Vorratskeller der Katzenfutterfabrik. Gemeinsam überprüften sie, wie lange das Katzenfutter noch reichen würde. Mehr als zwei Jahre, stellten sie fest und gingen zufrieden zu den anderen. Auf der Müllhalde stand Spinoza an seinem Bücherregal und blätterte im Werk seines Lieblingsphilosophen. Paris übte in der Ballettschule die Dreiviertel-Pose. Banks saß im Schlosspark auf seiner Tischtennisplatte und versuchte, den Ball unerreichbar für Mücke in die Ecke zu schmettern. Harold, der immer noch keine Lust hatte, alleine im Laden für Tierpräparate zu leben, schloss sich im Wechsel immer einer Gruppe an. Aktuell lebte er im Schlosspark und Tiga zeigte ihm, wie abenteuerlich das Leben sein konnte. Romeo schnupperte mit Murphy durch den Garten hinter der Pension. Renfield schlief vor dem Verkaufsfenster des Kiosks. Und Inge wunderte sich wie jeden Tag, warum schon wieder zwei Hunde in der Tierarztpraxis waren. Ein ganz normaler Tag in Katzenstadt.

Plakat Tiga kam aufgeregt von einem Spaziergang mit Harold zum Schlosspark zurück. »Wirsindalleimkino«, stammelte sie atemlos, als sie bei Banks ankam.

Banks beruhigte seinen Schützling erst einmal. »Was ist im Kino?«, fragte er dann.

»Wir«, antwortete Tiga. »Am Kino hängt ein großes Plakat. Bandini ist darauf zu sehen. Bonnie. Spinoza. Wir alle.«

Banks verstand gar nichts. »Und warum hängt dort dieses Plakat?«, fragte er.

»Sie haben einen Film gemacht«, antwortete Tiga. »*Gangs of Katzenstadt* heißt er«, sagte sie.

Hommage Auch Doktor Katzenbeißer hatte von dem Film erfahren. Sie hatte vom jungen Fotografen eine Einladung zur Premierenfeier bekommen. Und sie hatte die Filmankündigung im *Katzenstadt-Boten* gelesen. Es handelte sich um eine Ballhaus-Jürgen-junior-Filmproduktion. Der Titel des Films: *Gangs of Katzenstadt.*

Zwei Tage vor der Filmpremiere war im *Katzenstadt-Boten* ein Interview mit dem jungen Regisseur und Fotografen Heinz Jürgen junior abgedruckt.

»ES IST DER BLICK DER KATZEN AUF UNSERE WELT«

Katzenstadt – Vor sechs Monaten hat sich in Katzenstadt von der Bevölkerung nahezu unbemerkt ein Drama abgespielt. Die Katzen, seit jeher Namensgeber der Kleinstadt, sollten auf übelste Weise aus dem Ort vertrieben werden.

In der Katzenfutterfabrik sollte Hundefutter hergestellt werden, im Schlosspark sollte ein Hundeinternat entstehen. Gerüchten zufolge soll sogar ein Katzengefängnis in Planung gewesen sein. Viele Ereignisse dieses gerade noch verhinderten Katzendramas werden in diesem Kinofilm dokumentiert. Aufgenommen wurden die Bilder mit einer Katzenkamera, die am Halsband des Katers Ballhaus befestigt war. Der junge Regisseur Heinz Jürgen junior hat daraus einen Film geschnitten. »Das Werk ist eine Hommage an die Katzen«, sagt Heinz Jürgen junior.

Katzenstadt-Bote: Heinz Jürgen junior, zu der Premierenfeier Ihres Films sind nur Tiere eingeladen. Warum?
Heinz Jürgen jun.: Das stimmt nicht ganz. Unsere Tierärztin wird kommen. Doktor Katzenbeißer ist unser Ehrengast.
Katzenstadt-Bote: Aber sonst sind nur Tiere geladen?
Heinz Jürgen jun.: Das stimmt. Und das mit Absicht. Die Welt wäre besser, wenn mehr auf Tiere gehört und geachtet würde. Auch in Katzenstadt wäre einiges besser.
Katzenstadt-Bote: Haben Sie denn anhand der Filmaufnahmen, die sie am Halsband von Ballhaus sichern konnten, alle Ereignisse rekonstruieren können, die sich vor einem halben Jahr in Katzenstadt ereignet haben?
Heinz Jürgen jun.: Nicht alle. Aber das Filmmaterial war wirklich sehr ergiebig. In Verbindung mit den Vernehmungsprotokollen der Polizei wissen wir jetzt nahezu exakt, was sich vor einem halben Jahr in Katzenstadt zugetragen hat.
Katzenstadt-Bote: Konnten Sie denn mit den Bildern der Katze arbeiten?

Heinz Jürgen jun.: Mit den Bildern der Katze? Das klingt jetzt ein bisschen despektierlich. Die Aufnahmen waren in den meisten Fällen perfekt ausgeleuchtet. Und auch die Perspektivenwahl, Respekt. Ballhaus ist ein Künstler.
Katzenstadt-Bote: Sie loben die Katze wie einen richtigen Kollegen.
Heinz Jürgen jun.: Ballhaus ist in einem Filmhaushalt groß geworden. Da sind den ganzen Tag Arthouse-Filme gelaufen. So etwas prägt. Das Ergebnis sieht man in unserem Kinofilm.
Katzenstadt-Bote: Die Bilder sind trotzdem, sagen wir mal, gewöhnungsbedürftig.
Heinz Jürgen jun.: Neu ist natürlich die Perspektive. Die meisten Bilder sind aus einer Höhe von vielleicht 30 Zentimetern aufgenommen. Es ist der Blick der Katzen auf unsere Welt. Mein Film ist eine Hommage. Eine Hommage an die Katzen von Katzenstadt. Sie tun so viel für unseren Ort. Und jetzt ist es an der Zeit, ihnen etwas zurückzugeben.
Katzenstadt-Bote: Kommen wir zurück zum Sujet des Films. Die Bilder stammen ja zum Großteil von Ballhaus. Aber dieser Kater war nicht immer Mittelpunkt des Geschehens und konnte nicht alle Ereignisse filmen. Gibt es Vorfälle und Situationen, die Sie gerne im Film gezeigt hätten?
Heinz Jürgen jun.: Auf jeden Fall. Wir können zwar im Film miterleben, wie Bandini, eine der Hauptdarstellerinnen des Films, in das Haus des Glatzkopfs einbricht. Aber was sich in der Wohnung genau ereignet hat, das wissen wir leider nicht.
Katzenstadt-Bote: Sie hat dort Unterlagen geklaut.

Heinz Jürgen jun.: Aber wir wissen überhaupt nicht, wie ihr das gelingen konnte. Alleine gegen einen Schutzgelderpresser und drei Kampfhunde. Es muss auf jeden Fall zu einem Kampf gekommen sein, der Glatzkopf hatte schlimme Kratzer am Bauch bei seiner Festnahme. Aber wie hielt Bandini die Hunde in Schach? Und wie hatte sie die Unterlagen aus dem Safe geholt? Das hätte ich zu gerne im Film gehabt.
Katzenstadt-Bote: Und welche weitere Szene hätte Ballhaus noch filmen sollen?
Heinz Jürgen jun.: Tigas Catwalk auf einem Schreibtisch.
Katzenstadt-Bote: Wenn es keine Filmaufnahmen gibt: Woher wissen Sie dann von der Existenz dieses Ereignisses?
Heinz Jürgen jun.: Ich war dabei.

Eine wahre Geschichte Das alte Kino gegenüber dem Rathaus war hell erleuchtet. Zum ersten Mal wieder nach viereinhalb Jahren. Es war der Tag der Premiere. Roter Teppich war ausgelegt. Allerdings war der Teppich schmaler als sonst. Dreißig Zentimeter vielleicht. Gerade mal groß genug, damit darauf eine Katze andächtig ins Kino schreiten konnte.

Bandini. Bonnie. Banks. Alle waren gekommen. Die meisten Katzen schienen sich nicht besonders für den Roten Teppich zu interessieren und liefen zielstrebig ins Foyer. Nur Paris stolzierte gleich mehrmals über den Läufer. Aber als sie damit keinerlei Aufmerksamkeit erhaschen konnte, ging auch sie ins Kino.

Auch die drei Hunde waren zu der Filmpremiere eingeladen worden. Der Dobermann, der Bullterrier, der Rottweiler. Den Dobermann hatte Doktor Katzenbeißer nach erfolgreicher Behandlung bei sich aufgenommen. Auch der Bullterrier lebte bei ihr, seit ihn die Tierärztin aus dem Haus am Waldrand befreit hatte. Und Murphy, der Rottweiler, wohnte wieder wie früher bei den Katzen in der Pension.

Im Foyer des Kinos war ein reichhaltiges Büfett aufgebaut. Der Fischhändler hatte zehn Forellen, einen Lachs und sogar einen Thunfisch gespendet. Natürlich hatten auch Bandini und Bonnie einige Leckereien aus der Katzenfutterfabrik mitgebracht: Thunfisch mit Putenfilet, Geflügelhäppchen und Lamm, Truthahn in Gelee. Und Doktor Katzenbeißer hatte ihren Vorratsschrank geplündert. Jede Katze bekam von ihr ein kleines Papiertütchen voll mit getrockneten Pferdefleischhappen mit an den Platz. 95 Prozent Fleischanteil, dazu Kräuter wie Minze und Kamille. Die Katzen liefen im Foyer unruhig hin und her. Stellten sich in Grüppchen auf, naschten von den Häppchen und übten sich im Smalltalk. Zu aufgeregt waren alle, was im Film wohl zu sehen sein würde. Auf der Theke standen kleine Schälchen mit laktosefreier Buttermilch – es dauerte keine Minute, bis Zeckie und die anderen Katzen von der Müllhalde alles aufgeschlabbert hatten.

Als der erste Gong ertönte, wurde es hektisch im Foyer. Keine Katze wollte zu spät im Kinosaal auftauchen. Keine Katze wollte den Anfang des Films verpassen. Die Katzen machten sich auf den Weg zu ihren Plätzen. Das Kino war mit Klappsitzen ausgestattet. Eine Technik, mit der sich die Katzen erst vertraut machen mussten.

Es dauerte einige Minuten, bis sich die Katzen auf ihren Plätzen eingefunden hatten. Der Reverend machte es sich auf einer Lehne bequem, Tiga lümmelte sich zunächst neben Banks auf den Sitz, bemerkte dann aber, dass sie nichts auf der Leinwand erkennen konnte, und wechselte in die erste Reihe zu Renfield, der wegen seiner schlechten Augen weiter vorne Platz genommen hatte. Spinoza saß im Schneidersitz in seinem Sessel, Murphy streckte sich direkt neben Alfa und Romeo in seinem Platz, Mücke schmiegte sich an die Rückenlehne, Bandini wählte sich eine Armlehne aus und stützte sich auf ihre Vorderpfoten, um keine Filmszene zu verpassen.

Als es sich alle Katzen bequem gemacht hatten, wurde das Saallicht langsam gedimmt. Auch die Musik des Film-Soundtracks, der während des Empfangs gespielt worden war, verstummte. Es waren Songs von *Cat Stash, Cat Sun Flower, Cat Power* und *Missincat.*

Der Film begann stakkatoartig. Einzelne Polaroidfotos wurden eingeblendet. Ein schwarzer Kater mit weißen Pfoten, angekettet an einem Heizungsrohr, die Katzenpfote auf einem Baumstumpf, ein im Licht glänzendes Hackebeil, die Klinge herangezoomt, ein schnaubender Kater, das Beil, wie es die Katzenpfote abtrennt, eine Blutlache auf dem Baumstumpf. Dann wurde der Filmtitel eingeblendet: »*Gangs of Katzenstadt – eine wahre Geschichte*«.

Unter den Katzen stieg die Spannung. Das Rascheln wurde leiser. Die Katzen fischten vorsichtig die letzten Pferdehäppchen aus ihren Papiertüten heraus. Dann begann der Film.

Die Küche der Katzenfutterfabrik, aufgenommen von oben. Bandini kauerte auf dem Vorratsschrank, Bonnie saß auf einem umgedrehten Fleischbottich. Mitten im Raum stand ein junger Kerl. Um den Hals trug er ein Lederband, an dem eine Katzenpfote hing. Kein Kunststoffimitat, sondern Echtfell.

Bandini konnte sich noch genau erinnern, wie der Laufbursche in ihrer Fabrik aufgetaucht war. Wie sie zum ersten Mal die Katzenpfote gesehen hatte, die um seinen Hals hing. Matulas Pfote. Hätten sie sich damals durch diese Drohung einschüchtern lassen, wäre Matula jetzt tot.

Vermutlich hätten viele Katzen sterben müssen. Nur weil sie sich gemeinsam gegen den Glatzkopf zur Wehr gesetzt hatten, hatten sie das verhindern können. Hatten ihr Zuhause retten können. Ihre Katzenfutterfabrik. Katzenstadt. Aber waren sie jetzt sicher? Würden die mächtigen Männer einen neuen Vorstoß wagen, sie aus Katzenstadt zu vertreiben? Den ganzen Film lang ließen diese Fragen Bandini nicht los. Erst am Ende, als der Glatzkopf im Dreck lag, konnte sie den gemeinsamen Triumph genießen. Als der Abspann zu Ende war, schloss sich der rote Vorhang vor der Leinwand. Aber noch blieb es dunkel. Kein Saallicht erhellte den Raum. Alle Katzen blieben am Platz. Ein einzelner Scheinwerfer ging an. Die Katzen verstummten. Der Spot war auf den Vorhang gerichtet. Es raschelte. Irgendetwas bewegte sich dahinter. Der Vorhang öffnete sich einen kleinen Spalt. Durch diesen kleinen Spalt betrat ein schwarzer Kater die Bühne. Ein schwarzer Kater mit weißen Pfoten. Matula. Er humpelte noch leicht. Aber Matula konnte wieder laufen.

Die Katzen applaudierten begeistert. Jubelten. Sprangen auf ihren Sitzen aufgedreht in die Höhe. Doktor Katzenbeißer hatte ihr Versprechen gehalten.

Totenkopf Der Film war fantastisch gewesen. Aber der Star des Abends war eindeutig Matula. Bonnie sprang als Erstes zu ihm auf die Bühne, stupste ihn mit der Schnauze an, schleckte seine Flanke ab, putzte ihm das Gesicht, die Ohren. So schnell würde sie ihn nicht mehr aus den Augen lassen.

Nach und nach kamen die anderen Katzen zu Matula. Gratulierten ihm. Brachten ihm Leckereien vom Büfett.

Ein großer Abend in Katzenstadt.

Bandini blieb noch eine ganze Weile in ihrem Kinosessel sitzen. Alleine. Sie brauchte einen Moment der Ruhe. Einen Moment für sich. Ja, sie war stolz auf ihre Katzengemeinschaft. Auf jede einzelne Katze. Gemeinsam hatten sie dem Glatzkopf gezeigt, dass sie nicht so einfach aus Katzenstadt zu vertreiben waren. Aber so richtig freuen konnte sie sich über diesen Erfolg gerade nicht. Ihr wurde wehmütig zumute. Was wohl der Besitzer der Katzenfutterfabrik zu ihren Taten gesagt hätte? Zu ihrem Mut? Zu ihrer List? Bestimmt wäre er stolz auf sie gewesen. Bestimmt hätte es zur Belohnung Extra-Leckerlis gegeben, in kleine Stücke zerteilt auf ihrer Ration Nassfutter.

Bandini war ganz in ihren Gedanken versunken gewesen und hatte gar nicht gemerkt, dass alle anderen das Kino bereits verlassen hatten. Sie sprang von ihrem Sitz und ging zum Ausgang. Auch auf dem Vorplatz war niemand mehr. Zeit, nach Hause zu gehen.

Gegenüber dem Kino stand eine dunkle Limousine. Ein Chauffeur saß am Steuer. Bandini hatte dieses Auto noch nie gesehen. Hinten im Wagen ließ ein Mann die verdunkelte Scheibe nach unten. Er trug eine schwarze Baseball-

Matula konnte wieder laufen.

Kappe und rauchte eine Zigarre. Der Mann starrte auf das Kino. Auf Bandini. Der Mann stützte seinen Arm auf dem Fensterahmen ab. Klopfte die Asche der Zigarre auf den Boden. Der Mann trug einen Ring am Zeigefinger. Einen mächtigen Ring aus Silber. In den Ring war ein Totenkopf eingearbeitet. Der Totenkopf einer Katze.

Bandinis Nackenhaare sträubten sich. Sie hatte diesen Mann schon einmal gesehen. Vor viereinhalb Jahren. Der Mann, der den Besitzer der Katzenfutterfabrik kurz vor seinem Tod besucht hatte, hatte auch so einen Ring getragen. Den Totenkopf hatte sich Bandini eingeprägt. Dieser Mann musste den Besitzer der Katzenfutterfabrik umgebracht haben. Bandini sah sich den Mann noch einmal an. Merkte sich jedes Detail. Jede Falte in seinem Gesicht. Jeden Leberfleck. Das Muttermal. Bandini wusste, was zu tun war. Nicht mehr an diesem Abend. Aber bald. Sehr bald.

Nachwort

Die meiste Zeit, als diese Abenteuergeschichte entstand, saß Bandini auf dem Schreibtisch. Die Situation passte ihr überhaupt nicht. Ihr gefiel es nicht, dass sie nicht im Mittelpunkt stand. Dass diese Geschichte mehr Aufmerksamkeit erhielt als sie. All das gefiel ihr überhaupt nicht. Bandini drückte gegen die linke Hand, die gerade tippen wollte. Bandini stupste die rechte Hand an, die gerade die Computermaus bewegte. Bandini setzte sich mitten vor den Bildschirm und verdeckte die gerade geschriebenen Sätze. Sie legte die Pfoten auf die Tastatur. »qwqwqwqwqw qwqwqwqwqwqwqwqwqwqwqwqw«, tippte Bandini.

Die Gangs

Die Katzen von der Katzenfutterfabrik

Bandini, 8, w, Europäisch Kurzhaar, Schildpatt, 6,2 Kilogramm

Bonnie, 8, w, Europäisch Langhaar, Tricolor, 5,9 Kilogramm,

Der Reverend, 12, m, Bombay-Mix, schwarz mit weißem Kragen, 5,1 Kilogramm

Clash, 12, w, Europäisch Kurzhaar, schwarz-weiß gefleckt, 4,6 Kilogramm

Spike, 7, m, Europäisch Kurzhaar, dunkelgrau-weiß getigert, 4,8 Kilogramm

Ballhaus, 6, m, Perserkater, grau getigert, 8,9 Kilogramm

Die Katzen vom Schlosspark

Banks, 10, m, Abessinierkatze, kastanienrot, 4,8 Kilogramm

Tiga, 1, w, Bengal-Katze, rot gefleckt, 2,4 Kilogramm

Dolly, 5, w, Snowshoe-Katze, weiß-schwarz, 2,9 Kilogramm

Hingsen, 7, m, American Shorthair, Chinchilla, 4,5 Kilogramm

Harmony, 6, w, Sibirische Katze, sorrel-silber, 8,3 Kilogramm
Mücke, 8, m, Deutsche Langhaar, weiß-grau gestromt, 6,3 Kilogramm
Kung Fu, 4, m, Asian Smoke, dunkelgrau-silbrig, 5,7 Kilogramm
Matula, 8, m, Amerikanische Drahthaarkatze, schwarz mit weißen Pfoten, 3,9 Kilogramm

Die Katzen von der Müllhalde
Spinoza, 13, m, German Rex, weiß, 4,9 Kilogramm
Gurke, 12, m, Türkisch Van, aubern-white, 8,1 Kilogramm
Zeckie, 10, m, Peterbald, 6,1 Kilogramm
Krätze, 8, w, Peterbald, 5,3 Kilogramm
Madonna, 5, w, Ragdoll-Katze, weiß, 5,9 Kilogramm
Onassis, 5, m, Russisch Blau, grau-blau, 5,2 Kilogramm

Die Katzen von der ehemaligen Bücherei
Pauline, 11, w, Balinesenkatze, cinnamon-point mit schwarzer Schnauze, 4,6 Kilogramm
King, 13, m, Chausie, Braun ticked-tabby, 8,1 Kilogramm
Murakami, 13, m, Manx, schwarz, 5,2 Kilogramm
Rosewater, 14, m, Nebelung-Katze, grau, 6,2 Kilogramm
Marlowe, 14, m, Kartäuser-Katze, blau-grau, 5,9 Kilogramm

Die Katze im verlassenen Kiosk
Renfield, 20, m, Exotische Kurzhaarkatze, braun, 3,5 Kilogramm

Die Empfangskatze bei der Tierärztin
Inge, 12, w, Birma-Katze, weiß mit dunklem Schwanz, 5,1 Kilogramm

Die Katzen von der ehemaligen Pension
Romeo, 5, m, Domestic Short-Hair-Cat, 4,9 Kilogramm
Alfa, 5, m, Ägyptische Mau, leicht gefleckt bronzefarben, 4,1 Kilogramm
Gus, 6, m, Australian Mist, pfirsichfarben, 5,3 Kilogramm
Monki, 7, m, Korat-Katze, silber-grau, 5,1 Kilogramm

Morbide Katze
Harold, 7, m, Britisch-Kurzhaar, grau, 6,5 Kilogramm

Katze in der Ballettschule
Paris, 8, w, Singapura, Sepia Agouti, 2,2 Kilogramm

Aus der Garage gerettete Katze
Ajax, 8, m, Siam, Chocolate-Point, 4,8 Kilogramm

Die Katzen aus Katzwalde
Hunter, 8, m, Maine-Coon, weiß, 8,6 Kilogramm

Vom Dobermann zerfleischte Katze
Mallory, 11, Ägyptische Mau, silberfarben mit schwarzen Tupfen, 3,2 Kilogramm

Hunde

Hercules, 7, m, Dobermann, schwarz-rotbraun, 44 Kilogramm

Nero, 7, m, Bullterrier, schwarz-weiß, 28 Kilogramm

Murphy, 5, m, Rottweiler, schwarz-mahagoni, 49 Kilogramm

Soundtrack

Catatonia – Lost Cat
Cat Stash – Something
Hot Chip – Alley Cats
Cat Power – The Greatest
Ugly Kid Joe – Cats In The Cradle
Cat Sun Flower – Stressy
Katzenjammer – Demon Kitty Rag
Blonde Redhead – Cat On Tin Roof
The Cure – All Cats Are Grey
The Sugarcubes – Cat
Tigers Jaws – Cat's Cradle
Rare Americans – Cats, Dogs & Rats
The Head And The Heart – Cats And Dogs
Al Stewart – Year Of The Cat
Missincat – Made Of Stone

Danke

»Ihr habt zusammen einen Roman geschrieben? Geht das?« Diese Frage wird uns häufig gestellt.

Ja, es geht. Ja, wir werden es wieder machen. Und ja, es ist intensiv. Da wird um Worte gerungen. Da wird über Katzen diskutiert. Und über Szenen gestritten. Aber es funktioniert. Und wer es geschafft hat, gemeinsam einen Roman zu schreiben, muss sich keine Sorgen machen vor all den Herausforderungen, die da sonst noch auf einen warten.

Aber nur zu zweit hätten wir es nicht geschafft. Deswegen ist es an der Zeit, Danke zu sagen.

Bonnie und Bandini – für jeden Tag! Für die Inspiration! Und dafür, dass ihr uns diese abenteuerliche Geschichte anvertraut habt!

Tina Vogl – für das große Vertrauen in unsere Katzen. Für die ansteckende Begeisterung. Und für den Mut, das Buch zu machen. Es ist nicht selbstverständlich, gleich beim ersten Versuch bei einem so tollen Verlag zu landen.

Alice Huth – für das große Vertrauen in unsere Katzen. Für den schönsten Brief, denn wir jemals von einem Verlag bekommen haben (und bekommen werden – da legen wir uns fest!). Für die tolle Zusammenarbeit. Und für das Verständnis und die (sprachliche) Fürsorge für die Katzen.

Für Sie haben die Katzen in Katzenstadt immer ein Plätzchen frei.

Melli – für deine große Tierliebe: Wären wir Katzen, wir würden an deiner Tür klingeln. Und danke für die tiermedizinischen Ratschläge. Wir hoffen, es haben sich keine größeren Fehler eingeschlichen.

Mannix – für die Gedankenreisen in unserer Jugend. Und Jahrzehnte zu spät: Sorry wegen der Glastür.

Ron und Caro für das Mitfiebern. Und die Urlaubstage auf eurer Terrasse mit dem Wein und Bier und dieser lecker-lecker Pizza. *Piz und Blö* für das Vertrauen in Katzenstadt, als das Ganze noch nicht mehr war als eine vage Idee. *Katja* fürs Mut machen und für Deine tollen Romane und Kurzgeschichten. *Theresa* für die Ermutigung – und vergiss bitte nicht, deine eigenen Geschichten zu schreiben.

Danke an unsere Freunde – schön, dass es euch gibt.

Und ein großes Dankeschön an unsere Familie. Für alles. Und für eure große Katzenliebe.